U0755623

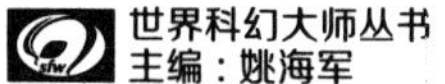

世界科幻大师丛书
主编：姚海军

荒城

[美] 克利福德·西马克 著

陈韵如 译

四川科学技术出版社

图书在版编目(CIP)数据

荒　城 / [美]克利福德·西马克　著; 陈韵如　译.
--成都 : 四川科学技术出版社, 2023.3
(世界科幻大师丛书 / 姚海军　主编)
书名原文: City
ISBN 978-7-5727-0904-3

Ⅰ. ①荒… Ⅱ. ①克… ②陈… Ⅲ. ①幻想小说 - 美国 - 现代
Ⅳ. ①I712.45

中国国家版本馆CIP数据核字(2023)第078036号
图进字号:21-2021-50

世界科幻大师丛书
荒　城
SHIJIE KEHUAN DASHI CONGSHU
HUANG CHENG

丛书主编　姚海军
著　　者　[美]克利福德·西马克
译　　者　陈韵如

出 品 人　程佳月
责任编辑　罗小燕　姚海军
特约编辑　刘弋靖
封面绘画　陶　然
封面设计　施　洋
版面设计　施　洋
责任出版　欧晓春
出　　版　四川科学技术出版社
成都市锦江区三色路238号 邮政编码 610023
官方微博:http://weibo.com/sckjcbs
官方微信公众号:sckjcbs
传真:028-86361756
成品尺寸　140mm×203mm　　印　张　10.875
字　　数　205千　　插　页　3
印　　刷　四川南方印务有限公司
版　　次　2023年6月成都第一版
印　　次　2023年6月成都第一次印刷
定　　价　48.00元

ISBN 978-7-5727-0904-3

邮 购:成都市锦江区三色路238号新华之星A座25层　邮政编码:610023
电 话:028-86361770

前　言

克利福德·D.西马克(Clifford D. Simak)并不经常献书,但他把这本书献给了他的狗。他爱狗,并将狗作为很多作品的主角——在本书中,很明显,他以斯科蒂为原型创造了纳撒尼尔,该角色出现在本书的第三个故事《人口普查》中,并在狗群的后代中成为传奇。

没错,他的狗叫斯科蒂,是一条苏格兰梗犬[①]——黑色的(有照片为证)。

尽管在数代读者的印象中,本书充斥着狗和机器人,但在第一个故事《荒城》中,二者都没有出现,除非你觉得"自动"割草机也算是机器人。

《荒城》这本书无疑是科幻小说的经典之一;书中会说话的狗、被人类抛弃的地球、机器人守护者和产生智慧的蚂蚁,这些概念在

① 译者注:苏格兰梗犬的英文为Scottish Terrier,简称Scootie,西马克用品种名为他的狗命名,音译为"斯科蒂"。

其诞生六十多年后的今天仍然是标志性的。

但《荒城》这本书的创作与大多数小说不同。确切地说，这本书是一点一点写成的——自1943年开始的近九年里，作者写下了八篇原本看似只打算在杂志上发表的短篇小说。（本书于1952年出版，二十一年后，第九个故事被添加到这本选集中，这只是因为作者觉得自己别无选择，只能这样做；参见他在最后一个故事《结局》之前的说明。）

这本书是通过将不同的故事按顺序排列，然后在它们之间插入一些材料创作而成的——这些材料看起来是在故事中的事件发生很久之后，由狗评论员所写的“说明”。但如今很少有人意识到，如此一来，作者改变了一些故事，特别是早期的一些故事，使之与杂志版本有所不同。这些杂志版本可以在由Open Road出版社出版的西马克短篇小说集中找到（别生气，在这本书里这些改动微不足道，并不影响故事的意义）。

关于《荒城》，另一件大多数读者都没有意识到的事情是，书中第四个故事《逃兵》实际上是最早写完的：西马克的日记中显示，这篇故事早在1943年7月就寄给了《惊奇科幻》的编辑小约翰·W.坎贝尔。但这个故事直到1944年11月才发表，彼时西马克已经完成该系列的另外三个故事（《荒城》《依偎之地》和《人口普查》），并且坎贝尔也已经购买并发表了这三篇。这就提出了一个问题：是否在西马克（或坎贝尔）的头脑中，早已有了整本书的构架？如此才能够解释为何《逃兵》会被推迟发表——该作品无疑是科幻领域曾诞生的最伟大的故事之一，本应更早发表。《逃兵》本身并没有线索暗示它属于任何系列，所以没有理由一直留着它不发；除非它被视为续章《天堂》所必需的前情平台——而这一想法甚至可能在该作品发表之前就存在了。

在这本书出版后的几十年里，对这本书及组成它的单个故事的分析和评论层出不穷，但很少有人思考或提到我所说的那些插页式“说明”。这些“说明”大概是作者在二十世纪四十年代末或五十年代初的某个时候添加的，当时他正在将这些故事最终编撰成书。（虽然克利夫[①]时不时地写下日记，记录他的写作信息，但似乎并没有那段时间的记录。）

罗伯特·西尔弗伯格（Robert Silverberg）是欣赏到了这些“说明”的人之一。他在1959年以卡尔文·诺克斯（Calvin Knox）为笔名写作时，曾称它们“非常有趣”，将其比作对《圣经》注疏的幽默模仿。更重要的是，西尔弗伯格指出，“说明”起到了统领全书的作用。他所言极是。

学术评论家托马斯·克莱尔森（Thomas D. Clareson）曾如此评论道：“即使对‘荒城’系列中的各个故事进行非常详细的概括，也无法传达出这些故事在整体叙述框架中所产生的那种冲击力。”他完全正确。

① 克利福德的昵称。

在这种情况下,也许整体确实大于各部分之和。或许这么多年来,人们对这些“说明”的创作关注得太少了。是否这其中才蕴含着真正的精髓,因其简洁而使整体更有力量?我真希望有人能知道克利夫为写这些“说明”花了多长时间……他得先有构思,再付诸笔头。有过多少版草稿?他也曾挣扎过吗?他是否将草稿一次又一次地推翻重来?在二十世纪四十年代末,他几乎没有创作出新的作品。但我勉强认为他那时可能正忙着把“荒城”系列故事写成一本书……毕竟,他的第一个孩子出生于1947年,第二个孩子出生于1951年,其间他成了《明尼阿波利斯明星论坛报》(*Minneapolis Star-Tribune*)的新闻编辑。他肯定有很多事要操心。

我认为,这些故事本身——不管它们作为独立的故事写得有多好——毕竟只是独立的故事;正如西尔弗伯格所指出的,正是这些“说明”将它们置于同一个语境中,用无法从故事本身收集到的额外的隐含意义来关照它们。这一看法似乎在某种程度上得到了托马斯·F.蒙特利昂(Thomas F. Monteleone)的证实。他认为,尽管西马克的故事情节可以“轻易”概括,但其质量必须由其“丰富的人物刻画、人文情感和思想深度”决定。

换句话说,您必须超越情节才能真正欣赏西马克的作品:他的情节,虽然有时无与伦比,但可以复制;而故事讲述中所体现的人性却是无法复制的。这也许就像人们有时能从一张安静的脸上、从沉默而明亮的眼睛里,读出并感受到意义和深度,甚至是爱……

《荒城》作为本系列第一个发表的故事，一开始可能遭受了某种程度上的冷遇，但很快评论界对该系列故事的好评便开始涌现——到1952年这本书出版时，一些评论家指出，在西马克的小说生涯开始大约二十年后，这个系列标志着他已经成为一位重要作家(尽管我们中的一些人会认为这些迹象在其早期的故事中已然存在)。安东尼·鲍彻(Anthony Boucher)曾称《荒城》是“科幻小说的高峰之作”，克莱尔森认为西马克“在《荒城》一作中对人类向科技投降的残酷评判”标志着“杂志科幻的转折点”。

早在1939年，克利福德·西马克就批评了科幻小说中那些纯粹“毫无意义的冒险故事”，以及那些纸牌游戏般的人物——他们的出场只是为了阐述某些科学理论或展示仪器。但《荒城》改变了这一点，它要求读者对各种类型的角色、而非那些当时为主流思想所熟悉的人物，抱有理解和一定程度的同情。《荒城》的这些故事展现出了在那之前的科幻小说中少见的复杂的道德，使科幻小说这一类型文学不再只关注人类自私的事务，而是让读者见识到了一个有其他智慧生物、甚至没有人类的世界。

1974年，克利福德·西马克说，在准备写第九个故事《结局》时，他自该书出版以来第一次重读了其各个图书版本，然后产生了重写各个故事的“渴望”。他说，在写这些故事的时候，他觉得它们代表了他技艺上的进步，代表了他作为一个成熟作家的进步。然而，他又承认，一个作者只要是在“称职地”打磨其写作技艺，那么他的写作能力就绝对不会停滞不前，而是会不断进步。因此，西马克之后能够发现他早期作品中的缺陷。以他现在的写作水平而言，如果他在当时的自己身边，是绝对不会允许这些缺陷出现的。

但是克利夫的智慧让他看透，时间之河早已从他的手中夺走了这些故事，如果他试图重写它们，他当然会在某些方面使其更为完善，但更会毁掉他在最初版本中做得好的地方。他明白，他不可能在将这段时间新获得的技巧运用到故事中的同时，却不产生截然不同的结果——因为他已经是一个不同的人、不同的作者。

简而言之，原版《荒城》中蕴含着巨大的价值，不允许重写——无论重写能对它的价值有多大的提升，都势必会摧毁一些过去的价值。克利夫清楚，1952年的《荒城》，可以、而且必须一直独自矗立。

戴维·W.威克森[①]

2015年

① 西马克的密友、版权代理人和遗嘱执行人。

目录

谨以此书献给斯科蒂，即书中的纳撒尼尔

编者序言[1]

当北风呼啸，火苗高高跃起，总有些故事在狗中间流传着。

然后每个家庭聚在炉火旁，幼崽静静地坐着聆听。故事结束后，他们会提出许多问题。

“人是什么?”他们会问。

或者:“城市是什么?”

又或者:“战争是什么?”

这些问题都没有明确的答案。有很多假设和理论，也有很多有理有据的猜测，但是，没有答案。

在家族圈子中，很多故事讲述者不得不采用古老的解释，诸如：它只不过是一个故事，所谓的“人类”或“城市”并不存在；或者不要在一个简单的故事中追求真相，享受享受听故事的愉悦，听完就算

① 本章内容是正文的一部分，这种编排方式是作者有意为之。

了吧。

诸如此类的解释虽然可以搪塞幼犬,却算不上真正的解释;也确实会有幼犬在诸如此类的简单故事中寻找真相。

这个传说由八个故事组成,已经流传了无数个世纪。可以确定的是,在历史上寻不到它的起点;最细致的研究也完全无法明确它的发展阶段。毫无疑问,经过多年的讲述,它的风格已经固定,但无法追溯其风格从何方固定下来。

这些故事都很古老,而且,一些作家称,部分故事可能并非起源于狗。这种看法是有据可依的,因为故事中充斥着大量毫无意义的话语——词汇、短语(最糟糕的是毫无意义的思想),它们现在看来没有意义,甚至可能从未有过意义。经过口口相传,这些词和短语已经被接受,并且根据上下文,被主观地赋予了某种含义。但这些主观臆断的含义是否接近单词的本义,却无从得知。

这一版故事不会试图讨论诸多专业争议,如人类存在与否、城市之谜、与战争相关的几个理论,以及其他许多令学生苦苦追寻的问题。学生往往倾向于在传说中寻求一些证据,证明其在某些基本事实或历史真相中是有迹可循的。

这一版的目的只是给出完整的、未经删节的故事最终版本。章节说明是用来指出主要的推论点,但完全没有试图得出结论。对于那些希望对这些故事以及由故事衍生而来的大量思考有进一步了解的读者,一些能力远在鄙编者之上的狗学者们贡献了大量文献可供参考。

最近发现了一些残篇断简，其原貌必定是一部鸿篇巨制。这一发现带来了最新的观点，认为这些传说故事至少有一部分来源于神话中的(也是有争议的)人类，而非来源于狗。但是，在能够证明人类的的确确存在过之前，都没有理由相信这些残篇来源于人类。

尤其重要或者会引起不安(这取决于你的视角)的是这样一个事实:残篇的标题与这个传说中的一个故事的标题一模一样。而这个标题词语本身，当然是完全没有意义的。

第一个问题，当然就是人类这种生物是否存在过。目前，在缺乏肯定证据的情况下，清楚的共识必然是——不存在。那些存在于传说中的人类，是虚构的民间传说杜撰出来的。人类可能是在狗文化早期作为一种虚构的存在、一种种族的神明而出现的。狗可能会向神明求救、到神明面前寻求安慰。

然而，尽管有这些明白的结论，却仍有狗认为人类是真实存在的古老的神，是来自神明国度或维度的访客。他来过，停留了一段时间，给予了我们帮助，然后就回到了他原来的地方。

还有狗认为，人类和狗这两种生物可能曾经携手合作，共同崛起，在形成文化的过程中互为补充。但在过去某个久远的时刻，他们分道扬镳了。

在这些故事里所有引发不安的因素(这些因素很多)当中，最严重的是对人类的崇敬。对于普通读者而言，很难将这种崇敬仅仅视为故事需要。它远远超出了对部落神明例行公事的崇拜;几乎可以本能地感觉到,这种崇敬一定深深扎根于涉及我们种族史前的某些信仰或仪式之中,只是它们如今已被遗忘。

围绕这个传说有许多方面的争议,当然现在几乎无望解决任何争议。

那么,接下来就是这些故事,你可以按需阅读——可以只是为了消遣,或是为了寻找具有历史意义的蛛丝马迹,抑或是寻找一些隐喻暗示。我们给普通读者的最大忠告是:不要把它们太放在心上,因为阅读之路潜藏着危险,哪怕不疯,也会感到十足的困惑。

对第一个故事的说明

毫无疑问，在所有故事中，第一个故事对于普通读者来说是最难以理解的。不仅是因为其术语实在费解，而且乍一读来，其逻辑和思想也似乎完全陌生。这可能是因为在这个故事和下一个故事中，没有出现任何狗角色，狗甚至压根儿未被提及。从第一个故事开篇第一段起，读者就被卷入了一个完全陌生的情境，看着陌生的角色以他们的方式解决问题。然而，这个故事也可以这么形容——当读者努力读完之后，相比之下，其余故事就显得亲切熟悉了。

统领整个故事的是城市的概念。虽然对于何为城市，或它为何应该如此还没有充分的理解，但普遍认为城市是一个能够容纳和供养大量居民的小区域。城市存在的一些原因在文中得到了肤浅的解释，但在毕生致力于研究这个传说的鲍恩斯看来，这种解释不过是古老的故事讲述者随口编的，好让读者接受一个不可能的概念罢了。大多数研究这些故事的学生都同意鲍恩斯的观点，认为故事中给出的理由不合逻辑；包括罗孚在内的一些研究者怀疑这可能是一个古老的讽刺作品，但其讽刺意义早已无处可寻。

大多数经济学和社会学权威都认为城市这样的组织结构不可能存在，它不仅经济上不合算，从社会学和心理学的角度看也不合理。他们指出，任何物种，若要形成一种文化发展所必需的高度神经化结构，都不可能在如此局限的条件下生存。

这些权威说，如果尝试构建这种城市，其结果将会是大规模的神经过敏症，在极短时间内就会摧毁建造出城市的这种文化。

罗孚认为，在第一个故事中，我们面对的几乎是纯粹的神话，因此任何场景或陈述都不能按其表面含义来理解；整个故事一定有某个象征意义，只是其答案早已遗失。然而，如果这个故事仅仅只是一个神话，那么难以理解的是，如今的故事编排中却并未出现那些标志性的神话象征。在这个故事中，对于普通读者来说，几乎没有什么可以认为是神话的内容。这个故事本身也许是这些故事中最棱角分明的一个，情节粗犷、狂放不羁，没有任何能在其余故事中找到的细腻情感和崇高理念。

故事的语言尤其费解。诸如"这该死的小孩"这类的经典短语困扰了语义学家好几个世纪。直至今日，对许多单词和短语含义的理解仍停留在学生们首次认真关注这个传说时的水平。

但是，关于"人类"的术语已经相当完善。这一神话种族的复数是“人们”,种族名称是“人类”。雌性被称作“女人”或“妻子”(这两个术语的含义可能曾有过细微的差别,但如今已被视为同义词),幼崽被称作“孩子”,公幼崽是“男孩”,母幼崽是“女孩”。

除了城市的概念之外,还有另一个与读者自身生活经验完全相悖,并可能摧毁其根本认知的概念,那就是战争和杀戮。杀戮是一个生物结束另一个生物生命的过程,且通常伴随着暴力手段。而战争似乎是大规模的杀戮,其规模是不可想象的。

根据罗乎对该传说的研究,他认为这些故事远比通常所认为的更为原始。因为在他看来,战争和杀戮此类概念绝不可能由我们目前的文化孕育出来,它们肯定是源于某个没有记载的野蛮时代。

几乎只有泰格一狗相信这些故事是基于真实的历史,认为在狗文明之初的原始时代,人类的确存在过。他认为第一个故事实际上讲述的是人类文化的崩溃。他认为,我们如今所知的这个故事可能只是某个更宏大故事的掠影,其全貌可能是一部恢宏的史诗,曾有着与如今整部传说不相上下的巨大体量,甚至可能还要更为宏大。他写道,一个强大的机械文明崩溃这样的大事,似乎不可能被当时的人浓缩成现在这个小故事。泰格说,有许多故事共同讲述了整个事件,我们在这里看到的,只是众多故事中留存下来的一个,而且仅仅只是次要的一个。

I 荒 城

格兰普·史蒂文斯坐在草坪椅上，看着割草机工作，感受着温暖柔和的阳光浸入骨髓。割草机到达草坪的边缘，像知足的母鸡一样咯咯地叫着，利落地调了个头，又在草坪上滚出了另一条刈痕。装碎草的袋子鼓了起来。

突然，割草机停下来，发出兴奋的咔嗒声。一侧的面板突然打开，一条起重机般的机械臂伸了出来。钢制的手指贪婪地在草丛中摸索着，然后获胜似的抓住了一块石头。机械臂把石头扔进一个小容器里，又重新消失进面板中。割草机咯咯作响，又满足地颤动了一下，循着刈痕继续割草了。

格兰普疑惑地发着牢骚。

“这破烂玩意儿什么时候能缺个胳膊断个腿然后报废呢?”

他仰躺在椅子上，凝视着一碧如洗的晴空。一架直升机掠过头顶。收音机的声音从房子里某个地方响了起来，不相协调的音乐声倾泻而出，令人浑身难受。听到这声音，格兰普颤抖着在椅子上蜷起了身子。

小查理又要开始一通乱弹了。这该死的小孩。

割草机咯咯地笑着经过，格兰普眯着眼睛，恶狠狠地盯着它。

“自动、自动，”他对着天空抱怨道，“该死的，现在所有的东西都成自动的了。你只用从角落里取下一台机器，跟它说几句话，它就会飞快地跑去干活。”

他女儿的声音从窗口传来，音调比音乐声还要高。

“爸！”

格兰普不安地动了动身子，“怎么了，贝蒂？”

“爸，你看，割草机朝你过来的时候你就该挪挪了。别老跟它作对，毕竟它只是个机器。上次你一直坐在那儿，它只能修剪你周围的地方。我就没见你动一下。”

他没有回答，只是稍稍点了点头，希望她会以为他睡着了，然后由着他去。

“爸！”她尖声叫道，“你听见我说话了吗？”

他知道装睡已经没用了。“嗯，我听到了，”他说，“我正要起来换个地方。”

他慢慢地站了起来，把身体的重量压在手杖上。让她看看自己现在变得越来越老、越来越虚弱的样子，或许会让她为对待自己的方式感到愧疚。不过他也得小心点儿。要是她知道他根本用不着那根手杖,她就得给他找活儿干了。但要是他把手杖攥得太紧,她又会让那个傻大夫来纠缠他。

他一边嘟囔着,一边把椅子挪到那块被修剪过的草坪上。割草机从他身边滚过,恶意满满地朝他大笑了起来。

"总有一天,"格兰普咬牙切齿地对它说,"我要狠狠地修理你一番,再把你的齿轮一个个卸下来。"

割草机朝他鸣了一声笛,然后平静地继续修剪草坪去了。

长满青草的街道上,不知从哪里传来了金属的叮当声和结结巴巴的干咳声。

格兰普正准备坐下,忽地又站直了仔细聆听。

声音听起来更清楚了,那是引擎熄火时发出的隆隆声,还有金属零件松动时发出的撞击声。

"是汽车!"格兰普兴奋地大喊起来,"是汽车,快!"

他开始向大门飞奔过去,突然想起自己此时应该很虚弱,便又做出了一副步履蹒跚、小步急行的模样。

"一定是那个疯子奥勒·约翰逊,"他自言自语道,"他是仅剩的一个有车之人。该死的,他就是这么拗,怎么说也不扔了它。"

的确是奥勒。

格兰普到大门时,正好看见那台锈迹斑斑、破烂不堪的旧机器从拐角处跌跌撞撞地开过来,沿着那条废弃的街道一路颠簸着,发出嘎吱嘎吱的响声。蒸汽在过热的散热器里嘶嘶作响,一股蓝色的烟雾从排气管中喷出来,而排气管的消声器在五年或更早之前就不见了。

奥勒神情漠然地坐在方向盘后面,眯缝着眼睛,尽量避开最颠簸的地方。这很难,因为街道上杂草丛生,很难看清下面有什么。

格兰普挥了挥手杖。

“嗨,奥勒!”他喊道。

奥勒停下车,设置了紧急制动。汽车像个老头儿,又喘又咳,颤颤巍巍,最后随着一声可怕的叹息没了动静。

“你烧的什么?”格兰普问道。

“啥都来了点儿,”奥勒说,“煤油,我在一个桶里发现的旧拖拉机油,还搞了点儿外用酒精。”

格兰普看着这台逃难似的机器,毫不掩饰自己的歆羡。他说:“想想以前,我自己也有一台,每小时能跑一百英里[①]。”

“现在也还行,”奥勒说,“只要你能找到燃料和修理用的零件。三四年前我还能买到足够的汽油,但现在已经很久没见过了。我猜现在已经不生产了吧。他们说,现在都用原子能了,汽油没用了。”

“是啊,”格兰普说,“想想他们是对的,可原子能你闻不到啊。汽油燃烧的味道简直就是最香甜的气味了。不知怎么的,他们买的这些直升机和其他小玩意儿把旅行的浪漫气氛都毁了。”

---

① 英制长度单位,1 英里≈1.61 公里。

他瞟了一眼后座成堆的桶和篮子。

“收了些蔬菜?”他问。

“对,”奥勒说,“一些甜玉米,早熟的土豆,还有几篮西红柿。想着也许我能卖掉它们。”

格兰普摇了摇头,“不,奥勒。他们不会买的。现在人们都认为,新的水培法作物是唯一适合食用的蔬菜。他们说这样卫生,而且味道更好。”

“我才不稀罕他们在那些罐子里种的乱七八糟的东西呢,”奥勒反击道,“反正,那味道不适合我。就像我跟玛莎说的,食物必须得是土生土长的,才会有食物的样子。”

他伸手去拧点火开关。

“我也不知道把这些东西运到城里去值不值得,”他说,“你看看他们是怎么维护道路的。或者应该说,他们根本就没去维护。二十年前,那边的州际高速还是质量很好的混凝土路,他们一直在修补,每年冬天都要翻修。总之会做点什么,花点钱,这条路总还能开。现在他们完全忘了。混凝土全部碎开,有些都已经被冲走了。路上荆棘丛生。今天早上还有棵树倒在路上,我只能下车去把它砍掉。”

“谁说不是呢。”格兰普附和道。

汽车发出一声爆炸似的巨响,像是又活了过来,又咳又喘的。一团浓密的蓝色烟雾从它下面冒了出来。经过一阵痉挛,它终于振作起来,缓慢地开走了。

格兰普步伐沉重地回到椅子上，发现椅子淋湿了。自动割草机割完了草，将软管拉出来，开始给草坪洒水。

格兰普低声抱怨着，踱到屋角，坐在后门廊旁边的长凳上——唯一能让他避开前面那一大片机器作业的地方。

他不喜欢坐在这儿。一个原因是，从长凳上看到的景色有点令人沮丧，街道两旁全都是空荡荡的荒屋和杂草丛生、蓬乱不堪的院子。

不过，这儿也有一个好处。坐在长凳上，他可以假装耳背，而且在这儿他听不到收音机发出的抽搐似的音乐。

前院传来一个声音。

“比尔[1]！比尔，你在哪里？”

格兰普扭动了一下。

“我在这儿，马克。屋子后面，躲着那该死的割草机呢。”

马克·贝利一瘸一拐地走过房子的拐角处，香烟简直要点燃他浓密的胡须了。

“今天这个狩猎时间有点儿早啊？”格兰普问道。

“今天没法去打猎了。”马克说。

他蹒跚着走过去，坐在格兰普旁边。

“我们要走了。”他说。

---

① 格兰普的真名叫威廉·史蒂文斯（William Stevens），比尔（Bill）是威廉的昵称。

格兰普猛地扭头看他,“你要走了?”

“是的,搬到乡下去。露辛达终于说服了赫伯。我猜她就没有一刻消停过。她说每个人都搬去漂亮的乡村庄园了,她觉得我们没理由不去。”

格兰普咽了一口唾沫,“去哪儿?”

“还不清楚,”马克说,“我自己也没去过。在北边某个地方,一个湖边吧。买了十英亩[①]地。露辛达想要一百英亩的,但赫伯坚决反对,说十英亩就够了。毕竟,这么多年来,一小块城市的土地就已经足够了。”

“贝蒂也在缠着约翰尼,”格兰普说,“但他一直反对。说他根本做不到。他说他是商会秘书,要从城里搬走,实在不合适。”

“人们都疯了,”马克说道,“彻底疯了。”

“确实,” 格兰普赞同道,“他们都是乡村疯子。你看那边。”

他向街上的空房子挥了挥手,“我还记得,那些真是你所见过最漂亮的房子。他们也都是好邻居。女人们串门交流菜谱,男人们出去割草,割草机很快就都闲着了,他们就聚在一块儿闲聊。多么友好融洽的人们啊,马克。但你看看现在。”

马克不安地站了起来,“我得回去了,比尔。我只是溜过来告诉你我们要走了。露辛达让我收拾行李的,如果她知道我偷溜的话,她会发脾气的。”

---

① 英美制面积单位,1 英亩≈4047 平方米。

格兰普僵硬地站起来，伸出手，“我还会再见到你吗？你还会来跟我再打一次猎吗？”

马克摇了摇头，“恐怕不会了，比尔。”

他们尴尬而窘迫地握了握手。“我肯定会想念那些狩猎时光的。”马克说。

“我也是，”格兰普说，“你一旦走了，我就没有伴儿了。”

“再见了，比尔。”马克说。

“再见。”格兰普说。

他站在那里，目送他的朋友蹒跚地消失在房子周围，感觉到孤独冷冷地伸出了爪牙，用冰冷的手指抚摸着他。这是一种可怕而强烈的孤独——年事渐长、为时代所弃的孤独。格兰普不得不承认这一点，他确实是落伍了。他属于另一个时代——一个已经过去的时代，而他也已经活得够久了。

他的眼睛模糊了，摸索着靠在长凳上的手杖，慢慢走向那扇摇摇欲坠的门，门外是房子后面那条空无一人的街道。

这些年过得太快了。这些年，家庭飞机和直升机逐渐流行，汽车被遗忘在一些废弃角落慢慢锈蚀，闲置的道路年久失修。这些年，随着水培法的兴起，土地的耕种几乎消失殆尽。农场作为一个经济单位逐渐消失，土地变得廉价。城市里的人纷纷奔向乡村。在那里，每个人都可以以低于城市土地的价格拥有大片土地。这些年,房屋建设革命席卷而来,人们离开原来的住所,以不到战前一半的价格就可以轻易地购买和定制新房屋。花很小的代价就可以改造这些房屋,来满足增加空间或者仅仅是一时兴起的需求。

格兰普吸了口气。每年都可以更换房子,就像人们随手换家具一样。那是什么样的生活?

他迈着沉重的步子走在那条尘土飞扬的小路上。几年前,这条街道还属于繁华的住宅区。一条幽灵街道,格兰普自言自语道,黑夜里小幽灵们在这里窃窃私语。嬉闹的孩童幽灵,摇摇晃晃的三轮车幽灵和歪歪斜斜的货车幽灵,八卦的家庭主妇幽灵,大声寒暄的幽灵,火红的壁炉和冬日夜晚冒着烟的烟囱幽灵。

他的脚周围散布着一小撮灰尘,把他的裤管口染白了。

路对面就是老亚当斯一家。他记得,亚当斯曾经对自己的房子颇为满意。临街的那一面铺着灰色鹅卵石,镶着花窗。现在石头上爬满了青苔,破窗张着一只可怖的斜眼。杂草占领了草坪,遮住了门廊。一棵榆树的树枝顶在三角墙上。格兰普还记得亚当斯种下那棵榆树的那天。

他在杂草丛生的街道上站了一会儿,双脚沾满尘土,双手紧握着拐杖的手柄,闭着眼睛。

透过年华的迷雾,他听到了孩子们玩耍的叫喊声,还有街那头康拉德那只狗的狂吠。亚当斯光着膀子,用铲子挖出一个坑,榆树根部裹在粗麻布里,静静地躺在草坪上。

1946年5月。四十四年前。就在他和亚当斯一起从战争中回家之后。

尘土中传来一阵脚步声，格兰普吃惊地睁开了眼睛。

在他面前站着一个年轻人，约莫三十岁，也许还要年轻一点儿。

“早上好。”格兰普说。

“希望，”年轻人说，“我没有吓到您。”

“你看到我站在这里，”格兰普问，“像个傻瓜似的闭着眼睛？”

年轻人点点头。

“我在回忆。”格兰普说。

“您住在这附近吗？”

“就在街那头。城里这附近就剩我一家了。”

“那也许您可以帮助我。”

“说说看。”格兰普说。

年轻人结结巴巴地说道：“嗯，那个，是这样的，我有点儿……好吧，您可以把这称为怀旧的朝圣——”

“我明白。”格兰普说，“我也是。”

年轻人说：“我叫亚当斯。我的祖父曾经在这里住过。我想知道——”

“就在这儿。”格兰普说。

他们站在一起，凝视着这所房子。

“这儿曾经是个好地方，”格兰普告诉他，“你祖父从战场上回来后就种了那棵树。整个战争期间,我一直和他在一起,我们也是一起回来的。那一天……"

"可惜,"年轻的亚当斯说,"可惜……"

但是格兰普似乎没有听到他说话。"你祖父怎么样了?"他问,"我好像再也没听到过他的消息了。"

"他去世了,"年轻的亚当斯说道,"很多年前了。"

"他老是沉迷于搞原子能。"格兰普说。

"是的。"亚当斯自豪地说,"原子能一开放给工业领域,他就立即投入研究了。就在《莫斯科协定》之后。"

"他们签了协定之后,"格兰普说,"就无法再开战了。"

"是的。"亚当斯说。

格兰普说:"没什么攻击目标了,就很难再发动战争。"

"您是说城市。"亚当斯说。

"当然了," 格兰普说,"这事还怪有趣的。随你怎么展示挥舞所有的原子弹,你也没法把人们吓跑。但是你给他们便宜的土地和家庭飞机,他们就像一群该死的兔子一样四散开来。"

约翰·J.韦伯斯特正迈着大步走上市政厅宽阔的石阶,这时一个衣衫褴褛的人腋下夹着一支步枪追了上来,拦住了他。

"你好,韦伯斯特先生。"这人说道。

韦伯斯特看着他,认出来人,整张脸都皱了起来。

“是你，李维。”他说，“你最近怎么样，李维？”

李维·刘易斯咧着参差不齐的牙齿笑了，“还过得去。花园弄好了，小兔子也开始变得肥美了。”

“你不会在干非法筹集房屋的事儿吧？”韦伯斯特问。

“不，先生。”李维说道，“我们这些占居者从来不干违法犯罪的勾当。我们是遵纪守法、敬畏上帝的人。我们在那里的唯一原因，就是我们在其他地方没法过活了。我们住在那些被人们遗弃的房子里，也没对任何人不利。警察是知道我们无法保护自己，才将盗窃还有别的案件怪罪到我们头上。他们把我们当成替罪羊。”

“没犯法就好，”韦伯斯特说，“局长打算烧了那些房子。”

李维说：“他要是敢，可就别指望能遇到什么好事。他们用水培法把我们从农场赶了出来，休想再把我们赶到其他地方去。”

他朝台阶啐了口唾沫。

“您身上，不会没钱吧？”他问，“我刚好没子弹了。等兔子们一出来——”

韦伯斯特将手指伸进背心的口袋里，掏出半美元。

李维笑了，“韦伯斯特先生，您真是个好人。等秋天来了，我给您弄些松鼠来。”

这个占居者用两根手指整了整帽子，然后走下了台阶，阳光在步枪枪管上闪闪发光。韦伯斯特继续拾级而上。

当他走进会议厅时，市议会会议正进行得如火如荼。

警察局长吉姆·麦克斯韦正站在桌子旁，而市长保罗·卡特正在讲话。

“吉姆，你敦促对房子采取这样的行动，不觉得有点儿仓促吗？”

“不，我不这么认为，”局长说道，“除了少数例外，那些房子没有一所是由其合法所有人，或者更确切地说，由其原主占用的。毕竟如今每一所房子都归市政府所有，没收抵税了。它们简直就是眼中钉、麻烦事。它们没有价值。甚至残余价值都没有。木头？我们已经不用木材了，塑料更好。石头？我们现在用钢材取代石材。那些房子里没有任何具有市场价值的材料。

“与此同时，不法分子总在那儿瞎混，它们正在成为罪恶滋生的温床。住宅区长满了植被，是所有犯罪分子理想的藏身之地。一个人犯了罪，就直奔那些房子而去—— 一旦到了那儿，他就安全了。就算我派一千个人进去，他也能躲开所有的搜索。

“它们不值得大费周章地拆除。即便算不上是大麻烦，它们的存在也实在让人心烦。我们应该除掉它们，而烧毁是最便宜快捷的办法。我们会采取所有必要的预防措施。”

“从法律角度看如何？”市长问道。

“我查过了。一个人有权利以任何他认为合适的方式销毁他自己的财产，只要不危及别人的财产就行。我想，同样的法律也适用于市政府。”

市议员托马斯·格里芬站了起来。

“你会导致很多人疏远政府的，”他说道，“你会烧毁许多旧宅地。人们仍然对它们有一些情感上的依恋——”

“如果他们关心这些房子，”局长打断他道，“为什么他们不缴税并好好维护它们呢？他们为什么跑到乡下去，只剩下房子在这儿？问问韦伯斯特吧。他会跟你分享他试图让人们对祖屋重拾兴趣的经历有多‘成功’。”

“您说的是‘老屋周’那场闹剧？”格里芬说，“它失败了。当然了，韦伯斯特把它夸上了天，吹得天花乱坠，简直过了头，人们当然不愿意买账。商会心态嘛，做事总是这样的。”

市议员福雷斯特·金愤怒地开口说道：“格里芬，商会没做错什么。仅仅是一次活动失败并不意味着……”

格里芬无视了他，“先生们，高压的日子已经过去了，那些日子早已一去不复返了。大肆宣传、大吹大擂的做法早已经过时了，再也不管用了。

“举办一个‘高玉米节’或‘美元节’，或者幻想个什么别的虚无缥缈的庆祝活动，用彩旗把这地方装扮得漂漂亮亮的，就能吸引一大群愿意花钱的人，这样的日子已经过去很多年了。似乎只有你们这些家伙不知道。

“这种把戏之所以能成功，是因为它符合群众心理学和公民忠诚。而对于一座濒临死亡的城市，你是无法拥有公民忠诚的。当不再有群众的时候，你就不能再诉诸群众心理学了——现在每个人，或者几乎每个人，都有四十英亩地，离群独居。”

“先生们，”市长制止道，“先生们，这太不像话了。”

金霍地站起来，猛敲着桌子喊道：“不，今天就在这儿说清楚。韦伯斯特就在那儿，也许他能告诉我们他怎么想。”

韦伯斯特不安地动了动，说：“我觉得……我没什么要说的。”

“算了。”格里芬厉声说道，坐了下去。

但是金仍然站着，脸色深红，嘴唇愤怒地颤抖着。

“韦伯斯特！”他吼道。

韦伯斯特摇了摇头。金说：“你是带着一个伟大的想法来这儿的。你不是还打算把它提交给市议会吗？站起来，伙计，说出你的想法！”

韦伯斯特缓慢地站起来，神色严肃。

他对金说：“也许你反应太迟钝了，你不知道我有多讨厌你的举动吗？”

金喘着粗气，然后爆发了，“反应迟钝！你敢这么说我！我们一起共事，我还帮了你。你以前从没这么说过我……你从来——”

韦伯斯特平静地说：“我以前从没那样说过你。我当然不可能说了，我还想保住我的工作呢。”

“好，你工作没了！”金吼道，“从这一分钟开始，你工作没了！”

“你给我闭嘴！”韦伯斯特说。

金难以置信地看着他，好像有人扇了自己一巴掌一样。

“坐下。”韦伯斯特又说道，他的声音像一把锋利的刀子一样划过房间。

金突然膝盖一软，颓然坐下。空气中弥漫着脆弱的沉默。

“我是有话要说。”韦伯斯特开口道，“早就应该要说的话。你们所有人都应该听到的话。我也很震惊居然会由我来把这些说给你们听。但是，作为一个为这座城市的利益奋斗了十五年的人，我想或许由我来说出真相也是合情合理的。

“格里芬议员说，这座城市已经奄奄一息、濒临死亡，他说得没错。我觉得他这话只有一点不准确，那就是说得还是太保守了。城市……这座城市，任何一座城市……都已经死了。

“城市是个不合时宜的东西，它已经没有用了。水培法和直升机导致了它的衰败。最开始，城市是一个部落定居、部族团结一致寻求相互保护的地方。后来，人们在其周围筑起了围墙，提供额外的防护。再后来，围墙消失了，但城市因其贸易和商业便利而继续存在着。它一直延续到现代，因为人们被迫居住在离工作地点近的地方，而工作都在城市里。

“但是今天，现实已不再如此。有了家庭飞机，今天的一百英里比1930年的五英里还要短。人们可以飞行数百英里去上班，下班之后再飞回家。他们不再需要把自己拘禁在城市里。

“汽车开启了城市化的大潮，而家庭飞机将其终结。即使在二十世纪上半叶，这种趋势也是显而易见的——从高税收和人挤人的城市迁移到郊区或近郊。缺乏足够的交通条件和资金使许多人仍然居住在城市。但如今,罐式农业摧毁了土地的价值,一个人可以在乡下买一大片土地,比他四十年前在城市买一小块地还便宜。有了原子能驱动的飞机,交通也不再有任何问题。"

他停下来,会场一片死寂。市长神情震惊。金的嘴唇动了动,但没有说话。格里芬在微笑。

"所以我们还有什么?"韦伯斯特问道,"我来告诉你我们还有什么。一条又一条的街道,一个又一个的街区,全部都是荒废的房屋,人们不断地从那里离开。他们为什么要留下?这座城市还能为他们提供什么?城市曾为前几代人提供的那些东西,如今再也提供不了了,因为技术发展已经消灭了对城市的需求。当他们遗弃房屋时,他们当然会损失一些金钱。但事实上,他们可以以一半的价格,买到更好的房子,他们可以按照自己喜欢的方式生活,他们可以按照上一代富人的传统,开发相当于家族庄园规模的房产——所有这些好处,都超过了他们遗弃房屋的损失。

"那我们还剩下什么?几座商务楼。几英亩的工业厂房。一个原本组建来照顾一百万人的市政府,可这一百万居民却没了。高税收的财政预算,最终连商业机构也会转移到可以逃避这些税收的地方。收来抵税却毫无价值的房产。这就是我们剩下的东西。

"如果你们认为有哪一个商会、哪一种大肆宣传的活动、哪种拍脑袋想出来的机制能给你们答案,那你们真是疯了。答案只有一个，而且很简单：作为人类机构的城市，已经死了。它或许还能苟延残喘几年，但也仅此而已了。”

“韦伯斯特先生——”市长说。

但是韦伯斯特没有理他。

“但对于今天发生的事，”他说，“我本来可以跟以前一样，陪你们继续玩过家家的游戏。我本来可以继续假装这个城市是还在运转的实体，继续欺骗自己和你们。但是，先生们，有一种东西，叫作人类尊严。”

冰冷的沉默被文件的沙沙声和某个听众尴尬沉闷的咳嗽声打破了。

但是韦伯斯特还没讲完。

他说：“城市完了，彻底完蛋了。与其坐在这里为它的残破不堪而哀悼，你们还不如站起来大声感谢它完蛋了。

“如果这座城市不是跟所有其他城市一样已经没用了——如果世界上的城市没被遗弃，它们早就已经被毁灭了。会有一场战争，先生们，一场原子能大战。你们忘记了二十世纪五六十年代吗？忘了半夜醒来，等着听炸弹是否来袭的感觉吗——哪怕你们明知炸弹如果真的来了，你们也不会听见，并且再也听不见了。这种恐惧你们都忘了吗？

“但是，城市被遗弃了，工业被分散了，没有了目标，也就没有了战争。”

“先生们，”他说，“你们中的一些人，很多人，今天还活着，就是因为人们离开了您的城市。

“现在，看在上帝的分上，就让它死去吧。为它的死亡而高兴。这是人类历史上发生的最好的事情。”

约翰·韦伯斯特转过身，离开了房间。

走到宽阔的石阶上，他停下来，抬头望着万里无云的天空，看见鸽子在市政厅的塔楼和尖顶上盘旋。

他在心中甩了甩身体，想象着自己是一条刚刚从泳池里爬出来的狗。

毫无疑问，他是个傻瓜。现在，他不得不找一份工作，而且可能要花一段时间才能找到。就他的年纪来说，找工作有点儿老了。

但尽管有这些想法，一首小曲却不自觉地爬上了他的嘴角。他轻快地走着，撅起嘴唇，无声地吹着口哨。

不再虚伪。不再彻夜难眠想着自己要做什么——明知道城市已死，明知道自己做的事毫无意义，像个无赖那样拿着自己不应得的薪水。就像一个知道自己的工作毫无价值的工人，感受着奇怪而令人沮丧的挫败感。

他大步走向停机场，直奔他的直升机。

现在，他对自己说，也许他们可以按照贝蒂的想法搬去乡下了。也许他晚上可以在属于自己的土地上漫步。一个有溪流的地方。必须要有一条小溪，这样他就有鳟鱼了。

他在心里提醒自己，要记得爬上阁楼去检查自己的飞行设备。

当那辆旧车吱吱呀呀地从车道上驶过时，玛莎·约翰逊正在谷仓门口等着。

奥勒僵硬地走了出来，脸上充满疲倦。

“卖出去了吗?”玛莎问。

奥勒摇了摇头，“没有用。他们不买农场培育的东西。只是嘲笑我。给我看了两倍大的玉米穗，一样甜，玉米粒还排列得更均匀。给我看几乎没有外皮的瓜。他们说，味道也更好。”

他朝一个土块踢了一脚，土块碎成一堆尘土。

他叹道:“没法解决。罐式农业确实毁了我们的生活。”

“也许我们最好把农场卖掉。”玛莎提议道。

奥勒什么也没说。

她说:“你可以在罐式农场中找到一份工作。哈里就是，他可喜欢呢。”

奥勒摇了摇头。

“或者去当个园丁，”玛莎说，“你肯定会是个聪明的园丁。搬到大庄园的有钱人喜欢请园丁去照顾花花草草。比用机器有格调些。”

奥勒再次摇了摇头，“我可不喜欢跟花儿打交道。我种了二十几年玉米了。”

玛莎说:“也许，我们也该买架小飞机。给房子里通自来水。再买一个浴缸,别再用厨房炉火旁的旧洗衣盆洗澡了。"

"我开不了飞机。"奥勒反驳道。

"你肯定可以开的,"玛莎说,"很好开。安德森家的孩子还不到一个蛐蛐腿高呢,就会到处飞了。其中有一个闹着玩,有一次还摔下来了,不过——"

"我得考虑一下,"奥勒挣扎地说道,"让我想想。"

他转身离开,用手一撑跃过篱笆,径直向田里走去。玛莎站在汽车旁,看着他走远。一滴孤独的泪珠从她灰扑扑的脸颊上滚落。

"泰勒先生在等你。"女孩说。

约翰·韦伯斯特结结巴巴地说:"但我以前没来过。他不知道我要来。"

"泰勒先生,"女孩依然坚称,"在等你。"

她朝着门点了点头。门上写着:

人类调整局

韦伯斯特分辩道:"但我来这儿是为了找工作,可不是来被调整的。这是世界委员会提供的安置服务,不是吗?"

女孩说:"没错。你不去见泰勒先生吗?"

韦伯斯特说:"好吧,既然你一再坚持。"

女孩按下一个开关，对着对讲器说："先生，韦伯斯特到了。"

"让他进来。"一个声音答道。

韦伯斯特摘下帽子拿在手里，进了门。

桌子后面的那个男人一头白发，但依旧长着一张年轻人的脸。他指着一张椅子，示意韦伯斯特坐下。

"您一直在找工作。"他说。

韦伯斯特说："是的，但是——"

"请坐吧，"泰勒说，"如果你还想着门上那块招牌，别担心，我们不会调整你的。"

韦伯斯特说："我找不到工作。我已经找了几周了，没人愿意雇我。所以，最后，我到这儿来了。"

"你不想来吗？"

"不，老实说，我不想。安置服务，它……好吧，我不太喜欢它的暗示含义。"

泰勒笑了，"可能是这个术语起得不好。让你想起了过去的就业服务。人们在走投无路、迫切需要工作时去的地方。那些由政府经营、帮人们寻找工作岗位的场所。有了工作，他们才不会成为政府的负担。"

韦伯斯特承认："我确实很需要工作，但我的自尊仍然让我很难到这儿来。但是，事到如今，我实在没别的选择了。你看，我成了叛徒——"

“你是说，”泰勒说，“你说出了真相，即使以你的工作为代价。不仅仅是这里的企业界，全世界的企业界都没有准备好接受这个事实。商人仍然执着于城市神话和推销术的奇迹。有朝一日，商人会意识到他并不需要城市，相比推销术曾带来的业务，服务和诚实的价值观会带来更大的生意。

“我就想知道，韦伯斯特，是什么让你那样做的？”

韦伯斯特说：“我真的受够了。厌倦了看着人们紧闭眼睛做着蠢事，厌倦了看着本该被抛弃的旧传统却一直保留下来。金那种虚伪的市民热情让我厌恶，明明已经没有任何理由维持他的热情了。”

泰勒点点头，“韦伯斯特，你觉得你可以调整人类吗？”

韦伯斯特怔怔地看着他。

“我是认真的，”泰勒说，“世界委员会多年来一直都在秘密进行这件事。即使是许多已经被调整过的人，也丝毫不知道自己被调整过了。

“自从旧的联合国演变为世界委员会以来，发生的这些变化引起了诸多人类失调现象。原子能应用于生产，成千上万的人失去了工作。他们必须接受培训和引导，去从事新的工作，一些人从事新的原子学，一些人去干别的。罐式农业的到来迫使农民离开了土地。而他们或许是我们最大的问题，因为除了种植庄稼和饲养动物，他们什么也不会。他们大多数人也不想学习技能，对于被迫放弃从祖先那里继承来的生计感到愤怒不已。作为天生的个人主义者,他们的心理问题比其他任何阶层的人都要棘手。”

韦伯斯特说:“他们很多人仍然是无业游民。一百多个人非法霸占着那些废弃的房屋,过着勉强糊口的生活。打几只兔子和松鼠、钓钓鱼、种种菜、摘摘野果。时不时搞点儿小偷小摸,偶尔还在住宅区的街道上乞讨。”

“你认识这些人?”泰勒问。

韦伯斯特说:“认识其中一些。其中有一个偶尔会给我带他打的松鼠和兔子。作为酬劳,他会跟我要点儿弹药钱。”

“他们很讨厌被调整,是吧?”

韦伯斯特说:“相当讨厌。”

“你认识一个叫奥勒·约翰逊的农民吗?他还坚守着自己的农场,脑子仍然没接受现实。”

韦伯斯特点点头。

“如果让你去调整他呢?”

韦伯斯特说:“他肯定会把我赶出农场。”

泰勒说:“像奥勒和非法占居者这样的人,是我们现在面临的特殊问题。世界上大多数人都经过了很好的调整,已经非常适应现在的生活了。他们中有些人经常为过去哀叹,但那只是表象。真要让他们回到过去的生活方式,那他们可不愿意。

“其实,多年前,随着工业原子能的出现,世界委员会曾面临一个艰难的决定。是应该循序渐进地推动世界进步，慢慢展现这种变化，让人们自然地调整自己，还是应该让世界尽快发展，由委员会协助进行必要的人类调整？无论对错，当时的结论是，进步应该是第一位的，不管它会对人们造成多大影响。事实证明，这一决定大体上是明智的。

"当然，我们知道，在很多时候，这种调整不能太过公开地进行。在一些情况下，比如对于大批失业的工人，是可能公然开展调整的；但对于大多数个例，比如我们的朋友奥勒，就不可能了。我们必须帮助这些人在新世界中找回自我，但又不能让他们知道自己在接受帮助。如果让他们知道，就会摧毁他们的信心和尊严，而人的尊严是任何文明的基石。"

"是的，我当然了解行业内部的重新调整，"韦伯斯特说，"但我没听说过个例。"

"我们不能大张旗鼓地宣传，"泰勒说，"它们实际上都是秘密进行的。"

"那您现在为什么要告诉我这一切？"

"因为我们希望你能加入我们。从参加奥勒的调整开始。接下来也许就是看看如何处理非法占居者。"

韦伯斯特说："我不知道——"

泰勒说："我们一直在等你来。我们知道你最终不得不到这儿来。金已经把你找工作的路都堵死了。他传了话下去。如今，世界上不会有任何一家商会或公民团体接受你。”

韦伯斯特说:“看来我别无选择。”

“我们不希望你怀揣着这种感觉,”泰勒说,“花点儿时间考虑一下吧,然后再回来。即便你不想要这份工作,我们也会给你另找一份——别担心金。”

在办公室外面,韦伯斯特发现一个衣衫褴褛的人在等他,是李维·刘易斯。这次,他没有露齿而笑,胳膊下仍夹着步枪。

“孩子们说看见你进了这里,”他解释道,“所以我在这等你。”

“出什么事了?”韦伯斯特问道,因为李维的脸色明显是遇到麻烦的样子。

“是那些警察。”李维说。他厌恶地吐了口唾沫。

“警察。”当韦伯斯特说出这两个字时,他的心沉了下去,因为他知道麻烦大了。

“没错,”李维说,“他们打算把我们给烧了!”

韦伯斯特说:“市议会最终还是屈服了。”

“我才从警察局总部回来,”李维愤然说道,“我告诉他们最好别轻举妄动。要是他们敢试试,就让他们看看什么叫勇士。我已经让孩子们在我们那儿传了命令,要大家确定能命中才开枪。”

“你不能这样做,李维!”韦伯斯特厉声说道。

“我不能?”李维反诘道,“我已经这么做了!他们把我们赶出农场,逼着我们卖地,因为不卖我们就活不下去了。他们休想再把我们赶到别处去！要么留在这儿,要么死！他们要想把我们烧出去,除非阻止他们的人一个都不剩了。”

他把裤子塞好,又吐了口唾沫。

“而且并不是只有我们这么想,”他还说,“格兰普也和我们站在一起。”

“格兰普!”

“没错,格兰普,就是和你住在一起的那个老家伙,现在可是我们的指挥官。他说他还记得战场上的一些绝招,那些警察肯定听都没听过。他派了几个人去一个军团大厅偷大炮。说他知道从博物馆哪个地方能弄到炮弹。他还说,我们会把一切都准备好,然后放话出去,要是警方采取行动,我们就向市政厅开炮。”

“听着,李维,你能帮我做件事吗?”

“当然了,韦伯斯特先生。”

“你能进去找泰勒先生吗？就说你一定要见到他。然后告诉他我已经在上班了。”

“当然可以,不过您要去哪儿?”

“我要去市政厅。”

“您确定不要我一起去吗?”

韦伯斯特说:“不。我一个人更好。还有,李维——”

“怎么了?”

“告诉格兰普别急着开火。不到万不得已,不要开炮——但如果真到了开炮的时候,一定要先明明白白地让他们知道。”

“市长很忙。”市长秘书雷蒙·布朗说。

“那只是你的想法。”韦伯斯特说着,朝门走去。

布朗大喊道:“韦伯斯特,你不能进去!”

他从椅子上一跃而起,绕过桌子,伸手去抓韦伯斯特。韦伯斯特手臂一挥,抓住布朗的胸口,一把将他推到桌子上。桌子滑了一下,布朗晃了晃胳膊,失去了平衡,砰的一声跌坐在地板上。

韦伯斯特一把推开市长的门。

市长的脚猛地从桌子上拿了下来。“我跟布朗说了——”他说。

韦伯斯特点点头,“布朗也告诉我了。怎么,卡特,怕金发现我在这里?怕我有什么好主意让你腐败堕落?”

“你想干什么?”卡特厉声说道。

“我知道警察要烧屋子。”

“没错,”市长一脸正义地宣称,“它们是社区的威胁。”

“什么社区?”

“唉,韦伯斯特——”

“你明知道已经没有社区了,只有你们几个讨厌的政客留在这儿,这样你们就可以说这里还有人居住,就可以确保每年都当选,从而拿到你们的薪水。现在,你们唯一需要做的就是互相投票。那些在商铺和小店里工作的人,甚至那些在工厂里做着最低等工作的人,都不住在市区了。商人很久以前就离开了。他们在这儿做生意,但不是居民。”

“但这仍是一座城市。”市长坚称。

“我不是来跟你争论的,”韦伯斯特说,“我是来告诉你,烧毁那些房子是错的。即使你意识不到,但那些房子是无家可归之人的家。那些来到这座城市寻求庇护的人们,那些在我们这里找到避难所的人们,在某种程度上,保护他们是我们的责任。”

“那不是我们的责任,”市长说,“他们遭遇的一切都是他们自己的不幸。我们没叫他们来这里,也不想他们留在这儿。他们对社区没有任何贡献。你告诉我他们没法适应新的环境。好吧,这是我能解决的吗?你告诉我他们找不到工作。我告诉你他们可以,只要他们努力去找。还有很多工作需要人去完成,总有工作等着人们去做。他们一直在谈论新世界的这样那样,他们认为需要有一个人来帮他们找到适合他们的地方和工作。”

“你听起来像一个强悍的个人主义者。”韦伯斯特说。

“好像你觉得很好笑似的!”市长咆哮着说。

“我确实认为这很好笑,”韦伯斯特说,“可笑,也很可悲,如今居然有人会那样想。”

“如果有一些强悍的个人主义,这个世界会好得多。”市长严厉地说,“看看那些去了很多地方的人——”

“你是说你自己?”韦伯斯特问。

“你可以拿我来举例,”卡特同意,“我工作很努力。我抓住了机会。我有先见之明。我做了——”

“你的意思是你在捧高踩低上很有一套。”韦伯斯特说,“你的确是一个光辉榜样,典型的当今世界最不喜欢的那种人。你从头到脚都透着一股霉味,还抱着陈旧的想法不放。你是最后一批政客,卡特,就像我是最后一批商会秘书一样。只是你还不知道罢了。我知道,所以我退出了。尽管付出了一些代价,我也退出了,因为我得拯救我的自尊。你那种政治已经死了。之所以会死,是因为任何伶牙俐齿、厚颜无耻的人都能靠着迎合群众心理来获取权力,但群众心理已经不复存在了。因为人们根本就不在意一个已经死亡的东西—— 一种在自身重量下分崩离析的政治体系。”

“滚出去,”卡特尖叫道,“滚出去!否则我就叫警察过来,把你扔出去!”

“你忘了,”韦伯斯特说,“我是来谈那些房子的。”

“别白费力气了,”卡特咆哮道,“就算你一直在这儿说到世界末日,房子还是得烧,就这样。”

“你想看看变成一堆瓦砾的市政厅吗?”韦伯斯特问。

“你的比喻,”卡特说,“很奇特。”

韦伯斯特说:“我不是在比喻。”

“你不是——”市长盯着他,“那你在说什么?”

“说事实，”韦伯斯特说，“第一把火碰到房子上，就是第一枚炮弹落在市政厅的时候。第二是第一国家银行。他们会按顺序来，先打最大的目标。”

卡特张口结舌。接着，一阵愤怒的红晕从他的喉咙里蔓延到了脸上。

“没用的，韦伯斯特，”他大声说，“你吓唬不了我。那么荒唐的事——”

“这不是虚张声势，”韦伯斯特打断他，“那些人有大炮，从军团大厅和博物馆里弄来的。还有人知道如何操作它们。他们其实不需要怎么操作。这几乎是近距离射击，就像向谷仓宽阔的侧面开枪一样容易命中。”

卡特伸手去拿无线电，但韦伯斯特举起手阻止了他。

“在你发火之前，卡特，你最好再考虑一下。在其位谋其政，如果继续你的计划，你将挑起一场战争。那些房子可能会被烧毁，但各种建筑也将被夷为平地。那些商人会让你偿命的。”

卡特的手从无线电上缩了回来。

从远处传来了步枪尖锐的噼啪声。

“最好叫他们走。”韦伯斯特警告说。

卡特的脸皱成一团，犹豫不决。

又一声枪声响起，一声接一声。

“很快，”韦伯斯特说，“它就会发展到你无法阻止的地步。”

一阵砰砰的爆炸声震得房间的窗户嘎嘎作响。卡特从椅子上跳了起来。

韦伯斯特突然感到一阵寒意与无力感。但他竭力使自己的表情和声音保持镇定。

卡特像石头人一样凝视着窗外。

“恐怕,”韦伯斯特说,“已经来不及了。”

桌子上的无线电对讲机一直鸣叫,红灯闪烁。

卡特伸出颤抖的手,啪地打开。

“卡特,”一个声音喊道,“卡特! 卡特!”

韦伯斯特认得这个声音,是警察局长吉姆·麦克斯韦低沉粗厉的声音。

“怎么了?”卡特问。

“他们有一门大炮,”麦克斯韦说,“当他们试图开火时,它爆炸了。我猜是弹药不好。”

“一门炮?”卡特问,“只有一门炮?”

“我没有看到有别的。”

“我听到了步枪的声音。”卡特说。

“是的,他们向我们开火了。伤了几个手下。但他们现在已经回撤了,躲进了灌木丛深处。现在没有交火了。”

“好的,”卡特说,“继续推进,然后点火。”

韦伯斯特向前迈了一步，“问问他，问问他——”

但卡特摁下了开关，无线电重回死寂。

“你想问什么？”

韦伯斯特说：“没事。没什么大不了的。”

他不能告诉卡特，知道如何发射大炮的人是格兰普。不能告诉他，当那门炮爆炸的时候格兰普也在那里。

他必须离开这里，尽快拿到枪。

“韦伯斯特，好一招虚张声势啊。”卡特说，“高招，不过没用。”

市长转向面向那些房子的窗户。

“没有枪响了，”他说，“他们放弃得真快。”

“如果能有六个警察活着回来，”韦伯斯特断言道，“都算你走运了。那些拿着步枪的人躲在灌木丛里，他们能在一百码外射中一只松鼠的眼睛。”

外面走廊里传来脚步声，有两个人正朝门口跑来。

市长飞快地从窗前转过来，韦伯斯特也转过身来。

“格兰普！”他喊道。

“嗨，约翰尼。”格兰普喘着粗气，停了下来。

格兰普身后是个年轻男子，手里正挥着什么东西——是一叠文件，随着他的挥舞沙沙作响。

“有什么事吗？”市长问。

“很多。”格兰普说。

他站了一会儿，喘着气说道：

“这是我的朋友，亨利·亚当斯。”

“亚当斯？”市长问。

“没错，”格兰普说，“他祖父曾经住在这里。在第二十七大街上。”

“哦，”市长说，那口气就像有人用砖头砸了他一下，“噢，你是说F.J.亚当斯。”

“如假包换，”格兰普说，“他和我，我们一起上过战场。以前经常半夜还不让我睡觉，跟我讲他家里的儿子。”

卡特向亨利·亚当斯点点头。“作为市长，”他说，试图恢复自己的一些尊严，“我欢迎你来——”

“这种欢迎恐怕不太合适吧，”亚当斯说，“我了解到您正在烧毁我的财产。”

“你的财产！”市长被呛住了，他的眼睛难以置信地盯着亚当斯手里挥着的那叠文件。

“没错，是他的财产，”格兰普尖声叫道，“他刚刚买下了它们。我们刚从财务主管的办公室过来。交了所有欠缴的税款和罚金，还有你们这些官方小偷想出的各种乱七八糟的费用。”

“但是，但是——”市长急切地想说些什么，喘着粗气，“不是所有的房子吧？也许只是老亚当斯的房产。”

“看吧，全部、所有。”格兰普胜利地说。

“那么现在，”亚当斯对市长说，“您能让您的人停止破坏我的财产了吗?"

卡特弯下腰在桌子上摸索着无线电,突然变得十分笨拙。

"麦克斯韦,"他喊道,"麦克斯韦。麦克斯韦。"

"怎么了?"麦克斯韦也大喊道。

"别再放火了!"卡特喊道,"开始灭火。通知消防部门。做点儿什么,只要能灭火就行。"

"我的老天,"麦克斯韦尔说,"我希望你下定决心。"

"照我说的做,"市长尖叫道,"把火扑灭!"

"好,"麦克斯韦说,"好。你冷静点儿。但我手下可不会乐意。他们可不乐意因为你随便改变主意的事而白白挨枪子儿。"

卡特不再搭理无线电,直起了身子。

"我向您保证,亚当斯先生,"他说,"这完全就是个误会。"

"是的,"亚当斯严肃地说,"一个非常大的错误,市长。您有史以来犯的最大的错误。"

他们俩站在那儿,隔着房间对视了一会儿。

"明天,"亚当斯说,"我将向法院递交一份请愿书,要求解除城市宪章。作为本市范围内最大土地份额的所有者——无论从面积还是估值的角度来看,我想我有完全的法律权利这样做。"

市长如鲠在喉,最终挤出一句话。

"基于什么理由?"他问。

"理由是,"亚当斯说,"再也不需要它了。我相信我要证明自己的论点不会太难。”

“但是……但是……那意味着……”

“没错,”格兰普说,“你知道这是什么意思。这意味着你马上就要滚蛋了。”

“一个公园。”格兰普边说边向曾经是城市住宅区的荒地挥舞着手臂,“这里会变成一个公园,让人们能记住老一辈是如何生活的。”

他们三个站在塔山上,生锈的老水塔在他们上方若隐若现,坚固的钢架掩在齐腰高的草丛中。

“确切地说,不是公园。”亨利·亚当斯解释说,“而是纪念馆,纪念一个在百年后将被遗忘的公共生活时代。这里会保留许多特殊的建筑类型,那些为了适应特定条件和个人独特品位而出现的建筑。不受制于任何建筑概念,而是为了实现更好的生活而努力。再过一百年,人们将怀着尊敬和敬畏走过那些房子,就像如今的人走进博物馆一样。对他们来说,这相当于是原始时代遗留下来的文物,是通向更好、更充实的生活之路的踏脚石。艺术家们将会穷其一生把那些老房子搬到他们的画布上,历史小说的作者们会来这里寻求真实的气息。”

“但你这话的意思,是要将所有房子复原,把草坪和花园恢复到以前的样子。”韦伯斯特说,“这可得花一大笔钱。而且,在那之后,还得再花一大笔钱来维护它们。”

“我有太多钱了,”亚当斯说,“实在太多了。别忘了,我祖父和父亲可是最早开始研究原子能的人。”

“你祖父是我认识的最能胡扯的人,”格兰普说,“以前每次发了薪水都会带我去潇洒一番。”

“以前,”亚当斯说,“当一个人有很多钱的时候,他可以把这些钱花在其他事情上。例如慈善机构或者医学研究之类的。但现在正经组织的慈善机构已经没有了,没有足够的业务来维持它们的运营。而世界委员会也已经有了很大发展,任何人想要进行什么研究,无论是医学的还是其他方面的,都有足够的资金。

“当我回来看望祖父的老房子时,并没有打算这么做。只是想看看,仅此而已。他告诉了我很多关于房子的事:他怎样在门前的草坪上种树,还有他后院的玫瑰花园是什么样。

“然后我看到了。那是一个嘲弄我的幽灵。是某种被遗弃的东西。对一些人来说它曾意义重大,却被抛弃了。那天,我和格兰普一起站在那所房子前,我突然想到,我能做的最好的事,就是把祖先生活的一个截面留给子孙后代。”

一团淡淡的蓝烟从远处的树上升起。

韦伯斯特朝那儿指了指,“那他们呢?”

“那些非法占居者们可以留下来,”亚当斯说,“如果他们愿意的话。有大量的工作需要他们去做。而且我保证总会有一两幢房子能让他们居住的。

“只有一件事困扰着我。我本人不能一直在这里。我需要一个人来管理这个项目。这将是一份终生的工作。”

他看着韦伯斯特。

“你去干吧,约翰尼。”格兰普说。

韦伯斯特摇了摇头,“贝蒂已经铁了心要去乡下了。”

“你不必待在这里,”亚当斯说,“你可以每天飞过来。”

从山脚下传来一阵招呼声。

“是奥勒!”格兰普大喊。

他挥舞着拐杖,“嗨,奥勒。快上来。”

他们看着奥勒爬上山,静静地等着他。

“我想跟你聊聊,约翰尼,”奥勒说,“我想到了个主意。兴奋得昨晚觉都睡不着。”

韦伯斯特说:“说说看。”

奥勒瞥了一眼亚当斯。“没关系的,”韦伯斯特说,“这位是亨利·亚当斯。也许你还记得他的祖父,老F.J.。”

“我记得他,”奥勒说,“他是个原子能狂热爱好者。他后来干得怎么样?”

“他做得很好。”亚当斯说。

“很高兴听到这个消息,”奥勒说,“看来我错了。我以前说他会永远一事无成。只知道做白日梦。”

“你那个想法是什么样的?”韦伯斯特问。

“你听说过度假牧场吧？”奥勒问他。

韦伯斯特点点头。

“那种地方，”奥勒说，“人们过去常常去，假装自己是牛仔。他们玩得很高兴，因为他们根本不了解放牧的艰辛，只觉得骑马很浪漫，而且——”

“喂，”韦伯斯特问，“你不是想把你的农场变成度假牧场吧？”

“不，”奥勒说，“不是度假牧场，也许可以叫度假农场吧。现在人们不太了解农场，因为根本就没有农场了。他们会看到南瓜上打的霜，还有美丽的……”

韦伯斯特盯着奥勒。“他们会去的，奥勒。”他说，“他们会争先恐后地去一个正宗、地道的老式农场度假，到时候肯定人满为患。”

山坡下的一丛灌木中突然传来一声炸响，一个闪光的东西叽叽喳喳、咯咯嗒嗒地发出尖利刺耳的声音，刀片寒光闪闪，一条机械臂挥舞着。

“那是？”亚当斯问。

“是那台该死的割草机！”格兰普大叫道，“我就知道，总有一天它的齿轮会掉下来，然后整个坏掉！”

对第二个故事的说明

从其他所有标准来看,第二个故事仍然是比较陌生的,但它比第一个故事好一点儿。在这里,读者会第一次产生这种想法:这个故事可能诞生于一群狗在篝火旁的讲述。而在第一个故事中,可不会产生这种联想。

这个故事表达了一些为狗所珍视的高尚道德和伦理观念,也反映了一种狗可以理解的斗争,尽管这种斗争实际上揭示了其核心角色在精神和道德上的堕落。

同样,也是在这里第一次出现了我们熟悉的角色——机器人。在这个故事中首次登场的机器人詹金斯——几千年来小狗们最爱的一个角色,被泰格视为这个传说的真正主角。在詹金斯身上,泰格看到了人类消失之后其影响的延伸——人类的思想通过机械装置,在人类自身消失后的很长一段时间里,继续引导着狗。

我们仍然有我们的机器人,这些珍贵且可爱的小装置存在的唯一目的,是让我们拥有双手。然而,这些年来,狗的机器人已经成为狗自身的一部分,没有狗把自己的机器人看作独立的东西。

泰格坚持认为机器人是人类的发明,是我们种族从人类那里继承下来的遗产,这一观点遭到了大多数研究这一传说的其他学生的强烈抨击。

有观点认为,机器人可能是被制造出来赠予狗,以帮助狗发展文化的。鲍恩斯说,这种想法正是因其传奇色彩而必须立刻排除。他认为,就已知情况推断,这是一种故事手法,因此从一开始就必须受到质疑。

如今无法知道狗是如何发展出机器人的。那些投身于机器人发展研究的极少数学者指出,机器人的用途高度专门化,确实能表明它是由一条狗发明的。他们的理由是,要做到这种程度的专门化,机器人一定是由使用它的种族发明和改进的,好确保它完全契合于这一种族的特殊用途。他们认为,除了狗以外,没有别的种族能把如此复杂的工具做得这么好。

说今天没有狗能造出机器人是在偷换概念。现在没有狗能制造机器人,是因为没有必要——因为机器人会自我制造。以前,当有必要的时候,很明显,确实是一只狗造出了一个机器人,而且通过赋予机器人自我复制的欲望,使其制造出了像它一样的机器人——典型的以狗的方式解决了问题。

在这个故事中同样引入了一个贯穿整个传说其余部分的观念，并且长期以来困扰着所有学生和大多数读者。这个观念是，肉体可以离开这个世界，进入太空，并且穿越太空到达另一个世界。虽然这种观点在很大程度上被认为是纯粹的幻想——当然，在任何传说中都有幻想存在，但学者们还是对它进行了大量研究。大多数研究证实了这样的事情是不可能的。故事中认为，我们在夜晚看到的星星是一个个强大的世界，且与我们的世界相距甚远。当然，大家都知道，星星只是悬挂在天空中的灯光，而且大多数都离我们很近。

关于穿越太空、抵达另一个世界这一概念的起源，鲍恩斯提出了一个解释，或许也是最佳的解释。他说，这只不过是古老的故事讲述者对卵石世界的艺术加工，而狗从远古时代就知道卵石世界的存在了。

Ⅱ　依偎之地

毛毛细雨从铅灰色的天空中飘落，就像烟雾抚过光秃秃的树枝。它淋软了树篱，模糊了建筑物的轮廓，远处也变得朦胧不清起来。它在沉默的机器人身上闪着光，给那三个人的肩膀上镀了一层银。那三人听着黑袍人捧着手里的书念道：

“我是复活，我是生命——”

墓室门上那座爬满青苔的雕像似乎在努力向上伸展。在那充满渴望的身体上，每一块结晶都在伸向别人看不见的东西。从很久以前，人们从花岗岩上凿出这座雕像，并用其装点家族墓地的那一天起，它就一直伸展着。先祖约翰·J.韦伯斯特一世在他生命的最后几年里，很喜欢这种象征意义。

“凡活着而信我的人——”

杰罗姆·A.韦伯斯特感觉到儿子的手指紧紧抓住自己的胳膊，

听着母亲哽咽的啜泣声，看着一排排机器人僵直地站着，低着头向它们服侍过的主人致敬。现在，主人要回家了——回到那个所有人最终的归宿。

杰罗姆·A.韦伯斯特麻木地想，它们是否理解——是否理解生与死，是否理解尼尔森·F.韦伯斯特躺在棺材里意味着什么，那个拿着书的男人为他吟诵祷告了什么。

尼尔森·F.韦伯斯特是韦伯斯特家族的第四代，他在这片土地上度过了一生，在这里生活和死去，几乎从未离开过。现在，他要在先人们为后代准备的这个地方安息了——这是先人们为了将在这里生活的子子孙孙准备的，后代们会生活在这里，继承先祖约翰·J.韦伯斯特一世所创立的事物和生活方式。

杰罗姆·A.韦伯斯特感到他的下巴肌肉绷紧了，全身都有些发抖。一时之间，他的眼睛灼热起来，棺材在他眼前模糊了，黑袍人说的话就像风一般，窃窃私语地穿过守护死者的松林。在他的脑海里，回忆不断地翻涌——一个白发苍苍的男人漫步在山丘和田野，嗅着清晨的微风，稳稳地站在熊熊燃烧的壁炉前，手里拿着一杯白兰地。

骄傲——土地和生命的骄傲，宁静的生活孕育了他的谦卑和伟大。他满足于安逸闲适的生活和能够达成目标的笃定，安全而独立地生活在熟悉的环境中，无拘无束地漫游在自己拥有的大片土地上。

托马斯·韦伯斯特轻轻地摇了摇他的胳膊。

“父亲，”他小声说，“父亲。”

仪式结束了。那个黑袍男子已经合上了书。六个机器人走上前去，抬起棺材。

三人慢慢地跟着棺材进入墓室，默默地站在那里，看着机器人将棺材推入墓穴，关上小门，贴上铭牌，上面写着：

尼尔森·F.韦伯斯特

2034—2117

这就是全部了。只有名字和日期。杰罗姆·A.韦伯斯特想，这就已经足够了。没有其他东西需要写在那里了。其他人也都是如此。那些写在家谱上的人——从威廉·史蒂文斯开始，1920—1999。韦伯斯特还记得人们都叫他格兰普·史蒂文斯，他是约翰·J.韦伯斯特一世的岳父。而约翰·J.韦伯斯特一世本人也在这里——1951—2020。再之后是他的儿子，查尔斯·F.韦伯斯特，1980—2060。还有查尔斯的儿子约翰·J.二世，2004—2086。韦伯斯特还记得约翰·J.二世——那是他的祖父，以前会睡在火炉旁，嘴里叼着烟斗，总是快要把自己的胡子点着。

韦伯斯特的眼睛游离到另一块铭牌上。玛丽·韦伯斯特，此刻站在自己身边的男孩的母亲。其实托马斯已经不是男孩了。他老是忘记托马斯现在已经二十岁了，再过一个星期左右就要去火星了,就像自己年轻时候那样。

全都在这里,他对自己说。韦伯斯特家族,包括他们的妻儿,死后仍在一起,就如他们生前一同生活一样,长眠于青铜和大理石所构筑的骄傲和安全感中,与外面的苍松和古老墓门前具有象征意义的雕像为伴。

机器人们完成了任务,静静地站在那里等着。

他的母亲看着他。

她告诉他:“我的儿子,你现在是一家之主了。”

他伸出手,把她紧紧地拥入怀中。一家之主——家里还剩什么呢?现在只有他们三个。他的母亲和儿子。儿子很快就要离开去火星了。但他会回来的,也许还会带着妻子回来,这个家族的香火就会延续下去。这个家不会一直只有三个人的,这所大房子的大部分地方也不会像现在这样一直封起来不用。曾几何时,这个家族里有十几个小家庭,大家住在不同的房间里,生活在同一屋檐下。他知道,那个时代还会再来。

三个人转身离开了墓地,踏上了回家的路,背影像一个巨大的灰色阴影在薄雾中若隐若现。

壁炉里生着火,一本书摊开放在书桌上。杰罗姆·A.韦伯斯特伸手把书拿了起来,又读了一遍题目。《火星生理学:脑科学研究》,医学博士杰罗姆·A.韦伯斯特著。

厚重而权威——这是一生的心血之作，可以说在这一领域独领风骚。在火星疫病肆虐的那五年，他和世界委员会医学小组的同事被派往这个邻近的星球执行慈善援助的任务，夜以继日地工作。也是在那些经历与数据的基础上，才有了这部作品的诞生。

一阵敲门声响起。

“进来。”他喊道。

一个机器人轻轻地推门而入。

“您的威士忌，先生。”

“谢谢你，詹金斯。”韦伯斯特说。

詹金斯说：“先生，那位部长已经离开了。”

“哦，好的。我想你有好好招呼他吧。”

“是的，先生。照例付了他钱，并拿给他一杯酒。不过他拒绝了。”

韦伯斯特告诉他：“你犯了一个社交错误。部长们不喝酒。”

“对不起，先生。我不懂。他让我请您什么时候去趟教堂。”

“嗯？”

“先生，我告诉他，您从来不去任何地方。”

“你说得对，詹金斯，”韦伯斯特说，“我们哪儿也不去。”

詹金斯朝门口走去，在出去之前停了下来，转过身来说道：“先生，请允许我这么说，墓地的葬礼很感人。您的父亲是一个好人，有史以来最好的人。机器人们都说那个仪式再合适不过，庄严又高贵。先生，如果他知道，他会喜欢的。”

韦伯斯特说:“詹金斯,我父亲如果听到你这么说,他一定会更高兴的。”

“谢谢您,先生。”詹金斯说,然后出去了。

韦伯斯特坐着,喝着威士忌,拿着书,烤着火。身处这个熟悉的房间,他感到周身舒适,感到这里就是他的避难所。

这就是家。对于韦伯斯特家族来说,自从约翰·J.一世来到这里,建造了这座大宅子的第一个房间的那一天起,这里就一直是家。约翰·J之所以选择这里,是因为这儿有一条鳟鱼小溪,至少他总是这么说的。但不仅如此。韦伯斯特告诉自己,肯定有比这还重要的事。

或者,也许一开始,仅仅只是因为鳟鱼小溪。鳟鱼小溪、树木和草地,每天早晨河里漂浮的雾气环绕着嶙峋的山脊。也许,其余的家园情怀是在这些年中逐渐生长的,多年以来,家族与这片土地的联系愈发紧密,直到土壤浸透了某种近乎传统却又不完全是传统的东西——它让这里的每一棵树、每一块石头、每一寸土壤,都变成了韦伯斯特家的树、石头、土壤。一切都有了归属。

约翰·J.一世是在城市解体后到这里来的,当时人们已经彻底抛弃了二十世纪那些蜗居的地方,摆脱了追求部落生活的本能,不再群居在同一个洞穴或同一块空地以抵御共同的敌人或恐惧。那种本能已经被时代淘汰了,因为不再有敌人和恐惧了。在过去那些年里,人们反抗着经济和社会情况烙印在他们身上的群居本能,而新的安全感和充足的资源使离群索居成为可能。

这一趋势始于二十世纪，也就是两百多年前，当时人们搬到乡下去呼吸新鲜空气，享受宽阔的活动空间和安闲生活的惬意，这是严格意义上的公共生活从未给予过他们的。

于是，这就是最终的结果。一种安静的生活，以及只有美好事物才能带来的平和。人们渴望已久的生活方式。以古老的家族住宅和悠然的田园为基础的庄园，由原子能提供能源，由机器人取代农奴。

韦伯斯特对着壁炉里燃得正旺的木炭微笑——这是个不符合时代潮流的东西，但它很不错——这是人类从洞穴里带出来的。没用了，因为用原子能取暖更好——但它更让人愉快。人们无法坐下来观看原子，却可以烤着火沉沉睡去，做着建造城堡的美梦。

甚至是他们下午去埋葬他父亲的那个墓地，那也是家。所有的一切都是一体的。忧郁的骄傲，悠然的生活与和平。在过去，死者都被埋在大片的墓场里，和陌生人挤在一起——

他从来不去任何地方。

詹金斯是这么告诉部长的。

没错。有什么必要去别的地方吗？一切都在这里。只要动动手指，转动拨号盘，你就可以和任何人面对面交谈，可以"去"——意识上去，而不是亲自前往——任何你想去的地方。可以去看戏剧，听音乐会，或者浏览世界另一端的图书馆。不用从椅子上站起来就能处理任何业务。

韦伯斯特喝了威士忌,然后转向他书桌旁的拨号机。

他没有翻看号码本,而是凭记忆转动了拨号盘。他知道他要去哪里。

他的手指轻轻一拨动开关,房间就融化了——或者看起来似乎融化了。只剩下他坐的那把椅子,书桌的一部分和机器本身的一部分,仅此而已。

椅子出现在一个铺满了金色草地的山坡上,点缀着在风中摇摆的参差树木,山坡迤逦而下,一直延伸到紫色山尖下的一个湖泊里。山尖被远处蓝绿色的松树染成长长的深色条纹,歪歪斜斜的台阶沿山而上。远处耸立着的锯齿状的皑皑雪峰被染成了蓝色,与山尖融为一体。风在弯曲的树间发出刺耳的喊声,一阵阵突如其来的狂风撕扯着长长的草。最后一缕阳光从远处的山峰间迸出。

起伏绵延的广袤土地,群山环抱中的湖泊,远处山脉上刀锋一般的阴影,组成一幅孤独而宏伟的图卷。

韦伯斯特惬意地坐在椅子上,眯起眼睛,看着那些山峰。

一个声音几乎就在他的肩膀上响起:“我可以进来吗?”

柔和嘶哑,完全非人类的声音。但这是韦伯斯特熟悉的声音。

他点了点头,“当然了,朱恩。”

他微微转过身,看到了精心制作的蹲伏式基座,一个毛茸茸的火星人蹲在上面,眼神温和。基座后面隐约还有其他的外星家具,多数是火星住宅里的物件。

火星人伸出一只毛茸茸的手指向山脉。

“你喜欢这个，”他说，“你能够理解它。我可以理解你如何理解它，但对我来说，这个景象恐怖甚于美丽。这是我们在火星上永远无法拥有的。”

韦伯斯特伸出手，但火星人阻止了他。

“就这样吧，”他说，“我知道你为什么来这里。我知道可能是一个老朋友来了，否则我也不会在这种时候出现——”

“谢谢你，”韦伯斯特说，“你能来我真高兴。”

“你父亲，”朱恩说，“是一个了不起的人。我记得那些年你在火星的时候，常常跟我说起他。你说过你会回来的，为什么你没有再来了？”

“为什么，”韦伯斯特说，“我只是从来没有——”

“不用说了，”火星人说，“我已经知道了。”

韦伯斯特说：“我的儿子几天之后就会去火星。我会让他去拜访你的。”

朱恩说：“荣幸之至，我等他来。”

他在蹲伏基座上不安地动了动，“或许，他子承父业了？”

“不，”韦伯斯特说，“他学的工程学。他对做手术从来都没有丝毫兴趣。”

火星人说：“他有权利追求他选择的生活。不过，别人也有权利抱有期盼。"

韦伯斯特同意道:"是的,不过那都过去了。也许他会成为一位伟大的工程师,空间结构的专家。他研究的是飞向星空的飞船。"

"也许,"朱恩说,"您的家族为医学所做的贡献已经足够多了。您和您的父亲——"

韦伯斯特说:"还有我父亲的父亲。"

朱恩说:"您的著作对整个火星都大有裨益。可能会吸引人类对火星人进行专门研究。我们这一族出不了好医生,他们毫无背景知识。种族思维的差异真是奇妙。火星人从未想过研究医学——真的是连想都没想过。我们种族用对宿命论的崇拜来满足这方面的需求。而你们种族,即使是在早期历史中,当人类还住在洞穴中时——"

"有很多事情,"韦伯斯特说,"是你们想过而我们没有想到的。有些事情,我们现在也想不通我们当初为什么没想到。你们也进化出了一些我们没有的能力。就说你的专长吧——哲学。和我们的哲学可不一样。你们的哲学是一门科学,而我们还在笨拙地摸索,最多也只是笨得有些章法罢了。你们的哲学发展有条有理、合乎逻辑,具有可行性、实用性、适用性,是一种实际的工具。"

朱恩张了张嘴,又犹豫了一下,然后继续说道:"我快要研究出一种理论了,可能会是崭新的、让人吃惊的理论,它会是对你们人类和火星人都适用的工具。我已经研究它好多年了,最初是源于地球人的到来让我想到的某些精神概念。我一直没讲过,因为我也没有把握。”

韦伯斯特接着说道:“那现在,你有把握了?”

“也不完全是,” 朱恩说,“不能肯定,但差得不远了。”

他们沉默地坐着,看着山脉和湖泊。一只鸟儿飞过来,停在一棵蓬乱的树上唱歌。乌云堆积在山脉后面,白雪覆盖的山峰像雕像一样耸立着。太阳沉入了深红色的湖中,终于在一片微弱的火光中平息下来。

一阵敲门声响起,韦伯斯特在椅子上动弹了一下,突然被拉回现实:他在书房里,坐在椅子上。

朱恩不见了。这位老哲学家来过,和朋友坐在一块儿沉思了一个小时,然后又悄无声息地离开了。

敲门声又响了起来。

韦伯斯特向前探了探身子,切断了开关,山峦消失了,房间又变回了原样。暮色从高高的窗户透进来,火焰在灰烬中闪烁着玫瑰色的光芒。

韦伯斯特说:“进来。”

詹金斯打开门。“晚餐已经准备好了,先生。”他说。

“谢谢。”韦伯斯特说。他从椅子上慢慢站起来。

“先生,您的位置,”詹金斯说,“在上座。”

“啊,好的,”韦伯斯特说,“谢谢你,詹金斯。感谢你提醒我。”

韦伯斯特站在太空发射场宽阔的坡道上,看着天空中逐渐缩小的影子,在冬日的阳光下闪烁着微弱的红色光点。

那个影子消失后,他还在那里站了好长一段时间。双手紧握着面前的栏杆,眼睛仍然盯着天空。

他的嘴唇动了动,似乎在说:“再见了,儿子。”但是并没有发出声音。

慢慢地,他开始关注起周围的环境。人们在斜坡上来来往往,着陆场似乎一直延伸到遥远的地平线,到处都有隆起的装置在等候飞船。小型拖拉机在一个机库附近工作,清除前一天晚上剩下的最后一点雪。

韦伯斯特打了个哆嗦。他觉得很奇怪,因为午后的阳光明明很温暖。他又打了个哆嗦。

他慢慢地转身离开栏杆,前往行政大楼。有那么一瞬间,他突然感到一阵恐惧——毫无来由的,对着坡道上那一段混凝土产生的一种尴尬的恐惧。这种恐惧令他精神颤抖。他挪动双脚朝着大门走去。

一个人朝他走来,手里拿着公文包。韦伯斯特看到了他,强烈地祈祷这个人不要跟他说话。

那人没有开口,几乎看都没看他一眼就经过了他身边。韦伯斯特松了一口气。

韦伯斯特自言自语道，如果自己此时在家，那现在应该已经吃完午饭，准备躺下来睡午觉了。炉火会在壁炉里燃得正旺，摇曳闪烁的火焰影子会映在壁炉架上。詹金斯会给他送一杯酒，然后说一两句话——无关紧要的对话。

他急匆匆地朝门口走去，加快脚步，急切地想要离开那光秃秃、冷冰冰的巨大斜坡。

他对托马斯的离开产生这种感觉，实在奇怪。当然，他应该不希望看见托马斯离开，这很自然。但在最后的几分钟里，他发现自己内心充满了恐惧，这完全是不正常的。对太空旅行的恐惧，对火星这片陌生土地的恐惧——尽管火星已经不再是陌生的地方了。一个多世纪以来，地球人已经了解了它，与它较量，与它生活；有些人甚至爱上了它。

但是，在飞船起飞前的最后几秒，他完全是凭借着意志力阻止自己跑到田野里，大喊让托马斯回来，让他不要走。

当然，那是绝对不会发生的。这是一种暴露癖，代表着可耻和羞辱——韦伯斯特一族的人不可能做得出这样的举动。

毕竟，他安慰自己道，火星之旅已经不再是什么了不得的冒险了——曾经是，但再也不会有那样的时候了。他自己，早年就已经踏上了火星旅行，在那里待了五年之久。那已经——想到这，他倒抽了一口冷气——差不多是三十年前的事了。

机器人接待员为他打开门，大厅里的嘈杂声迎面袭来，熙熙攘攘中夹杂着某种几乎可以称得上是恐惧的东西。他犹豫了一下,然后走了进去。门在他身后轻轻关上了。

他紧贴着墙,尽量不挡着别人的路,朝角落里的椅子走去。他坐下来,往后缩成一团,让身体深深地陷进垫子里,看着屋里纷乱喧嚣的人群。

有高声说话的人,匆忙行走的人,一张张陌生的、不友善的面孔。每个人都是陌生人,没有一张是他熟悉的面孔。人们忙着赶去不同的地方,前往不同的星球。急着离开,担心着最后的细节,到处乱跑。

在人群中隐约出现了一张熟悉的面孔。韦伯斯特将身体前倾。

"詹金斯!"他喊道,然后为自己的喊声感到懊悔,尽管似乎没有人注意到。

机器人朝他走来,站在他面前。

韦伯斯特说:"告诉雷蒙德,我得立即回去。让他马上把直升机开过来。"

"真抱歉,先生,"詹金斯说,"我们现在走不了。机械修理师在原子舱内发现了一个故障,他们正在维修更换,得花几个小时。"

韦伯斯特不耐烦地说:"那个肯定可以等其他时候再换吧。"

"机械修理师说不行,先生,"詹金斯告诉他,"它随时可能脱落。那整个动力——"

韦伯斯特认命般地说道："好吧好吧，我想也是这样。"

他烦躁不安地摆弄着自己的帽子，说："我只是想起，有件必须做的事情，必须立即处理。我必须得回家。我等不了几个小时。"

他向前移到了椅子边缘，目光打量着涌动的人群。

面孔——面孔——

"也许您可以使用电视传真，"詹金斯建议道，"说不定哪个机器人能帮您处理。那边有个传真房——"

"等一下，詹金斯。"韦伯斯特说。他犹豫了一下，"家里没什么事。没事。但是我必须得回去。我不能留在这儿。如果必须留下的话，我会发疯的。我在外面的坡道上就被吓到了。我很困惑。有一种感觉—— 一种奇怪而可怕的感觉。詹金斯，我——"

"我明白，先生。"詹金斯说，"您父亲也有。"

韦伯斯特倒抽了一口气，"我父亲？"

"是的，先生，这就是他从来不去任何地方的原因。当他发现这一点时，差不多就是您这个年纪，先生。他想去欧洲旅行，但没有成功，走到半路他就回来了。他还为此现象起了个名字。"

韦伯斯特沉默地坐着。

"一个名字，"他最终说道，"当然得有个名字。我父亲有。我的祖父——他也有吗？"

詹金斯说："先生，我不知道。直到您祖父暮年时，我才被创造出来。但是他可能也有。他也从未去过任何地方。"

“那么你就能明白，”韦伯斯特说，“你知道是怎么回事。我觉得我病了，身体很不舒服。看看你能不能租一架直升机——随便什么都好，能回家就行。”

“好的，先生。”詹金斯说。

他刚要离开，韦伯斯特又把他叫了回来：

“詹金斯，还有其他人知道这事吗？别人——”

“不，先生。”詹金斯说，“您的父亲从未对别人提起过，而我也隐约觉得他不希望我告诉别人。”

“谢谢你，詹金斯。”韦伯斯特说。

韦伯斯特再次缩回椅子里，内心悲凉而孤独，觉得自己不属于这里。在人声鼎沸、生机勃勃的大厅里形单影只——这种孤独折磨着他，使他软弱无力。

恋家。彻头彻尾的、可耻的恋家，他对自己说。这是男孩们第一次离开家，第一次出门接触世界时会产生的感觉。

还有一个奇特的词来描述这种症状——广场恐惧症，一种对置身于开阔空间中的病态恐惧——这个词来源于希腊语中“恐惧”的词根，字面意思是对集市的恐惧。

如果他穿过房间去电视传真房，他就可以打个电话，与他的母亲或某个机器人交谈——或者更好的选择是，就坐在那里原地不动，直到詹金斯来找他。

他站起来，然后再次沉重地坐回到椅子上。那是不可能的。只是和某人聊天或者通过屏幕看着那个地方,和身处在那里是不一样的。他无法在寒冷的空气中闻到松树的味道,听着雪在他脚下的人行道上发出熟悉的嘎吱嘎吱的声音,或者伸出手去触摸生长在路边的一棵巨大的橡树。他感觉不到火的温度,也感觉不到那种踏实的、敏锐的归属感,感觉不到与一片土地和那上面的东西融为一体的感觉。

然而,那也许会有所帮助。可能作用不大,但聊胜于无。他又试着从椅子上站了起来,然后僵在了原地。距离传真房仅仅几步之遥,但这短短的距离竟充满了恐怖,一种可怕的、排山倒海般的恐怖。如果要他跨越这段距离,他肯定会逃跑似的飞奔起来。飞奔着摆脱那些注视着自己的眼睛,那些陌生的声音,那种与陌生面孔近在咫尺所带来的巨大痛苦。

他突然又坐了下去。

一个女人尖锐的声音穿过大厅,他退缩了。他感到害怕,觉得自己身处地狱。他希望詹金斯能快点儿。

春天的第一缕气息从窗外飘了进来,书房里充满了融雪的味道和花草的清香,北飞的水鸟在蓝色的天空中穿梭,鳟鱼潜伏在水里等待着飞蝇。

韦伯斯特从桌上成堆的文件中抬起头,嗅了嗅微风,感受着微凉的风拂过面颊。他伸手去拿白兰地酒杯,发现杯子空了,又放了回去。

他又一次弯下腰去,拿起一支铅笔,划掉了一个字。

他审慎地读了读最后几段:

我邀请了二百五十个人来拜访我,且都是以一些大概较为重要的理由发出邀请,结果却只有三个人能来。这并不一定能证明除了这三个人之外,其他所有人都是广场恐惧症患者。有些人可能有正当理由无法接受我的邀请。但这确实表明,在城市解体后建立的地球生存模式之下,人们越来越不愿意离开熟悉的地方,越来越倾向于留在自己的景色和物产之中,在他们心中,这代表着亲切满足的生活。

这种趋势的结果将是什么,没有人能准确地预测,因为它只适用于地球上的一小部分人。在更大的家庭经济压力下,一些年轻人被迫背井离乡,到地球的其他地方或其他星球上寻找财富。还有许多人有意在太空中冒险和寻找机会,而另有一些人的职业或所从事行业使他们无法停留在一处。

他翻过那一页,来到最后一页。

这是篇好论文,他知道。但不能发表,现在还不行。也许在他死后能发表吧。就他所知,还没有人意识到这一趋势,大家都把人们很少出门这一事实当作是理所当然的。毕竟,为什么要离开家?

“在以下情况下人们可能会意识到某些危险——”

电视接收机在他手边嘀咕着，他伸出手去拨动开关。

房间逐渐隐去，一个坐在桌子后面的人出现在他面前，几乎就像坐在韦伯斯特的书桌对面。一个头发灰白的男人，厚厚的镜片后面藏着一双悲伤的眼睛。

韦伯斯特盯着他看了一会儿，努力搜索着自己的记忆。

“你是——”他问。那人沉重地笑了。

“我变了，”他说，“你也是。我叫克莱伯恩。还记得吗？火星医学委员会——”

“克莱伯恩！我经常想起你。你留在了火星上。”

克莱伯恩点点头，“我读过您的书，博士。的确是一本贡献卓越的著作。我也经常想写一本书，个人想法，但我没有时间。不过也幸好没时间。您的作品珠玉在前，难以超越，尤其是脑科学方面。”

“火星人的大脑，”韦伯斯特对他说，“有其特别之处，总是吸引着我。在那五年里，我在记录他们大脑上花费的时间恐怕都超出了合理范围。毕竟还有其他工作要做。”

“您做了一件好事，”克莱伯恩说，“这也是我现在给您打电话的原因。我有个病人，要做脑部手术。只有您能做到。”

韦伯斯特倒吸一口气，双手开始颤抖，“你要把他带到这里吗？”

克莱伯恩摇了摇头，“他不能转移。我相信您也认识他，哲学家朱恩。”

“朱恩!”韦伯斯特说,“他是我最好的朋友之一。我们几天前还一起聊过天。”

“病发得很突然,”克莱伯恩说,“他一直想请您来。”

韦伯斯特沉默了,浑身冰凉,出乎意料的寒意袭上心头,额头上沁出了冷汗,双拳紧握。

“如果您马上动身,”克莱伯恩说,“还赶得及。我已经和世界委员会协商好了,立即安排一艘飞船供您使用。以最快的速度航行。”

“但是,”韦伯斯特说,“但是……我去不了。”

“您来不了!”

“不可能的,”韦伯斯特说,“我想他或许并不真的需要我。当然,你自己也可以——”

“我不行,”克莱伯恩说,“只有您能做这个手术,没有别人具备相关知识。朱恩的生死掌握在您手中。如果您来,他就能活;否则,他就会死。”

“我去不了太空。”韦伯斯特说。

“任何人都可以进入太空,”克莱伯恩打断他道,“这事不像以前那样困难了。任何条件都可以协调满足。”

“但是……你不明白,”韦伯斯特恳求道,“你——”

“我确实不明白。”克莱伯恩说,“坦白说,我不懂为什么有人会拒绝挽救朋友的生命——”

两个人互相凝视良久，都没有说话。

“我会告诉委员会将飞船直接送到您家里，”克莱伯恩最后开口说道，“我希望到时候您能想清楚、赶过来。”

克莱伯恩逐渐消失了，熟悉的墙壁又映入眼帘——墙壁、书本、壁炉、绘画、心爱的家具，以及从敞开的窗户里传来的春天的气息。

韦伯斯特僵硬地坐在椅子上，盯着他面前的那堵墙。朱恩，那毛茸茸、满是皱纹的脸，他的轻声细语，他的友善和善解人意。他抓住那些奇思妙想，找到其中的逻辑，将其变成生活和行为的规则。他把哲学当作工具和科学，当作去往更好生活的踏脚石。

韦伯斯特将脸埋进手中，与内心深处涌起的痛苦做着斗争。

克莱伯恩不明白。也不能指望他明白，因为他根本无法知道。就算知道，他会理解吗？即使是韦伯斯特自己，也是直到亲身经历之后才能理解别人——害怕离开自己的壁炉，自己的土地，自己的所有物，以及他所塑造的那些小小的“家”的象征。不仅是他自己，还有韦氏家族的其他成员。从约翰·J.一世开始，这个家族的人们就建立起了一种生活信仰，一种行为传统。

他，杰罗姆·A.韦伯斯特，在年轻的时候就去过火星，没有感觉到或想过自己的血液中存在着这种心理毒药，就像托马斯几个月前去火星一样。但是在这个被韦伯斯特一族称为“家”的僻静之地，三十载的平静时光激活了它，甚至在他不知不觉中日益病入膏肓。事实上,他并没有机会知道这一点。

这种症状是如何逐渐发展的,现在看起来很清楚——显而易见,是由于习惯、心理模式以及与某些事物产生的愉悦的联系——这些事物本身毫无实际价值,但是被家族的五代人赋予了一种确切的、具体的价值。

难怪其他地方看起来那么陌生,其他星球的地平线也透着丝丝恐怖。

而且他对此无能为力——他毫无办法,除非他砍倒每一棵树,烧毁房子,改变河道的方向。但即使那样,可能也无济于事,即使那样……

电视接收机又咕噜咕噜地叫了起来,韦伯斯特抬起头,伸出手,用拇指按下按钮。

房间里亮起一片白色火焰,却没有影像。一个声音说道:"秘密电话。秘密电话。"

韦伯斯特拉回机器的一个面板,旋转了一对刻度盘,听见电力涌进屏幕的嗡嗡声,把房间给屏蔽了。

"保密性已建立。"他说。

白色的火焰熄灭了,一个男人坐在他桌子对面。他以前在电视讲话和日报上多次见过这个人。

世界委员会主席亨德森。

亨德森说:"我接到了克莱伯恩的电话。"

韦伯斯特点点头,没有说话。

“他告诉我,你拒绝去火星。”

“我没有拒绝,”韦伯斯特说,“当克莱伯恩挂电话时,这个事情还没有结论。我告诉他我去不了,但他拒绝了我的说法,他似乎不理解。”

“韦伯斯特,你必须去,”亨德森说,“只有你具备关于火星人大脑的必要知识,只有你可以操作这台手术。如果只是一个简单的手术,也许别人可以做,但这种难度的手术不行。”

韦伯斯特说:“或许是吧,但是——”

“这不仅仅是拯救一条生命的问题,”亨德森说,“虽然朱恩确实是位杰出人物,但背后有更重大的事情。朱恩是你的朋友,也许他向你暗示了他发现的东西。”

“是的,”韦伯斯特说,“是的,他跟我说起过。是一种全新的哲学概念。”

“一个我们不能没有的概念,”亨德森说,“这个概念将重塑太阳系,将使人类在两代人的时间里进步十万年。它将指向一个新的目标方向,一个我们迄今为止从未思考过、甚至不知其存在的目标。可以说是一个全新的真理。这是以前从未有人想到过的。”

韦伯斯特的手紧紧抓住桌子的边缘,手指关节突起,颜色惨白。

亨德森说:“如果朱恩去世,这个概念就会和他一起长眠于地下。我们可能会永远失去它。”

“我试试看，”韦伯斯特说，“我会试着——”

亨德森的眼神咄咄逼人，“你就只能‘试试’吗？”

韦伯斯特说：“我最多只能这样。”

“但是，老兄，你一定有什么理由！给我一些解释。”

“对此，”韦伯斯特说，“我并不想多说。”

他伸出手，切断了开关。

韦伯斯特坐在桌子前，双手举在面前，目不转睛地看着他们。一双掌握着知识和技巧的手，一双可以挽救生命的手，如果他能将它们带到火星的话。一双能够留存一种新理念的手——将在未来两代人的时间里让太阳系、人类和火星人前进十万年的新理念。

但这也是一双被幽静生活所滋生出的恐惧症束缚住的手。颓废——带着奇异的美丽、却也致命的颓废。

两百年前，人类就已经抛弃了喧闹的城市，离开了彼此依偎的地方。人类已经摆脱了过去的敌人和古老的恐惧，不再围坐在篝火旁；也将和其一起从洞穴里走出来的妖怪们甩在了身后。

然而，然而。

还存在着另一个依偎之地。不是生理上的紧紧相拥，而是精神上的。心头的那堆篝火，仍然将人牢牢地控制在火光照耀的范围之内。

但是，韦伯斯特知道，他必须离开那堆火。正如两个世纪前人们离开城市那样，他必须离开那堆火。而且他一定不能回头。

他必须去火星——或者至少要出发去火星。毫无疑问。他必须去。

他不知道自己能否在这趟旅途中活下来，在到达火星之后顺利完成手术。他含含糊糊地想着，广场恐惧症是否可能致命。在最极端的情况下，他想它应该是致命的。

他伸出一只手想按铃，然后犹豫了。没必要让詹金斯打包。他可以自己来——这样在飞船到达之前，他能让自己保持忙碌。

他从卧室衣柜的顶层搁板上拿了一个包下来，发现它满是灰尘。他吹了吹，但灰尘仍粘在上面。它已经在那里放了太多年了。

在他收拾行李的时候，房间用一种无声的语言跟他争论着，那是没有生命但熟悉的东西同人交谈时常用的语言。

房间说："你不能走。你不能离开我。"

韦伯斯特半是恳求、半是解释地说道："我必须得去。你不明白吗？那是我的朋友，一个老朋友。我会回来的。"

收拾完毕后，韦伯斯特回到书房，重重地坐在椅子上。

他必须走，但他做不到。可是等到飞船到达，离别的时候来临，他知道他会走出这所房子，走向那艘等待他的飞船。

他坚定了这个想法，并尽量用一种死板的模式把它固定下来。除了自己将要离开的念头，他努力屏蔽掉其他一切想法。

房间里的东西侵入了他的大脑，仿佛它们是一个想要让他留下的阴谋。他仿佛是第一次看见房间里的那些东西。陈旧的、了如指掌的东西,突然换上了新的面孔。能够同时显示地球和火星时间、月份日期及月相的计时器,放在桌上的亡妻照片,他在预科学校赢得的奖杯,他在火星之旅中花十块钱买下并装裱起来的远航俱乐部证书。

他凝视着它们,一开始不太情愿,而后热切地想要将它们都记在脑子里。这些年来,他一直把它们看作是一个完整的房间而不是独立的部件,从未意识到有多少东西组成了这个房间。

黄昏降临。早春的黄昏,杨柳的嫩枝散发着毛茸茸的味道。

飞船应该早就到了。他留心着动静,尽管他知道自己听不见。除了加速时,原子马达驱动的飞船都是无声无息的。起落时,它像蓟花的冠毛一样轻轻漂浮着,没有一丝声响。

飞船很快就会到这里了。必须很快就要到,否则他永远都走不了了。他知道,再多等一会儿,他好不容易积攒起来的决心就会像一堆灰尘一样在倾盆大雨中土崩瓦解。过不了多久,他就不能再坚持自己的决心了,不能再抵挡房间的恳求,炉火的闪烁,不能再抵挡韦伯斯特家族五代人曾经生活过的这片土地的低语。

他闭上眼睛,竭力驱散蔓延全身的寒意。他告诉自己,现在不能让它得逞。他必须得坚持下去。当飞船到达时,他还必须站起来,走出门,走到舷门去。

门上响起一阵敲门声。

韦伯斯特喊道:“进来。”

是詹金斯,壁炉的火光在他亮闪闪的金属皮肤上闪烁着。

“先生,您之前叫我了吗?”他问。

韦伯斯特摇了摇头。

“我还担心您找我了,”詹金斯解释道,“还奇怪我为什么没来。发生了一件非常不寻常的事,先生。有两个人驾着一艘飞船来,说他们想让您去火星。”

“他们到了,”韦伯斯特说,“你怎么不来叫我?”

他挣扎着站起来。

“先生,”詹金斯说,“我想您不想被人打扰。这太荒谬了。好在我终于让他们明白了,您是不可能想去火星的。”

韦伯斯特僵住了,感到寒冷和恐惧紧紧攫住了他的心。他双手摸索着桌子的边缘,跌坐在椅子上,感觉到房间的墙壁在他身边逐渐合围起来——那是一个永远不会让他离开的陷阱。

对第三个故事的说明

对于成千上万喜爱这个故事的读者来说，它的独特之处在于，这是狗首次登场的故事。而对于学生来说，则不仅仅如此。基本上，这是一个关于内疚和徒劳的故事。在这个故事里，人类为一种负罪感所困扰，不稳定性导致了变种人的出现，使人类大伤脑筋，而人类一族也在继续瓦解。

这个故事试图将人类突变合理化，甚至试图将狗解释为这一原始物种的变种。根据这个故事的说法，如果没有突变，任何种族都不可能得到完善，但没有提到社会需要某种静态因素来确保稳定。在整个传说中，很显然人类对稳定性并不重视。

泰格梳理了这个传说来支持自己的论点，提出这些故事实际上起源于人类，认为任何讲述故事的狗都不会提出突变理论，因为这一概念与所有犬类信条都背道而驰。他声称，这样的观点一定是从某个异类的头脑中蹦出来的。

然而，鲍恩斯指出，这一传说中与犬类逻辑截然相反的观点往往是有利于他的论点的。他说，这不过是优秀的故事讲述者的特质而已——为追求某些戏剧性的冲击效果，而将不同的价值观进行扭曲融合的能力。

毫无疑问的是，人类被刻意塑造成一个知晓自身缺点的角色。在这个故事中，人类的代表——格兰特提到了一种"逻辑惯性"。很明显，他感觉到人类逻辑是有一些问题的。他告诉纳撒尼尔，人类一直很忧愁。他把一种近乎幼稚的希望寄托在朱恩的理论上，认为这种理论有可能拯救人类。

最后，格兰特看到了人类一族与生俱来的毁灭倾向，把人类的命运交到了纳撒尼尔手中。

在传说里出现的所有角色中，纳撒尼尔或许是唯一有实际历史原型的一个。在犬族的其他历史故事中，纳撒尼尔这个名字经常被提到。虽然纳撒尼尔显然不可能完成这些故事中提到的所有事迹，但普遍的看法是他确实存在过，而且举足轻重。当然，其重要性建立在何等基础之上，答案却已经迷失在时间的长河中了。

在第一个故事中登场的人类韦伯斯特家族，在整个传说中一直占据着重要的地位。尽管这可能是支持泰格观点的另一个证据，但是，韦伯斯特家族可能也不过是讲好一个故事的噱头——一个建立连续性的手段，否则这些系列故事之间就没有太大的关联。

对于轻信这些故事字面意义的读者来说,狗是人类干预的产物这一隐晦的结论可能会令他们感到震惊。罗乎认为这一传说就是纯粹的神话,我们现在所看到的故事是一种试图解释种族起源的古老尝试。为了掩饰实际知识的缺乏,这个故事引入了一种相当于神的干预的解释。对于原始先祖们来说,这是一种简单有效、看似合理的方式,能够解释一些他们一无所知的事物。

Ⅲ　人口普查

一汪清泉从山坡上涌出，在蜿蜒的小径上奔腾成一条闪着光的小溪。理查德·格兰特正躺在山泉旁休息。这时，一只松鼠从他身边冲了过去，爬上了一棵高大的山核桃树。松鼠跑过之后，在一阵搅动秋叶的旋风中，跑来了一条小黑狗。

看到格兰特时，那只狗停了下来，看着他，摇起尾巴，眼里满是开心。

格兰特笑了。“你好啊。”他说。

“嗨。”那只狗说。

格兰特的慵懒一下子就被驱散了，惊得下巴都快掉到地上。那只狗也对他笑了笑，像块红抹布似的舌头从嘴里耷拉下来。

格兰特对着山核桃树挑起了大拇指，“你的松鼠在那儿。”

“谢谢。”那只狗说，“我知道。我能闻到它的味道。”

格兰特又吓了一跳，四处张望，怀疑这是个恶作剧。也许是腹语术？但是他没看见有人。除了他和狗，汩汩作响的山泉，树上叽叽喳喳的松鼠，树林里空无一人。

狗走近了些。

他说："我叫纳撒尼尔。"

确实是他在说话，毫无疑问。几乎就像人类说话一样，只是他发音很仔细，就像一个正在学习这门语言的人的发音方式。还有点儿"土腔"，一种难以区分的口音，腔调有些古怪。

"我住在山那边，"纳撒尼尔说，"和韦伯斯特一家住在一起。"

他坐了下来，用尾巴拍打地面上散落的树叶，看上去高兴极了。

格兰特突然打了个响指。

"布鲁斯·韦伯斯特！我知道了。我应该早想到的。很高兴见到你，纳撒尼尔。"

"你是谁?"纳撒尼尔问。

"我？我叫理查德·格兰特，一个人口普查员。"

"什么是人口……人口普——"

"人口普查员就是清点人数的人，"格兰特解释说，"我正在进行人口普查。"

纳撒尼尔说："有很多词我还不会说。"

他站起来，走到泉水边，大声地舔了几口。喝完水后，他一屁股坐在那人旁边。

“想猎松鼠吗?”他说。

“你想让我去吗?”

“当然。”纳撒尼尔说。

但是松鼠不见了。他们一起绕着树转了几圈,在几乎光秃秃的树枝之间搜寻着。但是,没有毛茸茸的尾巴从树枝后面伸出来,也没有小眼睛向下盯着他们。在他们谈话时,松鼠已经逃走了。

纳撒尼尔看上去有些垂头丧气,但很快又振作起来。

“你要不要去我们那儿过夜?”他邀请道,“然后,到了早晨,我们就可以去打猎。打一整天。”

格兰特笑了,“我不想给你们添麻烦。我习惯露营了。”

纳撒尼尔还是坚持,“布鲁斯会很高兴见到你的。爷爷也不会介意。毕竟,他都不知道周围发生了些什么。”

“谁是你爷爷?”

纳撒尼尔说:“他的真名叫托马斯,但我们都叫他爷爷。他是布鲁斯的爸爸。现在已经很老了。他整天坐着,想着很久以前发生的一件事。”

格兰特点了点头,“我知道那件事,纳撒尼尔。是朱恩的事吧。”

“是的,没错,”纳撒尼尔表示赞同,“那是什么意思呢?”

格兰特摇了摇头,“我也希望能告诉你,纳撒尼尔。我也希望我知道。”

他把背包扛在肩上,弯下腰挠了挠狗的耳背。纳撒尼尔高兴地做了个鬼脸。

“谢谢。”纳撒尼尔说，然后朝小路走去。

格兰特紧随其后。

草坪上，托马斯·韦伯斯特坐在轮椅里，凝视着傍晚的群山。

他在想，我明天就八十六岁了。八十六岁。对于一个人来说，真是活得够久了。可能过于久了，尤其是在他走不了路而且眼睛也不好使的情况下。

埃尔希会给我做一个傻里傻气的蛋糕，上面插满蜡烛；机器人都会给我送礼物，布鲁斯的那些狗也会进来祝我生日快乐，对我摇尾巴。还会有几个电视呼叫——尽管也许不会很多。而我会拍着自己的胸脯，说我能活到一百岁，每个人都会拍手笑着说：“听这老傻瓜的话。”

八十六年了，我想做的事情有两件。其中一件我做了，另一件没有。

一只呱呱啼叫的乌鸦掠过远处的山脊，斜落在山谷的阴影里。在远处，沿河传来一群野鸭的嘎嘎叫声。

很快星星就会升起。每年这个时候它们都会早早升起。他喜欢看星星。那些星星！他非常自豪地拍了拍椅子扶手。上帝啊，星星是他的食粮。一种痴迷？也许吧——但至少星星能抹去很久以前的耻辱，能庇护家族，让他们远离那些历史好事者的八卦。布鲁斯也帮了忙。他的那些狗——

他身后的草地上响起了脚步声。

“您的威士忌,先生。”詹金斯说。

托马斯·韦伯斯特看着机器人,从托盘上拿起玻璃杯。

“谢谢你,詹金斯。”他说。

他用手指转动着玻璃杯,“詹金斯,你为我们家服务有多久了?”

“您的父亲,先生,”詹金斯说,“再之前还有他的父亲。”

“有什么消息吗?”老人问道。

詹金斯摇了摇头,“没有。”

托马斯·韦伯斯特呷了一口酒,“那……就是说他们已经远远超出了太阳系。太远了,冥王星站也无法中继。或许在去半人马座阿尔法星的中途,或者已经到了。如果我足够长寿的话——”

“您会的,先生,”詹金斯告诉他,“我从骨子里这么觉得。”

老人说:“你可没有骨头。”

他慢慢地啜饮着威士忌,用挑剔的舌头品尝着。水加得太多了。但说出来也无济于事。没必要对詹金斯大发雷霆。是那个医生!是那个医生告诉詹金斯再多加点儿水。在一个人生命的最后几年剥夺了他适量饮酒的权利——

“那是什么?”他指着那条蜿蜒的山路问道。

詹金斯转过头看了看,说:“先生,似乎是纳撒尼尔带着一个人回来了。”

狗们成群结队地进来道晚安,又离开了。

布鲁斯·韦伯斯特在他们身后咧嘴一笑。

“浩浩荡荡的。”他说。

他又转向格兰特,“我想纳撒尼尔今天下午吓了你一跳吧。”

格兰特举起白兰地酒杯,对着灯光眯起眼睛打量着它。

“的确是,”他说,“不过也就一下。然后我想起了以前读到过关于您在这里做的事情。当然,这不是我的本行,但您的工作得到了宣传,而且或多或少是用通俗易懂的语言写的。”

“你的本行?”韦伯斯特问道,“我以为——”

格兰特笑了,“我知道您的意思。人口普查员,就是一个计数员。这些都没错。”

韦伯斯特有点儿困惑,也有点儿尴尬。他说:“格兰特先生,我希望我没有——”

“完全没有,”格兰特告诉他,“我已经习惯了,被当成一个写下名字、年龄,然后继续去找下一群人的人。当然了,这是对人口普查的老看法。数数人头,仅此而已。一个统计学问题。毕竟,上一次人口普查已经是三百多年前了。但是时代变了。”

“你这话让我挺感兴趣的,”韦伯斯特说,“数人头这事在你口中听起来几乎有点儿邪恶。”

格兰特反驳道:“不是邪恶。这是合乎逻辑的。是对人类人口的评估。不仅仅是评估有多少人口，还要评估他们到底是什么样的人，他们在想什么、在做什么。”

韦伯斯特慵懒地坐在椅子里，身子陷得更低了，两只脚伸向壁炉的火边，“格兰特先生，你该不会要告诉我，你打算对我进行心理分析吧？”

格兰特喝干了酒杯里的白兰地，把它放在桌上。“我不需要这么做。”他说，“世界委员会对像您这样的人了如指掌。但还有其他人——跑山人，您可以暂时这么叫他们。在北方，他们是班克松野人。再往南又是另一群人。一群隐藏的人口——几乎被遗忘的人口。那些到森林里去的人。当世界委员会放松对政府的约束时，四散奔逃的那些人。”

韦伯斯特哼了一声。“政府的约束必须放松。”他断言，“历史将会向所有人证明这一点。在世界委员会成立之前，世界的政府机构就被残存的老旧思想所拖累。三百年前，就不再有理由维持乡镇政府了，如今成立国家政府也同样毫无道理。”

“您说得很对，”格兰特回应道，“然而，当政府的控制放松时，它对每个人生命的控制也放松了。那些个想逃避政府、不受政府管束的人，在失去了政府福利、逃脱了自己的义务之后，发现自己很容易就能溜走，不再受政府控制。世界委员会对此并不介意。比起那些不负责任、满腹牢骚的人，它还有更多的事要操心。而这样的人有很多。例如农民，水培的到来使他们失去了原有的生活方式。他们中的许多人很难适应工业生活。所以呢？他们溜走了。他们恢复了原始生活，种些庄稼、打猎、设陷阱、砍柴，偶尔偷点儿东西。失去了生计，他们又回到土地，完全回归到原始状态，土地也照料着他们。”

“那是三百年前的事了，”韦伯斯特说，“世界委员会当时并不在意他们。当然，委员会已尽其所能，但就像你说的，它并不介意有几个人从指缝中溜走。那么为什么现在突然产生兴趣了呢？”

“我猜，”格兰特告诉他，“是他们现在有时间做这件事了。”

他仔细地打量着韦伯斯特，研究着这个人。他在火炉前放松地坐着，火焰跳跃的阴影在他充满力量的脸上蚀刻出一个个平面，几乎把他的脸变成了一幅超现实主义的画像。

格兰特在口袋里摸索着找到了烟斗，把烟草塞进了进去。

他说：“还有其他事情。”

“嗯？”韦伯斯特问道。

“这次普查还有其他事情。他们无论如何都会进行人口普查，因为对地球人口情况的掌握必须始终是一种资产，一种随手可得的信息。但这不是全部。”

韦伯斯特说：“变种人。”

格兰特点了点头，“没错。我几乎没想到能有人猜到这一点。”

“我和变种人一起工作，”韦伯斯特说，“我这一辈子都在跟突变打交道。”

“奇怪的文化不断出现，”格兰特说道，“是前所未见的一些东西。比如带有鲜明个性印记的文学形式，脱离了传统表达方式的音乐，以前从未见过的艺术。而且大部分都是匿名的，或者至少是用了假名。”

韦伯斯特笑了，“这样的事，对世界委员会来说当然非常神秘。”

“还有比这更重要的事，”格兰特解释道，“委员会关心的不是艺术和文学，而是其他东西——那些没有表现出来的东西。如果有个边远地区正在进行着文艺复兴，那么自然，它首先会通过新的艺术和文学形式引起人们注意。但文艺复兴也并非完全与艺术和文学有关。”

韦伯斯特在椅子上坐得更低了，双手托着下巴。

“我想我明白了，”他说，“你这话的意思。”

他们在沉默中对坐良久，只有炉火的噼啪声和外面秋风吹过树林阴森的飒飒声不时地打破这种寂静。

“曾经有过一次机会，”韦伯斯特几乎像是在自言自语，“一个发现新视角的机会，一个可能会抹去四千年来人类思想混乱的机会。但有个人错失了那次机会。”

格兰特不自在地动了动，然后僵硬地坐着，生怕韦伯斯特看到他的举动。

“那个人，”韦伯斯特说，“就是我的祖父。”

格兰特知道必须说些什么了,自己不能继续坐在那里不说话。

“朱恩也可能是错的,”他说,“也许他并未发现一种新哲学。”

“那种想法,”韦伯斯特说,“我们以前也常常拿来安慰自己。但那不太可能。朱恩是一位伟大的火星哲学家,也许是火星有史以来最杰出的一个。如果他当初活了下来,我认为他毫无疑问能提出那种新哲学。但他没有活下来。因为我祖父不能去火星,他没有活下来。”

“这不是你祖父的错,”格兰特说,“他尽力了。广场恐惧症是人无法对付的东西——”

韦伯斯特摆了摆手,“那都已经过去了,结束了。这是无法挽回的事情。我们必须接受这一点,然后从那里继续出发。而且,因为是我的家人、我的祖父——”

格兰特瞪大了眼睛,被突然出现的想法吓了一跳,“那些狗!那就是为什么——”

“是的,那些狗。”韦伯斯特说。

从远处的河谷里传来一声叫声,伴随着在林间私语的风声。

“那是一只浣熊,”韦伯斯特说,“狗听见了就会追出去的。”

叫声又响了起来,似乎离得更近了,尽管这种感觉一定是出于想象。

韦伯斯特在椅子上坐直,身子前倾,凝视着火焰。

“毕竟,为什么不这么做呢?”他反问道,“狗是有个性的。你可以从遇到的每一只狗身上感觉到这一点。没有情绪和气质完全一样的两只狗。它们都不同程度地有些智力。而这就是所必需的:有意识的性格和一定程度的智商。

“它们只是没有得到公平的机会,仅此而已。两个不利条件。一是不能说话,二是不能直立行走。而由于不能直立行走,它们也就没有进化出手的机会。但抛开语言和手来说,就没有那么大的区别了。我们可以是狗,狗也可以是人。”

“我从来没有这样想过,”格兰特说,“没想过把狗当作会思考的种族——”

“不,”韦伯斯特说,他的话里有一丝苦涩,“不,你当然不曾这么想了。你过去对它们的看法,跟如今世界上大多数人一样。把它们看作是好玩的小东西,是杂耍动物、有趣的宠物,你可以与之交谈的宠物。

“但不仅如此,格兰特。我可以向你发誓。到目前为止,人类都是孑然一身。是唯一一个有思想、有智慧的种族。想想,要是有两个种族,两个有思想、有智慧的种族,携手并进,他们可以走得多远、多快。因为,你看,两个种族的思维方式不一样。他们会相互对照检查自己的想法。其中一个想不到的,另一个能想到。三个臭皮匠,顶个诸葛亮的老故事。

“想想吧,格兰特。一种与人类思维不同、却能与人类共事的思维。它能看到和理解人类头脑所不能理解的事物,如果你愿意相信的话，它也能提出人类头脑想不出来的哲学。”

他对着炉火张开双手，长长的手指上有坚硬而无情的关节。

“它们不能说话，我就教它们。这并非易事，因为狗的舌头和喉咙本来就不是用来说话的。但是手术帮了这个忙……起初是权宜之计……手术和移植。但是现在……现在，我希望，我认为……现在这么说还为时过早——”

格兰特将身体前倾，紧张起来，“你的意思是狗正在将你所做的改变传递下去，有证据表明手术矫正能遗传？”

韦伯斯特摇了摇头，“现在这么说还为时过早。也许再过二十年，我可以告诉你。”

他从桌上拿起白兰地酒瓶，递了过去。

“谢谢。”格兰特说。

“招待不周，”韦伯斯特对他说，“你该自行取用的。”

他对着炉火举起酒杯，“我的实验对象很不错。狗是很聪明的。比你想象的还要聪明。普通的狗能认识五十多个单词。认识一百个的也不少见。再加上一百个单词，他的词汇量就可供使用了。你也许注意到了，纳撒尼尔用的那些简单的词，几乎都是基础的英语单词。”

格兰特点了点头，“一两个音节的词。他告诉我，有很多单词他不会说。”

“要做的还有很多。”韦伯斯特说，“太多了。例如阅读。狗可不像我们一样看东西。我一直在用镜片做实验——矫正他们的视力，让他们可以像我们一样视物。如果失败了，还有另一种方法。人类必须设想狗是如何看东西的——学着印制狗能阅读的书。"

"那些狗，"格兰特问道，"他们怎么想？"

"他们？"韦伯斯特说，"信不信由你，格兰特，他们正在过着快乐的生活呢。"

他凝视着火炉。

"愿上帝保佑他们的心。"他说。

格兰特跟着詹金斯爬上楼梯，准备去睡觉，但当他们经过一扇半开的门时，一个声音向他们打招呼：

"是你吗，那个陌生人？"

格兰特停下来，四处张望。

詹金斯低声说："是那位老先生，先生。他常常无法入睡。"

"是的。"格兰特答道。

"你困了吗？"那声音问道。

"不是很困。"格兰特说。

"进来坐会儿吧。"老人说。

托马斯·韦伯斯特撑着自己坐在床上，头上戴着条纹睡帽。他看见格兰特盯着它。

"头秃了，"他粗声粗气地说，"不戴个什么不舒服。睡觉又不能戴平时的帽子。”

他对詹金斯大喊道:“你还站在那儿干什么？没看到他需要杯酒吗?”

“是,先生。”詹金斯说,然后消失了。

“坐吧,”托马斯·韦伯斯特说,“坐下来听我说会儿话。说话会帮助我入睡。而且,我们可不是每天都能看到新面孔。”

格兰特坐了下来。

“你对我那个儿子怎么看?”老人问。

格兰特没想到对话会从这个不寻常的问题开始,“怎么看……我认为他很出色。他对狗所做的那些工作——”

老人呵呵一笑,“他和他的狗！我跟你说过纳撒尼尔跟一只臭鼬纠缠的事儿吗？我当然没有,我才只跟你说了一两句话。”

他用手在床罩上摩挲着,长长的手指紧张地抠着布料。

“我还有一个儿子,你知道吧。叫艾伦。叫他小艾好了。今晚,他抵达了人类迄今为止离地球最远的地方。他正在去别的星球的路上。”

格兰特点了点头,“我知道。在报纸上读到了。半人马阿尔法星探险队。”

“我的父亲是一名外科医生,”托马斯·韦伯斯特说,“想让我子承父业。我拒绝的时候,应该几乎伤透了他的心吧,我想。但如果他泉下有知,他今晚会为我们感到骄傲的。”

“您不必担心您的儿子，”格兰特说，“他——”

老人瞪了他一眼，他没再说下去。“那艘船是我亲自造的。我设计的，亲眼看着它从无到有。如果只是太空巡航，它会到达目的地的。那孩子也很棒，驾着那艘船上天入地都没问题。”

他坐在床上，把驼背挺直了一些，睡帽歪歪扭扭地搭在堆得高高的枕头上。

“我还有另一个理由相信，他会到达那里然后回来。当时我并没有想太多，但最近我一直在回想，在反复思考，不知道这是否意味着……好吧，如果不是——”

他喘了口气，“提醒你，我并不迷信。”

“您当然不。”格兰特说。

“我当然不。”韦伯斯特说。

“也许您是发现了某种迹象，”格兰特猜测道，“一种感觉，一种预感。”

“都不是。”老人说，“是一种十拿九稳的认知——命运注定与我同在，我注定要造一艘完成这趟旅程的船，某个人或某个事物认为是时候让人类去往别的星球了，并伸手帮了人类一把。”

“您听起来像是在谈论一个真实事件，”格兰特说，“就好像发生了一些积极的事情，让您认为这次探险一定能成功。”

“你可以相信，”韦伯斯特说，“我就是这个意思。事情发生在二十年前，就在这所房子前面的草坪上。”

他喘息着让自己坐得更直了。

“我当时很沮丧，你明白吧，梦想破碎了。多年的努力一无所获。为达到星际飞行所需的速度，我一直钻研的一条基本定律就是行不通。而最糟糕的是，我知道它离正确就差一点儿了。我知道只有一个小地方出了问题，只有一个地方必须要做出理论上的改动，但我就是找不到是哪里。

“于是我坐在外面的草坪上，面前放着一份计划草图，为自己感到难过。我整个人生都耗在这上面了，你知道的。我走到哪里都带着它，心想也许只要看看它，出错的地方就会突然出现在我的脑海里。你知道，有时候就是会有这种巧合的。”

格兰特点了点头。

“当我坐在那里时，一个人走了过来。一个跑山人。你知道什么是跑山人吧？”

“当然。”格兰特说。

“嗯，那家伙走了过来。是个很灵活的家伙，悠闲地走着，仿佛不知烦恼为何物。他停下来俯视着我，问我手里拿的是什么。

“‘飞船驱动器。’我告诉他。

“他俯下身来，拿起图纸，我没有阻止他。毕竟，有什么用呢？他一点儿也不懂，再说，它也没什么用了。

“然后他把它还给我，用手指戳着一个地方说：‘你这里出了问题。’然后他转身飞奔而去，我坐在那儿盯着他的背影，感觉疲倦得一个字都说不出来,甚至没能叫他回来。”

老人直挺挺地坐在床上,眼睛盯着墙,睡帽歪得厉害。外面的风吹过屋檐,发出空心的鸣响。在光线充足的房间里,似乎有什么阴影,尽管格兰特知道那并不存在。

“您后来找到他了吗?”格兰特问。

老人摇了摇头,说:“无影无踪。”

詹金斯拿着一个玻璃杯走了进来,把它放在床头柜上。

“我一会儿就回来,先生。”他对格兰特说,“带您去您的房间。”

“不用了,”格兰特说,“只要告诉我在哪里就可以了。”

“如果您希望的话,先生。”詹金斯说,“是楼下第三个房间。我会把灯打开,把门给您留着。”

他们坐着,听着机器人的脚步声穿过大厅。

老人瞥了一眼那杯威士忌,清了清嗓子。

“我现在真希望,”他说,“刚才让詹金斯也给我拿一杯过来。”

“噢,没关系,”格兰特说,“您喝这杯吧。我真的不需要。”

“确定你不需要?”

“完全不。”

老人伸手拿杯,喝了一口,叹了口气。

“这才是我知道的黄金混合比例,”他说,“医生让詹金斯把我喝的稀释了。”

房子里有什么东西让人心烦意乱。某种让人觉得自己是外人的东西——让人不自在,好像暴露在四下墙壁安静的低语中。

格兰特坐在床边,慢慢地解开鞋带,将鞋子放在地毯上。

一个为这个家族服务了四代人的机器人,说起早已逝去的那些人时,就好像他昨天才给他们端了一杯威士忌。一位老人,担心着一艘穿越太阳系之外黑暗空间的飞船。另一个人,梦想着另一个种族可以与人类携手踏上命运之路。

还有最重要的——几乎未说出口,却确定无疑的,杰罗姆·A.韦伯斯特的阴影。一个辜负了朋友的人,一位辜负了信任的外科医生。

火星哲学家朱恩,倒在了一项伟大发现的前夕,因为杰罗姆·A.韦伯斯特不能离开这所房子,因为广场恐惧症把他困在这块几平方英里的土地上。

格兰特穿着袜子,走到桌子前。詹金斯把他的背包放在了那儿。他松开带子,打开背包,拿出一个厚厚的文件夹,又回到床上坐下来,抽出一摞摞文件,翻阅着它们。

记录,数百张记录表。纸上写着数百个人生故事。不仅是人们告诉他的事情或他们回答的问题,还有很多其他的小事——他通过观察、坐谈、和他们一起待一小时或一天而记录下来的细节。

他在这些乱石山坡里寻访到的人都接受了他。他得让他们接受他,因为这是他的工作。他们愿意接受他,因为他是步行来的,满身荆棘，疲惫不堪，肩上只有一个背包。他身上没有任何现代社会的气息，因为那种气息会把他和他们区别开来，让他们对他产生疑虑。这种人口普查方式劳神费力，但却只有这种方式才能得出世界委员会想要、也需要的人口普查结果。

因为在某时某地，某个像他这样的人也会研究与床上这些文件类似的记录表，寻找想要的东西，从而找到偏离了人类模式的某种生命的线索。一些行为主义的怪癖会让一些生命与其他所有生命对立。

当然，变种人并不少见。他们中的许多人都是知名人士，在世界上身居要职。世界委员会的大多数成员都是变种人，但是，像其他变种人一样，其突变性质和能力已经被世界模式所修正和限制。这种无意识的调整塑造了他们的思想和反应，使他们在某种程度上与他人保持一致。

变种人一直都存在，否则种族就不会进步。但是直到最近一百年左右，人们才开始如此认知他们。在此之前，他们只是伟大的商人、伟大的科学家或伟大的骗子。又或许只是被当作怪人，在一个不能容忍与常态不同的种族中，得到的只有轻蔑或怜悯。

其中那些成功的人主动适应了周围世界，把他们更强大的精神力量委曲求全地限制在大多数人认同的行动模式中。这削弱了他们的用处，制约了他们的能力，为他们充分发挥所能竖起了藩篱，因为这些限制本是为不太出众的人而设的。

即使在今天,已知的变种人能力也在不知不觉中受到一种既定模式的限制—— 一种可怕的逻辑惯性。

但在世界上的某个地方,还存在着几十或者几百个其他的人类,他们比人类稍微好上一点——还没有受到人类复杂僵化生活的影响。他们的能力不会受到限制,他们也不知道什么逻辑惯性。

格兰特从文件夹里拿出一小沓薄得可怜的文件,纸张被夹在一起。他近乎虔诚地读着文件的标题:《朱恩未完成的哲学主张及相关笔记》。

需要一个没有逻辑惯性的头脑,一种不受四千年人类思想模式束缚的思维,来接过这位已逝的火星哲学家手中曾短暂举起的火炬,传递下去。一支照亮通向新生活、新目标的道路的火炬,它指示着一条更加容易、更加平直的道路。一种可以让人类在短短两代人的时间里进步十万年的哲学思想。

朱恩已经死了。而就在这所房子里,曾有一个男人度过了他痛苦的余生,倾听着他亡友的声音,躲避着自己因辜负了种族而受到的责难。

有什么人在偷偷地挠着门。格兰特吃了一惊,身体一僵,竖起耳朵。挠门的声音又响了。然后是弱弱的、温和的呜呜声。

格兰特迅速将文件塞回文件夹里,大步走到门前。当他打开门时,纳撒尼尔像一个滑动的黑影一样钻了进来。

“奥斯卡，”他说，“不知道我在这里。要是奥斯卡知道，他准会让我好受。”

“谁是奥斯卡？”

“奥斯卡是照顾我们的机器人。”

格兰特对着狗笑了，“你想干什么呢，纳撒尼尔？”

“我想和你谈谈，”纳撒尼尔说，“你跟其他所有人都已经聊过了，跟布鲁斯和爷爷。但你还没有跟我聊过，可是我先找到你的呢。”

“好吧，”格兰特回应道，“来吧，我们聊聊。”

“你很担心。”纳撒尼尔说。

格兰特皱了皱眉头，“没错，也许是的。人类总是很担心。你现在应该能明白这一点了，纳撒尼尔。”

“你在担心朱恩，就像爷爷一样。”

“不是担心，”格兰特抗议道，“就是好奇，还有希望……”

“朱恩怎么了？”纳撒尼尔追问道，“他是谁？还有——”

“说真的，他谁也不是，”格兰特说，“我是说，他曾经是个大人物，但是他很多年前就去世了。他现在只是一个理念、一个问题、一个挑战、一件需要思考的事情。”

“我可以思考，”纳撒尼尔骄傲地说道，“有时候我想得很多，但是我不能像人类那样思考。布鲁斯告诉我，不许我那样。他说，我必须按照狗的思维去思考，把人类的想法放在一边。他说，狗的想法和人类的想法一样好，也许还要好得多。”

格兰特严肃地点点头，“这是有道理的，纳撒尼尔。毕竟，你必须得思考跟人不一样的东西。你必须——”

“有很多事是狗知道而人不知道的，”纳撒尼尔显摆道，“我们可以看到并听到人们看不见也听不见的东西。有时我们在晚上嚎叫，人们会骂我们。但是，如果他们能看到并听到我们的所见所闻，他们肯定会被吓得全身瘫软、无法动弹。布鲁斯说我们可以……我们可以——”

“通灵?”格兰特问。

“就是这个，”纳撒尼尔说，“我没法记住所有的单词。”

格兰特从桌子上取下睡衣。

“和我一起过夜如何，纳撒尼尔? 床脚归你了。”

纳撒尼尔睁大了眼睛盯着他，“天啊，你的意思是，你希望我睡在这儿吗?”

“当然了。如果我们要成为伙伴，狗和人，那么我们最好从一开始就保持平等。”

“我不会弄脏床的，”纳撒尼尔说，“我真的不会。奥斯卡今晚才给我洗了澡。”

他拍了一下一只耳朵。

“除了，”他说，“我想他漏掉了一两只跳蚤。”

格兰特困惑地看着手里的原子枪。一个方便的物件，功能很多,从点烟器到致命武器都行。使用寿命长达一千年,傻瓜式操作,至少广告上是这么说的。它从来没有出过什么问题——除了现在,它不灵了。

他将它指向地面并大力地甩了甩,但仍然没有用。他在一块石头上轻轻地敲了一下它,也没有结果。

黑暗逐渐笼罩在起伏的山丘上。某个遥远的河谷里,一只猫头鹰在无端大笑。几颗小小的初星安静地从东方升起,而另一边,太阳西沉的淡绿色光芒正渐渐消失在夜色中。

一堆树枝放在石头前面,其他的木柴就放在手边,这样就可以保证营火彻夜燃烧。但是,如果这把枪没用的话,就生不了火。

格兰特一想到寒夜露宿和冷冰冰的口粮,便低声咒骂起来。

他再次在岩石上敲了下枪,这次用了更大的劲儿。还是没有一点起色。

黑暗中,一根树枝嘎吱一声折断了,格兰特猛地站了起来。林中的一棵巨树高高地耸立在渐浓的暮色中,在幽暗的树干旁,站着一个人影,又高又瘦。

"你好。"格兰特说。

"出什么事了,陌生人?"

"我的枪——"格兰特回答道,然后把剩下的话咽了回去。没必要让这个躲在暗处的黑影知道他现在手无寸铁。

那人走上前来,伸出手。

“出问题了，是吗？”

格兰特感到枪从手中被拿走了。

这个不速之客蹲在地上，发出咯咯的声音。格兰特睁大眼睛想看清楚他在做什么，但黑暗将那人的手模糊得像墨一般，他只能看见那双手在明亮的金属枪身上上下翻飞。

金属发出咔嗒咔嗒的刮擦声。那人吸了一口气，笑了。又响起一声金属的刮擦声，那人站了起来，把枪递了出去。

“都修好了，”他说，“也许比以前更好用。”

再次有树枝嘎吱一声折断了。

“嘿，等等！”格兰特大喊，但那个人走了，像一个黑色的幽灵在幽暗的树干间移动。

一阵并非来自夜晚的寒意从地下渗出，慢慢蔓延到格兰特全身。这股寒意让他咬紧牙关，头顶上的短发几乎竖了起来，胳膊上也生满了鸡皮疙瘩。

黑暗中，除了露营地下面的小溪发出的潺潺流水声，什么声音也没有。

他颤抖着跪在那堆树枝旁边，扣动了扳机。一道细细的蓝色火焰出现，树枝熊熊燃烧起来。

格兰特发现老戴夫·巴克斯特坐在篱笆顶部的栏杆上，短茎烟斗几乎藏在他的络腮胡里，烟从里面冒出来。

“你好啊，陌生人，”戴夫说，“上来一起蹲会儿。”

格兰特爬了上去，凝视着外面满是玉米的田野，南瓜的金色让他很快乐。

“是在闲逛吗？”老戴夫问，“还是偷窥？”

“是在偷窥。”格兰特承认道。

戴夫把烟斗从嘴里拿出来，吐了口唾沫，又放了回去。他的络腮胡子既热情又危险地垂在它周围。

“是想掘宝吗？”老戴夫问。

“不。”格兰特说。

“四五年前有个家伙经过这里，”戴夫说，“把地挖得比兔子过境还糟糕。他发现了一个老镇的遗址，简直把那地方给翻了个底儿掉。还拼命地缠着我让我给他讲老镇的事，可我记不太清了。有一次我听我爷爷提到过这个小镇的名字，但我差点儿都要忘了。这个家伙有一大堆旧地图，他总是拿着这些地图到处晃来晃去地研究，想搞清楚什么是什么，但我想他永远没弄明白。”

“搜寻古董？”格兰特说。

“可能吧，”老戴夫告诉他，“我尽量躲开他。但他还不算最差的。曾经有个人试图寻找一条穿过这一片的老路。那个人也有一些地图。他离开的时候还以为自己找到了。可我不忍心告诉他，他找到的其实只是一条牛踩出来的路。”

他眯起眼睛，戒备地看着格兰特。

“你不是在找什么老路吧,是吗?”

“不,”格兰特说,“我是一个人口普查员。”

“你是什么?”

“人口普查员,”格兰特解释说,“也就是记下你的姓名、年龄以及住所。”

“用来干啥?”

“政府想知道。”格兰特说。

“我们一点儿也没给政府添麻烦,”老戴夫说,“政府为啥来打扰我们?”

“政府不会打扰你的,”格兰特告诉他,“说不定哪天还能给你点儿福利补贴呢。谁能说得准呢。”

“那样的话,”老戴夫说,“那就不一样了。”

他们坐在篱笆上,凝望着田野。阳光明媚的山谷中,烟囱里升起了袅袅炊烟,被桦木的火焰染成了黄色。一条小溪平静地从一片暗褐色的秋草上蜿蜒而过,延伸到远处满是层层叠叠金色枫树的山丘上。

格兰特弓着背蹲坐在栏杆上,感到秋日的阳光浸透了他的后背,闻着刈过的麦田。

真是惬意的生活,他自言自语地说。好庄稼,好木柴,好猎物。幸福的生活。

他瞥了一眼挤在他身边的老人,看到了老人脸上那些无忧无虑的皱纹,那是慈祥岁月刻下的痕迹。有那么一会儿,他试图想象这样的生活—— 一种简单的田园生活,类似于历史上美国边境的日子,但有的只是边境的安宁闲适,而没有危险。

老戴夫从嘴里取下烟斗,朝田野挥了挥。

“还有很多事儿要做,”他宣布道,“不过也不急。用不着对那些小孩大发脾气。他们老是在打猎,也钓鱼。机器也出了毛病。好久没看到乔了。他可是个机械能手。”

“乔是你儿子?”

“不是。一个住在树林里的疯子。走过来把东西修好,然后就走了。几乎从来不说话,也不等人谢谢他。就是出现,然后离开。这么多年来一直这样。爷爷跟我说过他年轻时乔第一次来这儿的情形。现在还是会来。”

格兰特倒吸了口凉气,“等等,不可能是同一个人吧。”

“好了,”老戴夫说,“这就是重点。不过,说来你可能不信,陌生人,他现在比起我第一次见到他时,可一点儿没老。有意思的家伙。有很多关于他的离奇故事。爷爷总讲他是如何戏弄蚂蚁的。”

“蚂蚁!”

“没错。盖了座房子——玻璃温室,你知道吧,在一座蚁丘上,而且到了冬天还要给它供暖。爷爷总是这么说。还说自己看过。但我一个字都不相信。爷爷可是远近这七个县城里的头号大骗子。他自己承认的。”

阳光明媚的山谷里，从烟囱冒着烟的地方，传出了一阵铜铃声。

老人从篱笆上爬下来，拍了拍他的烟斗，眯眼看着太阳。

铃声在秋天的寂静中再次响起。

“是我妈。”老戴夫说，“晚餐上桌了，应该是松鼠饺子吧，好吃得让你恨不得把牙吞下去。快走吧。”

一个过来修好东西、不等别人感谢的疯子；一个一百年容颜不改的人；一个在蚁丘上盖温室、冬天还要给它供暖的家伙。

这听起来匪夷所思，但老巴克斯特并没有撒谎。它不是那种“高高的山药突然从地里冒出来”的山野奇谈，在这些边远地区流传着，以至于已经称得上某种民间传说了。

所有的民间传说都有一种熟悉的腔调，有某种相似之处，有一种明确的模式，隐藏着隐喻的智慧。这是民间传说的标志。但这个故事不一样。即使对边远地区的人来说，为一座蚁丘提供住房和暖气也没什么好笑的。要听起来像个好笑的故事，就得有个插科打诨的角色，而这个故事并没有。

格兰特在玉米穗壳做的床垫上不安地动了动，把沉重的被子拉到他的喉咙附近。

他想，我过夜的地方真有意思。今晚睡玉米穗壳床垫，昨晚篝火露营，前天晚上则睡在韦伯斯特家柔软干净的床垫和床单上。

风在房子的空隙里呜呜呼啸着，不时在房子松动的瓦片上驻足，一遍又一遍地拍打着它。一只老鼠在黑暗里窜来窜去。阁楼对面的床上传来均匀的呼吸声——巴克斯特家的两个孩子睡在那儿。

一个过来修好东西、不等别人感谢的人。他的枪是这样，多年来巴克斯特家坏掉的农场机器也是这样。一个叫乔的疯子，不会变老，而且有修理东西的癖好。

格兰特的脑海里浮现出一个念头，他强行把它压了下去。没必要心怀希望。四处打听，问些谨慎的问题，睁大眼睛，格兰特。不要让你的问题太有指向性，否则他们会像蛤蜊一样闭嘴的。

真有趣，这些跑山人。与进步毫无瓜葛、也不想参与其中的人。他们拒绝了文明，回归到自由自在的生活，与土地、森林、阳光和雨水为伴。

地球上有足够的空间容纳他们，每个人都拥有大量的空间，因为地球人口在过去两百年里逐渐减少，先驱者们蜂拥到其他星球上定居，试图把宇宙中的其他世界都塑造为人类的经济模式。

有足够的空间、土地和猎物。

毕竟这也许是最好的方法。格兰特记得，在这些山里长途跋涉的这几个月里，他经常想起这些。通常是在他拥着舒适的手工缝制棉被，躺在粗糙的玉米壳床垫上，听着风沿着木瓦屋顶耳语的时候。在他坐在篱笆顶上的栏杆上，看着一堆堆金色的南瓜懒洋洋地躺在阳光下的时候。

黑暗中传来一阵沙沙声，那是两个男孩睡觉的玉米壳床垫发出的声音。然后，他听见有人光着脚轻轻地踏过木板。

“您睡着了吗，先生？”一阵耳语声悄悄传来。

“没呢。要到被窝里来吗？”

小家伙钻进被子里，冰冷的脚抵在格兰特的肚子上。

“爷爷给你讲乔的事了吗？”

格兰特在黑暗中点了点头，“说他最近没来过。”

“跟你讲蚂蚁的事了吗？”

“当然了。你知道蚂蚁的什么事吗？”

“我和比尔不久前发现了它们，不过我们一直保守秘密。除了你，我们没告诉任何人。但我想我们得告诉你。你是从政府来的。”

“蚁丘上真的有温室吗？”

“是的，而且……而且……”男孩的声音很激动，仿佛喘不过气来，“这还没完。那些蚂蚁有手推车，蚁丘上还有烟囱，那些烟囱还会冒烟。还有……还有……”

“嗯，还有什么？”

“我们没有留下来去看其他东西了。比尔和我很害怕。我们逃跑了。”

男孩在玉米壳床垫里蜷缩得更紧了，“天啊，听说过这样的事吗？蚂蚁在拉车！”

那些蚂蚁的确在拉车。蚁丘上也的确有一些烟囱，它们喷出少量刺鼻的烟雾,是在冶炼矿石的迹象。

格兰特兴奋得头昏脑涨,蹲在旁边,盯着那些推车沿着通往草地的小路有序地行进着。空的推车出去了,装满的推车又回来了——里面装着种子,以及随处可见的昆虫支离破碎的尸体。小小的推车,快速移动着,在套上挽具的蚂蚁后面一弹一跳!

曾经覆盖蚁穴的玻璃圆顶还在,但已经破损,年久失修,好像再也没有别的用处了,仿佛它曾经的用途已经不复存在了。

峡谷是一片荒凉破碎的土地,沿着河边的断崖坍塌而下,布满了卵石,点缀着小片小片的草地和一片片高大的橡树林。在这个寂静的地方,除了树梢的风声和秘密小径上这些野生动物细微的声音,人们简直不敢相信自己能听到别的声音。

在这里,蚂蚁可以不受犁地和流浪汉的侵扰,继续数百万年毫无意义的生活。它们的命运从人类还没存在的那天就开始了——从地球上还没有任何抽象思想诞生的那天就开始了。一种封闭而停滞的命运,除了让蚂蚁生存之外,没有任何目的。

而现在,有人拓开了那种命运的角度,为其设置了另一个方向,给予了蚂蚁轮子的秘密和金属加工的秘密——在这座蚁丘上,有多少其他的文化障碍已经被消除,打破了进步的瓶颈?

对于蚂蚁来说,饥饿压力或许是一种可以被消除的文化障碍。为它们提供丰富的食物,让它们有时间做其他事情,而不仅仅是继续为了生计而奔忙。

蚂蚁是另一个处于通往伟大的道路上的种族，它们正依靠着很久以前建立起来的社会基础而发展着，所谓的人类却还不知道这种伟大正在萌发。

前路将会引向何方？再过一百万年后，蚂蚁会是什么样？蚂蚁和人会不会——蚂蚁和人能不能找到共同特征，就像狗和人一样找到共同特征，进而为共同命运而携手努力？

格兰特摇了摇头。那是不太可能的事。因为狗和人有着共同的血统，而蚂蚁和人是两种生命形态，从来就不能互相理解。在旧石器时代，狗和人相依在火炉旁打瞌睡，提防着夜间四处虎视眈眈的眼神，建立起了共同生活的基础，而这是蚂蚁和人所缺乏的。

虽然没有确切地听到，但格兰特感觉到身后高高的草丛里传来了沙沙的脚步声。他挺直身子，转过身来，看见面前站着一个人。一个瘦长的人，佝偻着肩膀，双手像火腿一样，但灵巧的手指又尖又细，白而光滑。

“你是乔？”格兰特问。

那人点点头，“而你是一直在寻找我的人。”

格兰特倒吸了一口气，“好吧，也许是这样。其实我寻找的可能并非是你这个人，而是与你相似的某些人。”

“异于常人的人。”乔说。

“你那天晚上为什么不留下来？”格兰特问，“你为什么要逃跑？

我想谢谢你帮我修好了枪。”

乔只是凝视着他，没有说话。但格兰特感觉到，乔的沉默中隐藏着一种乐趣，一种巨大而隐秘的乐趣。

“到底，”格兰特问，“你是怎么知道那把枪坏了？你一直在看着我吗？”

“我听见你这样想。”

“你听见我在想什么？”

“是的，”乔说，“我现在也在听着你的想法。”

格兰特有些不自然地笑了。这个说法令人不安，但合乎逻辑。这是他应该早有预料的事情——早该预料到这一点，甚至更多。

他指着那座蚁丘，“那些蚂蚁是你的吗？”

乔点点头，那种乐趣再次在他的嘴唇后面冒着泡酝酿着。

“你笑什么？”格兰特没好气地说。

“我没笑。”乔对他说。不知怎的，格兰特觉得自己仿佛受到了指责，被训斥了，显得很渺小，就像一个孩子因为做了不该做的事情而被扇了一巴掌。

“你应该把你的记录发表出来，”格兰特说，“它们可能和韦伯斯特在做的工作有关。”

乔耸了耸肩膀。“我没有什么记录。”他说。

“没有记录！”

这个瘦高个儿朝蚁丘走去，停下来凝视着它。他说：“也许你已经弄清楚了我为什么要这么做。”

格兰特严肃地点点头，“我想过了。很可能是出于实验的好奇心，也许是对低等生命的同情。也许，是一种感觉，仅仅因为人类自己先发制人，并不意味着人类就拥有了进步的垄断权。”

乔的眼睛在阳光下闪闪发光，“好奇——也许吧。我没想到这一点。”

他在蚁丘旁蹲下来，“有没有想过为什么蚂蚁进化了这么久却依旧停滞不前？为什么它们打造了近乎完美的社会组织，然而就此止步？是什么阻止了它的进步？”

格兰特说：“一方面是饥饿压力。”

“没错，还有冬眠。”瘦高个儿接口道，“冬眠，你看，抹去了从一个季节到下一个季节的记忆模式。每年春天，它们都从头开始。它们从来不能从过去的错误中获益，也不能从积累的知识中获利。”

“所以你喂养它们——”

“还给蚁丘供暖，”乔说，“这样它们就不用冬眠了。就不用在每年春天到来的时候都重新开始。”

“那些推车呢？”

“我做了一些，把它们留在了那里。它们花了十年时间，终于弄明白了车子的用途。”

格兰特冲着烟囱点了点头。

“那是它们自己做的。”乔告诉他。

“还有别的吗?”

乔疲倦地抬起肩膀,“我怎么知道?”

“但是,老兄,你在观察它们。即使你没有记录笔记,你也在观察啊。”

乔摇了摇头,“我已经有将近十五年没来看过它们了。今天来是因为听到你在这里。你看,这些蚂蚁再也不能为我提供乐趣了。”

格兰特的嘴张开,然后再次合上。最后,他说:“这就是答案。这就是你这样做的原因——乐趣。”

乔的脸上没有羞耻,也没有防备,只有一种痛苦的表情,仿佛在说他希望他们把蚂蚁的事全忘掉。他说:“当然。不然还能是什么别的?”

“我的那把枪。我想你也觉得那很有趣吧。”

“不是因为枪。”乔说。

不是因为枪,格兰特的大脑说。当然,不是因为枪,你这个蠢货,是因为你自己。你才是那个让他觉得有趣的人。而且你现在正在给他提供乐子。

修理老戴夫·巴克斯特的农业机器,然后一言不发地走开,这无疑是一个能让他捧腹大笑的玩笑。也许,他在韦伯斯特家指出老托马斯·韦伯斯特的太空驱动器出了什么问题之后,他也独自一人在无声的欢乐中度过了好多天。

就像一个自作聪明的人在捉弄一只笨拙的小狗。

乔的声音打断了他的思绪。

“你是一个调查员，不是吗？你为什么不问我问题呢？既然你已经找到了我，你可不能一走了之，不做记录。尤其是我的年龄。我一百六十三岁了，还没到青春期。至少还要一千年。”

他把疙疙瘩瘩的膝盖抱在胸前，慢慢地前后摇晃着，“还有一千年，而且如果我能好好照顾自己——”

“但不止这些，”格兰特说道，试图让自己的声音保持镇定，“还有更多的事，你必须为我们做的事情。”

“为我们？”

“为了社会，”格兰特说，“为了人类。”

“为什么？”

格兰特看着他，“你的意思是你不在乎？”

乔摇摇头，他的这个动作中没有虚张声势，也没有对传统的蔑视。有的只是对事实直言不讳的陈述。

“钱！”格兰特说道。

乔向他们周围的小山、广阔的河谷挥了挥手。“我有这个，”他说，“我不需要钱。”

“名声呢，或许？”

乔并没有吐唾沫，但他的表情看起来像是吐了一口似的。

“人类的感激之情呢？”

“那不会长久的。”乔说，话语里带着往日那种嘲弄的口吻，那种莫大的乐趣又在他的嘴唇后面呼之欲出了。

“听着，乔。”格兰特说，尽管他努力地抑制自己，但声音里还是透露出一种恳求，“我要你做的这件事很重要……对未来几代人都很重要，对整个人类种族也很重要，是我们命运的里程碑——”

“那我为什么要为一个甚至还没出生的人做点儿什么呢？”乔问，“为什么我要考虑自己生命限度以外的事情？大限将至的时候，我就会死。所有的呼喊和荣耀、所有的旗帜和军号对我来说都无足轻重。我不会知道我这一生是过得伟大还是潦倒。”

“这个种族。”格兰特说。

乔笑了，大笑起来，“种族保护，种族进步。这就是你的意思。为什么你要为此担心呢？我又为什么要操心？”

他嘴角的笑纹渐渐舒展开来，他摇了摇手指，假装在劝诫，“种族保护是一种谬论……一种你们都生活在其中的谬论——一个从你们的社会结构中产生的肮脏之物。种族每天都在灭绝。当一个人死了，种族就灭绝了——因为对他这个人而言，就不再有任何种族了。”

“你只是不在乎罢了。”格兰特说。

乔满不在乎地说：“这的确就是我一直在跟你表达的事。”

他斜视着地面上的背包，脸上闪过一丝微笑。“或许，”他说，“如果这东西有意思的话——”

格兰特打开包,拿出文件夹。他几乎是不情愿地抽出一叠薄薄的纸张,瞥了一眼标题:

"……未完成的哲学……"

他把它递了过去,坐下看着乔迅速地浏览着。甚至只是这样看着,也能感到一种让人厌恶的巨大挫败感,让他头皮发麻。

在韦伯斯特家的时候,他想过要找一个没有逻辑惯性的头脑,一种不受四千年来陈腐的人类思想束缚的思维。他告诉自己,这样可能会解决问题。

而这个头脑就在这里。但还是不够。缺了某种东西——某种他此前从未想过、日内瓦的人们也从未想过的东西。某种使人类之所以为人、在此之前所有人都以为理所当然的东西。

几千年来,是社会压力将人类团结在一起——将人类团结成一个整体,就像饥饿的压力使蚂蚁受制于某种社会模式一样。

一个人对他人认同的需要,对团体信仰的需要——寻求对自己思想和行为的认同,不仅是心理需要,甚至几乎已经是生理需要。这种力量,防止人们离经叛道;这种力量,促进了社会安全和人类团结,促成了人类大家庭的共同努力。

人们为这种认可而死,为这种认可而牺牲,为这种认可而过着自己厌恶的生活。因为没有了它,人就成了一个孑然一身、惨遭遗弃的人,一个被驱逐出族群的动物。

当然,这也导致了一些可怕的事情——群众心理,种族迫害,打着爱国主义或宗教旗号进行的大规模暴行。但同样地,也正是这种凝聚力使这个种族团结在一起,使人类社会从一开始就成为可能。

而乔没有这种需求。乔对此毫不在乎。他不在乎任何人对他的看法,也不在乎是否有人认可。

格兰特感到烈日将他的背晒得发烫,听到风在他头顶的树林里飒飒作响,鸟儿在灌木丛中唱着歌。

这就是突变的趋势吗?逐渐抛弃使人类成为种族一员的基本本能?

面前这个正阅读着朱恩遗产的人,通过突变在自己的内心找到了一种充实的生活,充实到让他可以不需要同伴的认可吗?经过这么多年,他终于到达了那种文明阶段,每个人都独立自主,蔑视社会的一切虚伪吗?

乔抬起头。

"非常有趣,"他说,"他为什么不继续完成它呢?"

"他死了。"格兰特说。

乔的舌头在两腮咯咯作响。"他有一个地方错了。"他翻着书页,用手指戳了戳,"就是这儿,这就是出现错误的地方。这就是他陷入困境的原因。"

格兰特结结巴巴地说:"但是……但是应该不会有错吧。他死了,仅此而已。他没来得及完成就死了。"

乔将手稿整齐地叠好,塞进口袋里。

“没死也一样,”他说,“他可能会把它搞得一团糟。”

“那么你能完成它吗？你可以——”

格兰特知道,再继续问下去是没用的。他已经从乔的眼睛里看出了答案。

“你真的以为,”乔的话丝毫不留情面,语调却很平和,“我会把它交给你们这些哭哭啼啼的人类吗?”

格兰特颓丧地耸了耸肩,“我想不会。我想我早该知道的。像你这样的人——”

乔说:“这个东西可以为我自己所用。”

他慢慢地站起来,懒洋洋地晃着脚,在蚁丘上划出一条犁沟,掀翻了冒着烟的烟囱,把辛勤劳作的推车都埋了起来。

格兰特大喊一声跳了起来,盲目的愤怒支配了他,驱使着他拿出了枪。

“等等!”乔说。

格兰特的手臂停了下来,枪还指着地面。

“放松点儿,小家伙。”乔说,“我知道你想杀了我,但我不能让你这么做,因为我有我的计划。而且,不管怎样,就算你想要杀我,也不是出于你以为的那个原因。”

“我为什么杀你又有什么区别呢?”格兰特厉声说道,“你会死,不是吗？你不能对朱恩的哲学为所欲为。”

“但是，”乔对他说，几乎有些温柔，“这不是你要杀我的原因。你要杀我是因为你在生我的气，因为我把蚁丘给毁了。”

“可能一开始是这样，”格兰特说，“但现在不是了——”

“别试，”乔说，“在你扣动扳机之前，你自己就会首先成为一团肉泥。”

格兰特犹豫了。

“如果你觉得我在虚张声势，”乔嘲弄他说，“尽管放马过来吧。”

两人面对面站了很久，格兰特的枪仍然指着地面。

“为什么你不跟我们一起干呢？”格兰特问道，“我们需要像你这样的人。是你教老托马斯·韦伯斯特如何建造太空驱动器的。你对这些蚂蚁所做的事——”

乔迅速地走上前来，格兰特举起了枪。他看见一只拳头向他砸过来，那是一只火腿般粗壮的拳头，在空中发出凶狠的呼呼声。

那只拳头比他扣在扳机上的手指还要快。

又湿又热的东西在格兰特的脸上摩擦，他举起一只手，想要把它抹掉。

但它还在继续舔舐着他的脸。

他睁开眼睛，纳撒尼尔在他眼前跳了跳。

“你没事啦，”纳撒尼尔说，“我很怕——”

“纳撒尼尔！”格兰特声音沙哑地说道，“你在这里做什么？”

“我跑出来了，”纳撒尼尔告诉他，“我想跟你一块儿走。”

格兰特摇了摇头，“你不能和我一起。我还有很远的路要走。我有工作要做。”

他用手和膝盖撑着身体，在地上摸索着。当他的手碰到那块冰冷的金属时，他拿起它，把它塞进了手枪套里。

“我让他跑了，”他说，“我不能让他走。我给他的东西是属于全人类的。不能让他使用。”

“我可以追踪他的气味，”纳撒尼尔说，“就跟追松鼠或者别的东西一样。”

“你有比追踪更重要的事情要做，”格兰特对它说，“我今天发现了一些事情，隐约感觉到某种趋势—— 一种全人类都可能出现的趋势。不是今天也不是明天，甚至一千年以后也不会出现。或许永远也不会出现，但我们不能忽视它。乔可能只是比我们其他人在这条路上走得远了一点儿，而我们跟随这种趋势的速度可能比想象中还要快。我们可能最终都会像乔一样。如果那就是将要发生的情况，如果那就是一切的终点，那么就有一个使命要交给你们狗了。”

纳撒尼尔抬头看着他，脸上满是担忧的皱纹。

“我不明白，”他恳求道，“你说的话我听不懂。”

“听着，纳撒尼尔。人类可能并不总是今天的样子。他们可能会改变。如果他们变了，你们得坚持下去；你们得把梦想延续下去，要假装你们就是人类。”

“我们狗，”纳撒尼尔保证，“会做到的。”

“这一天可能过上几千几万年都不会到来，”格兰特说，“你们有的是时间做准备。但是你必须知道，你必须把话传下去。你一定不能忘记。”

“我知道，”纳撒尼尔说，“我们狗会告诉幼犬，而幼犬会告诉他们的幼崽。”

“就是这样。”格兰特说。

他弯下腰挠了挠纳撒尼尔的耳朵，狗摇着尾巴停了下来，站在那里看着他爬上了山。

对第四个故事的说明

对于那些想从这个传说中寻求某种解释和意义的读者来说，这个故事是所有故事中最让他们感到痛苦的。

甚至连泰格都会承认，这个故事必定是个彻头彻尾的神话，别无其他。但是，如果它是神话，那它意味着什么呢？如果这个故事是神话，其他故事难道不也是神话吗？

故事发生在木星，而木星被认为是穿越太空即可发现的其他世界之一。已有其他文献指明，这种世界在科学上不可能存在。而且，如果要接受鲍恩斯的理论，即传说中涉及的其他世界其实正是我们自己的多元世界，那么似乎就可以合理地假设，故事里描述的这个世界，在今天之前就应该已经被发现了。大家都知道，有一些卵石世界是封闭的。但它们封闭的原因众所周知，而且没有哪个是因为第四个故事中所描述的情况而封闭的。

有些学者认为第四个故事是个“外来者”，它与传说无关，是被整个插入到这个传说里的。这个结论很难接受，因为这个故事确实与传说紧密相关，为传说提供了一个主要的故事支点。

许多地方都提到过故事中的陶瑟这个角色，且认为他违背了我们种族的基本尊严。

然而，虽然陶瑟可能会让某些敏感的读者感到厌恶，但他在故事中却很好地衬托了人类。第一个准备好接受事态发展的，是陶瑟，而不是人类；第一个明白的，是陶瑟，而不是人类。而陶瑟的思想一旦摆脱了人类的支配，至少是可以与人类的思想相提并论的。

尽管陶瑟可能饱受跳蚤困扰，但我们却不必为这个角色羞愧。

第四个故事虽然很短，但可能是八个故事中最有价值的一个，值得你深思熟虑、仔细阅读。

Ⅳ 逃 兵

四个人，两个两个地进入了木星咆哮的旋涡，没有回来。他们走进了呼啸的疾风里——或者更确切地说，他们是大步跑着，肚子几乎贴在地上，湿透的身体在雨中闪闪发光。

因为他们并不是以人类的形态进去的。

现在，第五个人站在肯特·福勒的桌子前，他是木星调查委员会三号圆顶的负责人。

在福勒的桌子下面，老陶瑟挠出一只跳蚤，然后又安然入睡了。

福勒看到哈罗德·艾伦时突然感到很震惊，他还很年轻——太年轻了。他有一副年轻人从容自信的面孔，那是一张从未经历过恐惧的面孔。这很奇怪，因为住在木星圆顶上的人们懂得恐惧——恐惧和谦卑。对于人类来说，很难将微弱的自我与这颗可怕星球的强大力量相调和。

“你知道,”福勒说,“你不需要这样做。你知道你不必去的。”

当然,这是例行公事。其他四人也被告知同样的事情,但他们都去了。福勒知道,第五个也会去。可是,他突然感到心中生出一种暗淡的希望,希望艾伦不会去。

“我什么时候开始?”艾伦问。

或许曾经的福勒会为这个回答感到骄傲,但现在不会了。他皱了皱眉。

“一小时内。”他说。

艾伦静静地等待着。

“另外四个人去了,没有回来,”福勒说,“当然,这你肯定知道。我们希望你能回来。我们不希望你参加任何英勇的救援行动。最重要的,也是唯一的事,就是你要回来,证明人类可以以适应木星的形态生活。走到第一个测试桩那里,就不要再走了,然后回来。不要冒险,不要调查任何事情,回来就可以了。”

艾伦点了点头,“这些我都了解了。”

“史丹利小姐会为你操作转换器,”福勒继续说,“这一点你不必担心。其他人都平安无事地进行了转换,他们离开转换器时处于完美状态。史丹利小姐是太阳系中最出色的转换器操作员,她会好好照顾你的。她在大多数星球上都有工作经验,所以现在也由她来做这项工作。”

艾伦冲着那位女士咧嘴一笑。福勒看到史丹利小姐的脸上闪过一丝表情——可能是怜悯,也可能是愤怒——或者只是纯粹的恐惧,但又消失了。她也对站在桌子前的那个年轻人报以一笑。那一本正经的、学校教师式的微笑,仿佛她也讨厌自己这样笑似的。

“我会很期待,”艾伦说,“我的转变。”

他说话的那副口气,让这一切变成了一个笑话,一个巨大的、讽刺的笑话。

但这不是开玩笑。

这是件严肃的事情,严肃到了生死攸关的地步。福勒知道,这些试验决定了人类在木星上的命运。如果试验成功,这个巨大星球的资源将会被打开。人类将会接管木星,就像当初接管其他更小的行星一样。而如果试验失败了——

如果试验失败了,人类将继续被可怕的压力——比地心引力更强大的力量,这个星球奇怪的化学反应所束缚。人类将继续被关在这些圆顶里,无法真正踏足这颗行星,无法在不受辅助的情况下亲眼看到它,被迫依靠不便的牵引车和电视接收机,被迫使用笨拙的工具和机械工作,或者将本身就笨拙不堪的机器人作为媒介。

在木星每平方英寸[①]一万五千磅[②]的巨大压力面前,未加防护的人类会被瞬间粉碎。相比之下,地球海底几乎可算是一片真空。

即使是人类所能设计出的最坚固的金属也无法抵御这样的压力。在永远席卷着这颗行星的压力和碱雨之下,金属会变得易碎、

① 英寸为英制长度单位,1英寸=2.54厘米。

② 磅为英美制重量单位,1磅≈0.45公斤。

一片片地剥脱,就像黏土碎块一样;或者会被侵蚀流失成为一条条铵盐小溪或者水坑。只有通过提高金属的韧性和强度,通过增加电子张力,才能使其承受每小时数万英里的旋转速度和大气构成中令人窒息的气体。而且,即便那样,所有的东西还必须涂上一层坚硬的石英,以防止雨水侵蚀——木星上以雨的形式从天而降的液态氨。

福勒坐在那里听着圆顶底下的引擎声——引擎不停运转着,在圆顶里从来没有安静过。它们必须时刻不停地工作,因为一旦停下来,流入圆顶金属壁的能量就会停止,电子张力就会减弱,一切就都完了。

陶瑟在福勒的桌子下面站了起来,又抓了一只跳蚤,他的腿重重地撞在地板上。

“还有别的事吗?”艾伦问。

福勒摇了摇头。“也许你想做点儿什么,”他说,“也许你——”

他本来想说写封信,但他很庆幸自己及时打住,没有说出来。

艾伦看着手表,说:“我会准时到的。”然后转身朝门口走去。

福勒知道史丹利小姐在看着自己,他不想转过头去与她对视,只好摸索着摆在桌上的一叠文件。

“你还要这样继续多久?”史丹利小姐一字一句恶狠狠地问道。

他在椅子上转过身来,面对着她。她的嘴唇抿成了又直又细的一条线,她的头发似乎从前额往后绷得更紧了,将她的脸凸显得十分古怪，几乎成了一张惊悚的死亡面具。

他努力使自己的声音冷静而平和。“只要还有需要，”他说，“只要还有希望。”

“你会继续判处他们死刑，”她说，“你要继续让他们前进，与木星面对面；而你继续安全舒适地坐在这里，让他们去送死。”

“史丹利小姐，没时间多愁善感。”福勒尽量不让自己的声音流露出愤怒，“你和我一样，都知道我们为什么要这么做。你知道人类以自己的形态根本无法直面木星。唯一的办法就是把人变成能应对它的那种形态。我们已经在其他星球上实践过了。

“如果死了几个人，但我们最终成功了，那代价就很小。自古以来，人们为了愚蠢的原因，在愚蠢的事情上浪费生命。那么，对于这么伟大的事情，一点儿小小的死亡，我们为什么还要犹豫呢？”

史丹利小姐坐姿很僵直，双手交叉放在膝盖上，灯光照在她灰白的头发上。福勒看着她，试图想象她可能会有什么感觉，她可能在想什么。他并不是真的怕她，但她在身边时，他总觉得不太舒服。那双锐利的蓝眼睛看过了太多事物，那双手看上去太能干了。她本应是某个人的姑姑，坐在摇椅上，手里拿着针线。但她没有。她是太阳系中最顶尖的转换器操作员，而她不喜欢他的处事方式。

“出了些问题，福勒先生。”她断然说道。

“正是，”福勒赞成道，“这就是我派小艾伦一个人去的原因。他可能会发现是哪儿出了问题。”

“如果他没发现呢?”

“那我会再派别人去。”

她从椅子上慢慢站起来,朝门口走去,然后停在他办公桌前。

“有一天,”她说,“你会成为一个了不起的人。你从不放过任何一个机会。现在,这就是你的机会。当这个圆顶被选中进行测试时,你就知道你的机会来了。如果把这事儿办妥,你就会升个一两级。不管有多少人会死,你都能升职。”

“史丹利小姐,”他说道,简短而直接,“小艾伦很快就要出发了。请确保你的机器——”

“我的机器没有问题,”她冷冰冰地对他说,“是按照生物学家设置的坐标操作的。”

他弓着背坐在书桌前,听着她的脚步声穿过走廊。

当然,她说的并没有错。生物学家们已经建立了坐标。但生物学家也可能出错。一点儿细微的区别、极微小的偏差,都会让转换的结果与计划大相径庭。被转换的人可能会成为一个突变体,在某些情况下,或是完全在预料之外的环境压力下,破裂崩溃、彻底失控、失踪失联。

因为人类对外面发生的事情一无所知,只有仪器装备能告诉他发生了什么。这些仪器和机械装备以往记录下了发生的事情,但它们所提供的也不过是片面的信息而已,因为木星大得令人难以置信,而这些圆顶却寥寥无几,无法追踪到更远的地方。

生物学家们仅仅在收集洛普族——据说是木星最高级的生命形态——的数据方面，就花费了三年多时间进行密集研究，并且在此之后又用了两年来检验确认。在地球上，原本一两个星期就能完成类似的工作。但这项工作却根本无法在地球上进行，因为无法将木星生命带到地球上研究。无法在木星以外复制木星上的压力，而在地球的压力和温度下，洛普族会化作烟雾消失无踪。

然而，如果人类希望以洛普族的生命形态漫游木星，这是必须要做的工作。因为在转换器把一个人转换成另一种生命形态之前，必须确定无疑地知道那种生命形态每一个物理特征的细节，容不得半分差池。

艾伦没有回来。

牵引车在附近搜寻，除了有个司机报告了某个鬼鬼祟祟的东西，没有发现失踪者的踪迹。

当福勒提出坐标可能存在错误时，生物学家们发出了不屑的冷笑。他们细致地指出，这些坐标是起作用的。当一个人进入转换器，启动开关，他就变成了一个洛普。之后，他离开机器，走到看不见的地方，进入朦胧的大气层中。

福勒曾提出，洛普可能会有些怪癖，转换出来的形态可能与洛普应有的模样有些微小的偏差，存在些小缺陷。生物学家说，如果有的话，也要花很多年才能找到。

福勒知道他们是对的。

所以现在是五个人,而不是四个人。哈罗德·艾伦已经走进了木星,什么也没有换来。考虑到几乎没有获取新信息,他的牺牲仿佛是徒劳无功的。

福勒把手伸到桌子另一边,拿起人事档案,一叠薄薄的文件整齐地夹在一起。这是他害怕的事,但他不得不做。无论如何,一定要找到这些离奇失踪的原因。没有别的办法,只能派出更多的人。

他坐了一会儿,听着圆顶上面风的呼啸,那永恒的雷暴和狂风席卷了整个星球,带着沸腾、扭曲的愤怒。

外面有什么威胁吗?他问自己。他们不知道的某种危险?某种伺机而动、吞食洛普族的东西,并且对真正的洛普族和由人类转换而来的洛普形态一视同仁?当然,对于吞噬者来说,二者也没什么区别。

还是说,在选择洛普族作为最适合在木星表面生存的生命类型时,存在根本性的错误?他知道,洛普族显著的智力水平是做出这一决定的一个考量。因为如果人类转变过后的形态不具备智力,那么在伪装形态中,人也不能长久地保持自己原有的智力水平。

生物学家是不是太看重智力水平,以至于用它来抵消其他一些可能不令人满意、甚至是灾难性的因素呢?似乎不太可能。尽管这些生物学家可能有些顽固,但他们知道自己该做什么。

还是这整件事从一开始就注定要失败?在其他行星上转换生

命形态是成功的,但并不一定意味着在木星上也能成功。也许人类智慧无法通过为木星生命提供的感官装置良好运转。也许洛普族过于异质,以至于人类的知识和木星的生命形态没有相融相谐的共同基础。

抑或问题出在人类身上,这个种族与生俱来的某种精神异常,再加上他们在外面发现的东西,让他们无法返回。虽然从人类的视角来看,这可能并非精神异常。也许一种在地球上平平无奇的普通人类心理特征,会与木星的生命形态产生极大的冲突,从而摧毁人类的理智。

走廊上响起一阵爪子咔嗒咔嗒的声音。福勒苦笑了一下:是陶瑟去厨房看望他的厨师朋友回来了。

陶瑟衔着一根骨头走进房间。他朝福勒摇了摇尾巴,扑通一声卧在桌子旁,两只爪子护着骨头。他那双浑浊的老眼盯着主人看了好一会儿,福勒伸出一只手去拨弄他那破了的耳朵。

“你还喜欢我吧,陶瑟?”福勒问道,陶瑟拍打着尾巴。

“你是唯一一个了。”福勒说。

他直起身子,转回桌子旁,伸出手拿起文件。

贝内特?贝内特有个女儿等着他回地球。

安德鲁斯?安德鲁斯打算一挣到足够支撑一年的钱就回到火星科技大学。

奥尔森？奥尔森已接近退休年龄。一直在告诉年轻人他打算如何安顿下来，种种玫瑰。

福勒小心翼翼地把文件放回到桌子上。

判人死刑。史丹利小姐是这么说的，她苍白的嘴唇在羊皮纸般的脸上几乎没怎么动。把人赶出去送死，而他，福勒，却安然无恙地坐在这里。

毫无疑问，整个圆顶里的人们都这么说，尤其是在艾伦没能回来之后。当然，他们不会当着他的面说。即使是他叫来一个或几个人站在他的办公桌前，说他们就是下一个要去的人，他们也不会对他说。

但他能从他们的眼睛里看出来。

他再次拿起文件。贝内特，安德鲁斯，奥尔森。还有其他人。但继续下去是没有用的。

肯特·福勒知道自己做不到。他无法面对他们，无法派更多的人去送死。

他身体前倾，拨动了通信机上的按钮。

“福勒先生，你好。”

“麻烦请史丹利小姐听电话。”

他等着史丹利小姐，听着陶瑟漫不经心地嚼着骨头。陶瑟的牙齿越来越不好使了。

“我是史丹利小姐。”听筒里传来史丹利小姐的声音。

“就是想告诉你,史丹利小姐,再准备一下两次转换。”

斯坦利小姐问:“你就不怕会把人都用完吗?不如一次只送一个人,能用得更久,给你双倍的满足感。”

“其中一个,”福勒说,“是一条狗。”

“一条狗!”

“是的,就是陶瑟。”

他听到她冰冷的声音里迅速升起一种冷酷的愤怒。“你自己的狗!他陪了你这么多年——”

“就因为这样,”福勒说,“如果我把陶瑟留下,他会不高兴的。”

这不是他通过电视接收机所了解的木星。他虽料到它会有所不同,但没想到会是这样。他原以为会有一场氨雨,臭气熏天,还有震耳欲聋的雷鸣风暴。他原以为会乌云密布,迷雾笼罩,巨大的雷电会不时闪过天空。

他没有想到倾盆大雨会化成紫色的薄雾,缓缓浮动着,就像红色和紫色草地上游离的影子一般。他更没有想到那些蛇形的闪电会是划过彩色天空的闪光,带着纯粹的狂喜。

在等待陶瑟的时候,福勒舒展着身体的肌肉,对身体顺滑无阻的力量感到惊讶。他想,这身体还不错。想起在电视接收屏上看到洛普族时自己的怜悯同情,他暗自吐了吐舌头。

因为很难想象一种以氨和氢而不是水和氧为基础的生命体,也很难相信这样一种生命形态能够像人类一样对生命的悸动有着迅速的反应。很难想象在木星浓云密布的旋涡里会有生命。当然,也很难知道,在木星人的眼里,根本就没有什么旋涡。

风似乎用温柔的手指轻拂着他。他突然想起,按照地球的标准,这风是呼啸的大风,风速高达每小时两百英里,并且充满了致命气体。

怡人的香味渗入了他的身体。但几乎又不是气味,因为这不是他记忆中的嗅觉。感觉他整个人都在沉浸在薰衣草里——但又不是薰衣草。他知道这是一件无法形容的事,无疑是术语学要解决的第一个问题。他所知道的词汇表达和思想符号,当他作为地球人时是够用的,但当他作为木星人时,已经不够用了。

圆顶一侧的锁打开了,陶瑟从里面跌跌撞撞地钻了出来——至少他认为那一定是陶瑟。

他开始呼唤他的狗。他的思维组织好了想说的话,但他说不出来。没办法说出来,他没有可以说话的"嘴"。

一时之间,他的头脑在混沌的恐惧中感到眩晕,一种盲目的恐惧在他脑海里掀起一阵阵恐慌的旋涡。

木星人是怎么说话的?他们怎么——

突然间,他意识到了陶瑟,强烈地意识到了这只从地球跟着他到过许多星球的毛茸茸的小家伙,以及他笨拙而热切的友好之情。就好像那个是陶瑟的东西伸出手来,然后就进入了他的脑子。

在他所感受到的扑面而来的欢迎中,有了语言。

“你好呀,朋友。”

并不是真正的言语,但更胜于言语。是他大脑中的思想符号,有着语言不可能传达的细微含义。

“你好,陶瑟。”他说。

“我感觉很棒,”陶瑟说,“就像我还是一条小狗一样。最近我总是感觉自己不中用了。腿僵硬得不听使唤,牙齿几乎磨损殆尽。很难用这样的牙齿啃骨头。还有,那些跳蚤让我难受极了。过去我从来没有注意过它们。在我年轻的时候,或多或少的几只跳蚤对我可没什么影响。”

“但是……可是——”福勒的思绪混乱起来,“你在跟我说话!”

“当然了,”陶瑟说,“我过去一直都和你说话,但是你听不见。我曾经试着跟你说些什么,但我就是说不出来。”

“有时候我能理解你。”福勒说。

“但理解得不太好,”陶瑟说,“你知道我什么时候需要吃的、什么时候需要喝的、什么时候想出去玩,但你也只能做到这些了。”

“对不起。”福勒说。

“没事,”陶瑟对他说,“我们来赛跑,看谁先跑到悬崖。”

这是福勒第一次看到那座悬崖,显然是在好几英里之外,但在五彩缤纷的云层的阴影下,它散发出一种奇特的水晶般的美。

福勒犹豫了,“那有点儿远——”

“啊,走吧。”陶瑟一边说着,一边就向悬崖跑去。

福勒跟在后面,试着他新身体的腿脚和力量。起初有点儿怀疑,然后是惊讶,最后带着纯粹的喜悦跑了起来,那是一种与红色和紫色的草地、与飘过大地的雨雾一模一样的喜悦。

当他奔跑时,音乐的意识向他袭来,那音乐冲击着他的身体,激荡全身,像银色的翅膀般将他托举起来。那钟声一样的音乐可能来自阳光明媚的春山上的某座尖塔。

随着悬崖越来越近,音乐变得越来越深邃,宇宙中充满了一阵神奇的声音。他知道这音乐来自从闪闪发光的悬崖上飞泻而下的瀑布。

只是,他知道,这不是水的瀑布,而是氨瀑布;悬崖之所以是白色,是因为这是固化氧气形成的。

他跑到陶瑟旁停了下来,在那里瀑布变成了数百种颜色的璀璨彩虹。是真的有几百种颜色,因为在这里,他所看到的不像人类看到的那样,一种原色会掩盖另一种原色,而是一种清晰的分离,像通过棱镜分解到最终的颜色类别一般。

“这个音乐。”陶瑟说。

“嗯,怎么了?”

陶瑟说:“音乐是振动发出的。水落下时的振动。”

“但是陶瑟,你不知道什么叫振动。”

“不,我知道,”陶瑟争辩道,“它突然就在我的脑海中出现了。”

福勒大吃一惊,“突然出现!”

突然间,在他自己的头脑中,浮现了一个方程式——能够使金属承受木星压力的方程式。

他目瞪口呆地盯着瀑布,脑子里迅速地把这许多颜色按它们在光谱中的正确顺序排列起来。就像这样,就像从蓝色的天空中、从空无一物中生出来似的。因为他对金属和颜色都一无所知。

“陶瑟,”他喊道,“陶瑟,我们在发生变化!”

“是的,我知道。”陶瑟说。

“是我们的大脑,”福勒说,“我们正在使用大脑,整个大脑,甚至连最隐秘的角落也没有放过。我们在用它来弄明白我们一直都应该知道的事情。也许地球生物的大脑天生迟钝而模糊,也许我们才是宇宙中的傻瓜;也许我们已经被固化了,所以我们只能用艰难的方式来处理问题。”

崭新而又清晰敏锐的思想似乎支配了他的意识。他所了解到的,不仅仅是瀑布的颜色或是能承受木星压力的金属。他还感觉到了其他事情,不过还不太清楚。那是一种暧昧的低语,暗示着更伟大的事物,暗示着超出人类思想范围、甚至超出人类想象范围的神秘事物。而相形之下,人类的思想和想象都显得无比苍白无力。神秘,事实,以及建立在理性之上的逻辑。任何运用了全部思维能力的大脑都应该知道的事物。

“我们现在几乎还是地球生物，”他说，“我们才刚刚开始学习一些我们应该知道的东西—— 一些我们作为人类所不知道的东西，也许因为我们从前是人类。因为我们人类的身体真的很差劲，思维能力弱，在感知事物所必需的某些官能方面也有不足。甚至可能缺乏汲取真知所必需的某些感知能力。”

他回头盯着圆顶，那个因距离而显得矮小的黑点。

在那里，是无法领略木星之美的人类。他们以为旋涡般的云层和倾盆大雨掩盖了这颗星球的面容。视而不见的人类之眼啊。可怜的眼睛，看不见云的美丽，也看不穿风暴的眼睛；感觉不到流水奔腾、水花飞溅、音乐震颤的身体。

独自行走的人类，在可怕的孤独中，聒噪地说着话，就像一群摇旗呐喊的童子军，却无法触及彼此的心灵，无法像他现在与陶瑟这样心意相通。永远切断了与其他生物的亲密接触。

他，福勒，原以为外星生物会给他带来恐惧，原以为未知事物的威胁会让他畏缩，原以为自己会对地球以外的环境感到厌恶。

但他却发现了人类从未知晓的伟大。更敏捷、更可靠的身体，一种欢欣的体验，对生命更深刻的感受，更清晰的思维，以及一个连地球上的梦想家都未曾想象过的美丽世界。

“我们走吧。”陶瑟催促道。

“你想去哪里？”

“哪里都行，”陶瑟说，“就开始行动，看看最后会到哪里。我有种感觉……嗯,一种——”

“是的,我知道。”福勒说。

因为他也有这种感觉。一种命运的感觉,某种对伟大的感知。知道在地平线之外的某个地方存在着冒险,以及比冒险更伟大的事情。

另外五个人也感觉到了。感觉到了这种想要前去一探究竟的冲动。这种难以抗拒的强烈感觉告诉他们,这里蕴藏着充实而富有真理的生活。

他知道,这就是他们没有回来的原因。

“我不会回去了。”陶瑟说。

“但我们不能让他们失望。”福勒说。

福勒朝圆顶走了一两步,然后停了下来。

回到圆顶。回到他已经离开的那具疼痛、像是被下了毒的躯体。它以前似乎并没有什么毛病,但现在他知道它满身疮痍。

回到那个模糊的大脑,回到那混乱的思维,回到那一张一翕的嘴,发出其他人理解的信号。回到那双眼睛——现在想起来,还不如什么都看不见。回到肮脏,回到卑躬屈膝,回到无知。

“也许有一天吧。”他喃喃自语道。

“我们还有很多事要做,很多东西要看,”陶瑟说,“还有很多东西要学习。我们会有所发现的——”

是的,他们会有所发现的。也许会发现文明,使人类文明显得微不足道的文明。美，以及更重要的，对美的理解。还有一种从未有人知道的伙伴情谊——从未有人或者狗知道。

还有生活。在经历了一种似乎被麻醉过的生活之后，一种迅捷的生活。

“我不能回去。”陶瑟说。

“我也不能。”福勒说。

“他们会让我变回一条狗。”陶瑟说。

“而我，”福勒说，“会变回一个人。”

对第五个故事的说明

随着传说故事逐渐展开,读者对人类的了解也越来越准确,会逐渐认为这纯粹是一个虚幻的种族。这个种族并不能从卑微的起点开始,崛起至这些故事中所赋予他们的卓越的文化地位。人类的才能太差劲了。

到目前为止,人类的不稳定性已经非常明显。他们先入为主地专注于机械文明,而不是一种建立在某些更健全、更有价值的生活观念基础上的文化,这表明人类缺乏基本的品格。

现在,在这个故事中,我们可以知道人类只拥有有限的交流能力,这种情况当然不利于发展。人类无法理解和欣赏另一个人的思想和观点,这是任何强大的机械能力都无法克服的绊脚石。

人类自己也意识到了这一点,从他们对朱恩哲学的渴望中就可以明显看出。但我们需要注意的是,人类追求的并不是朱恩哲学可能带来的理解，而是其可能带来的权力、荣耀和知识。这一哲学被人类看作是在短短两代人的时间里，就能使其进步十万年的工具。

从这些故事中可以清楚地看出，人类一直在赛跑——如果不是和自己，那至少也是和某个臆想的跟随者赛跑。这个跟随者紧跟其步伐，呼吸声清晰可闻。人类疯狂地追求权力和知识，但却没有任何迹象表明一旦获得了权力和知识，人类将如何运用它们。

根据传说，人类在一百万年以前就已经离开了山洞。然而，就在这个故事发生的一百多年前，杀戮作为其基本生活方式的一部分，才得以被彻底消除。人类的野蛮可见一斑：花了一百万年才摆脱了杀戮，并以此沾沾自喜。

读完这个故事，大多数读者都会倾向于接受罗孚的理论，即人类是被故意设置成狗所代表的一切的对立面，是一种虚构的假想，一种社会学寓言。

反复出现的证据强调了这一点：人类漫无目的，不停地四处奔忙，而他们所追求的生活方式却总是从身边溜走，这可能是因为他们从来都不知道自己到底想要什么。

V 天 堂

圆顶像是一个蜷缩起来的异形。在木星的紫色薄雾之外，像一个缩成一团、惊恐不安的结构，似乎在巨大的行星面前瑟瑟发抖。

那个曾经叫肯特·福勒的生物，现在用粗壮的大腿稳稳站立着。

他想，一个外星建筑。我离人类已经这么远了。但那里并不陌生，对我而言并不陌生。那是我生活过、梦想过、计划过的地方，是我虽然害怕却仍离开了的地方，也是我现在要回去的地方——尽管害怕，但被驱使着要回去的地方。

被那些和曾经的我一样的人的记忆所驱使，在我成为现在的我之前，在我知道如果一个人不是人，他可能拥有的鲜活、健康和快乐之前。

陶瑟在他身边动了动，福勒能感受到这个曾经是狗的生物笨拙的友好。他所表达的友善、同伴情谊和爱或许一直都存在，但只要他们还以人和狗的形态存在，这些情感就无从得知。

狗的思想渗透进了他的大脑。“你不能这么做，朋友。”陶瑟说。

福勒的回答几乎是一种哀号：“但我必须这么做，陶瑟。这是我出来的原因，来发现木星到底是什么样的。现在我可以告诉他们，我可以对他们说了。”

你早就该这么做了。他内心深处的一个声音说，那是一个微弱而遥远的人类的声音，从他那木星形态的身体里艰难地传出来。但你是个懦夫，一直在拖延。你逃跑是因为你害怕回去，害怕再次变回一个人。

“我会觉得孤独的。”陶瑟说道，但他并没有说出来。至少，没有言语，只有一种孤独的感觉，一种心底面对别离的呐喊。就在这一刻，福勒似乎移植并分享了陶瑟的想法。

福勒默默地站着，心中感到越来越厌恶。一想到要变回一个人，回到那有缺陷的身体和心灵，他就感到厌恶。

“我想跟你一起去，”陶瑟对他说，“可是我受不了。我可能在回来之前就死了。你记得吧，我快完蛋了。我老了，浑身是跳蚤。我的牙齿磨损得只剩一些小块了，消化系统也有问题。我还会做噩梦。小的时候常追兔子，但现在都是兔子在追我。”

“你待在这里，”福勒说，“我会回来的。”

如果我能让他们明白的话，他想，但愿我能。如果我能解释清楚的话。

他抬起巨大的头，凝视着那些隆起的小山，它们高耸入云，笼罩在玫瑰色和紫色的雾中。一道闪电蜿蜒划过天空，一阵狂喜的火焰照亮了云雾。

他蹒跚地向前走着，步伐缓慢，不情不愿。微风中有一股香气，他的身体嗅着，就像一只猫在猫薄荷里打滚。然而那不是香气——尽管这是他能想到的最接近、最贴切的词。在未来的几年中，人类将发展出一种新的术语。

他想，怎么去解释那飘在陆地上的薄雾，那纯粹的令人愉悦的香味呢？他知道，其他事情他们会懂。不用吃饭，不用睡觉，也完全摆脱了让人类饱受折磨的所有抑郁性神经官能症。这些东西是他们会理解的，因为他们可以用简单的语言来描述，可以用现成的语言来解释。

但是，其他事情呢——那些需要新词汇来描述的因素呢？人类从未体会过的情感，以及做梦也想不到的能力。头脑的清晰和理解能力——使用大脑每一个细胞的能力。一些凭本能就可以知道并做到的事情，人类却永远也做不到，因为人类身体没有可以做到这些事情的感官。

"我会写下来，"他自言自语道，"我会从容地把这些都写下来。"

但他意识到，文字是一种蹩脚的工具。

一个电视接收端口从透明的圆顶中凸出，他蹒跚地向它走去。

浓浓的薄雾如溪流般倾泻而下，他站起来，直直地盯着端口。

并不是说他能看见什么，但里面的人会看到他的。这些人一直在关注着、凝视着残酷的木星，咆哮的狂风和氨雨，看着致命的甲烷云飘过。因为那就是人们看待木星的方式。

他抬起了一只前爪，在端口上湿漉漉的地方飞快地写下了几个字——倒着写的。

他们必须知道他是谁，这样才不会出错。他们必须知道要使用什么坐标，否则他们可能会把他转换回错误的身体，使用错误的矩阵，他就可能变成另一个人——或许是小艾伦，或者史密斯，或者佩尔蒂埃。而这很可能是致命的。

氨水流下来，模糊了字迹，接着字迹便消失了。他把名字又写了一遍。

他们会理解这个名字。他们会知道，其中一个被转换成洛普的人回来报告了。

他落到地上，转过身来，盯着通向转换器的门。门慢慢地向外摆动着。

"再见，陶瑟。"福勒轻声说。

他的脑海里响起了警告声：*还不算太晚。你还没进入那里。你仍然可以改变主意。你仍然可以转身逃跑。*

他咬紧牙关，坚定地走着。他感觉到脚垫下面的金属地板，感觉到身后的门关上了。他从陶瑟那里捕捉到最后一个零碎的想法，然后就只有黑暗了。

转换室就在前面，他爬上斜坡，够到了那里。

他想，一个人和一只狗出去了，现在那个人回来了。

记者招待会进行得很顺利。有令人满意的事情可以宣布。

是的，泰勒·韦伯斯特告诉新闻记者，金星上的麻烦已经全部解决了，不过是各相关方坐下来讨论就能解决的问题；在冥王星寒冷的实验室里进行的生命实验进展顺利；前往半人马座的探险队将如期出发，尽管有报告声称一切搞得一团糟；贸易委员会很快将发布关于各种星际产品的新货币计划，消除一些不平等现象。

没什么轰动事件，没什么可以成为头条新闻，也没有什么可以引爆新闻广播。

“还有，乔恩·卡尔弗告诉我，”韦伯斯特说，“提醒在座的各位先生们，今天是太阳系最后一起谋杀的第一百二十五周年纪念日。已经一百二十五年没有人因蓄意暴力而死亡了。”

他向后靠在椅子上，咧嘴笑着看他们，掩盖着他害怕的东西，那个他知道会出现的问题。

但他们还没有准备好提出来——有一种需要遵守的惯例——一种令人愉快的惯例。

《星际新闻》新闻部魁梧的主任斯蒂芬·安德鲁斯清了清嗓子，好像要宣布一项重要声明。他假装一本正经地问道：

“那孩子怎么样了?”

韦伯斯特的脸上挂着微笑。“我周末要回家,”他说,“给我儿子买了一个玩具。”

他伸出手,将小管子从桌上拿了起来。

“一个老式玩具,”他说,“我敢保证非常复古。一家公司刚刚推出的,你把眼睛放在上面,转动它,就能看到彩色玻璃组成的漂亮图片。它有个名字——”

“万花筒,”一位新闻记者迅速说道,“我读过关于它的故事。一部关于二十世纪早期风俗习惯的古老历史书中提到过。”

“主席先生,您试过了吗?”安德鲁斯问。

“不,”韦伯斯特说,“说老实话,我还没有。我今天下午才拿到的,太忙了。”

“您从哪儿弄到的,主席先生?”一个声音问,“我也给我家孩子买一个。”

“就在拐角的商店。那家玩具店,你知道吧。今天才搬来。”

韦伯斯特知道,现在是他们退场的时候了。开点儿愉快友好、无伤大雅的玩笑,他们就会起身离开。

但他们并未打算离开——他也知道他们不打算离开。从突如其来的安静,以及那些为了掩盖这种安静而哗啦哗啦作响的纸张,他就知道他们没打算退场。

然后,斯蒂芬·安德鲁斯提出了韦伯斯特害怕的那个问题。有那么一刻,韦伯斯特很感激是由安德鲁斯来问出这个问题。总的来说,安德鲁斯是友好的,《星际新闻》的新闻报道通常比较客观,不像有的报道者喜欢擅自解读,使用些暗含倾向性的词语。

“主席先生,”安德鲁斯说,“据我们所知,一个在木星上被转换的人已经回到了地球上。我们想问您这个报告是否是真的?”

“是真的。”韦伯斯特僵硬地说。

他们等着,韦伯斯特也等着,一动不动地坐在椅子上。

“您想发表什么意见吗?”最后,安德鲁斯开口问道。

“不。”韦伯斯特说。

韦伯斯特扫视了一下房间,视线快速掠过记者们的神情。有人面色紧张,感觉到他断然拒绝讨论这件事的背后大有隐情;有人面露喜色,脑子里已经开始盘算着如何用他刚才说的那几个字大做文章;有的满脸愤慨,大概回去就会写出几篇抨击侵犯民众知情权的解读性文章。

“不好意思,先生们。”韦伯斯特说。

安德鲁斯沉重地从椅子上站了起来。“谢谢您,主席先生。”他说道。

韦伯斯特坐在椅子上看着他们离开,感受到他们走后房间里的寒冷和空虚。

他们会把我钉死在十字架上,他想,他们会把我钉在谷仓的门

上，我不会再有机会翻盘了。一点儿机会也没有。

他从椅子上站起来，走到房间那头的窗边，向外眺望着午后阳光下的花园。

但是，你根本无法告诉他们。

天堂！想去就能去的天堂！人类的终结！人类所有理想和梦想的终结，也是这个种族本身的终结。

桌子上的绿灯开始闪烁鸣叫，他大步穿过房间走了回来。

“怎么了？”他问。

小屏幕闪了一下，里面出现了一张脸。

“先生，狗们刚刚报告，乔，就是那个变种人，去了您的住所，詹金斯让他进去了。”

“乔！你确定？”

“狗是这么说的。他们从来不会弄错。”

韦伯斯特缓缓地说：“是的，他们从来没有。”

脸从屏幕上消失了，韦伯斯特重重地坐下来。

他用麻木的手指摸了摸桌子上的控制面板，看都不看就转动了拨号盘。

房子赫然出现在屏幕上，那座坐落在北美多风的山顶上的房子。这座建筑已经矗立了将近一千年。韦伯斯特家族一代代人在这里生活、梦想、死亡。

在房子上方的蓝色天空中，一只乌鸦正在飞翔。韦伯斯特听到了，或者说他想象自己听到了，那只在风中飞翔的鸟儿的叫声。

一切都很好——或者似乎如此。房子在晨光中昏睡着，塑像仍然立在草地上——那早已消失在星际之路上的祖先塑像。艾伦·韦伯斯特是第一个离开太阳系的人，前往了半人马座——就像现在在火星上的探险队将在一两天后出发一样。

房子没有任何动静。

韦伯斯特伸出手来，拨动了开关。屏幕暗了下去。

詹金斯能处理好事情，他想，可能比人应付得还要好。毕竟，在金属外壳之下，他已经积累了上千年的智慧了。过不了多久他就会打电话来告诉我发生了什么事。

他伸出手，拨出了另一个号码。

他等了好长一段时间，一张脸才出现在屏幕上。

“什么事，泰勒？”那人问道。

“刚刚收到一份关于乔的报告——”

乔恩·卡尔弗点点头，“我刚刚也接到了。我正在跟进。”

“你有什么看法？”

这位世界安全部长的脸疑惑地皱了起来，“也许是来示好的？我们一直在对乔和其他变种人施压。狗做了很多工作。”

“可是一点儿征兆也没有，”韦伯斯特持怀疑态度，“记录中没有任何这样的趋势。”

“你想想，”卡尔弗说，“他们存在也不过百年时间，基本上都在咱们眼皮子底下。把他们所做的一切都白纸黑字地记录下来。每每他们有什么行动，我们都去阻挠破坏。起初，他们认为这只是运气不好，但现在他们知道并非如此。也许他们已经放弃了，觉得自己被打败了。"

"我不这么认为，"韦伯斯特严肃地说，"不管他们什么时候承认自己败了，我们都要想好应对之策。"

"我会继续留意的，"卡尔弗说，"保持联络。"

面板渐渐暗了下去，变成了一块方形玻璃。韦伯斯特情绪低落地盯着它。

变种人没有被打败——绝对没有。他知道，卡尔弗也知道。但是——

乔为什么要去找詹金斯？他为什么不联系日内瓦的政府？爱面子，也许。通过一个机器人来解决。毕竟，乔认识詹金斯已经很久很久了。

韦伯斯特心中涌起一种莫名的骄傲：如果这就是乔去找詹金斯的原因。尽管詹金斯是金属外壳，但他也是韦伯斯特家的人。

韦伯斯特想，骄傲、成就和错误。但都是有价值的。在这些年中，它们都有价值。杰罗姆，失去了世界和朱恩哲学；托马斯，他为世界贡献的空间驱动原理现在已经完善；托马斯的儿子艾伦，曾尝试过星际远航不过失败了；还有布鲁斯，第一个提出人与狗双重文明构想的人。最后，是他本人——世界委员会主席泰勒·韦伯斯特。

他坐在书桌前，双手在胸前交叉，凝视着黄昏从窗口倾泻而入的光线。

等待，他承认。等待着听到信号的窃笑，告诉他詹金斯打电话来报告乔的情况。

要是——

要是能达成谅解就好了，要是变种人能和人类合作就好了。如果他们能忘记这场半隐半现的相持战，他们三者——人、狗和变种人——就能走得更远。

韦伯斯特摇了摇头，那是奢望了。差别太大，鸿沟太深。人类的疑心和变种人的娱乐精神使两者相隔甚远。因为变种人是一个不同的种族，一个已经遥遥领先的分支。他们已经成为真正的个体，不需要社会，不需要人类的肯定，也完全不需要将种族凝聚在一起的群居本能，对社会压力免疫。

而由于这些变种人，出现了一小群变种狗。到目前为止，它们对自己的老大哥——人类几乎还没有什么实际用处。这些狗已经监视变种人一百多年了，对变种人来说他们就是时刻盯梢的警察。

韦伯斯特向后挪了挪椅子，打开书桌抽屉，拿出一沓文件。

他一只眼睛盯着电视接收屏的面板，啪地按下开关，呼叫他的秘书。

“您好，韦伯斯特先生。”

“我要去拜访福勒先生，”韦伯斯特说，“如果有电话打来——”

秘书的声音有点儿颤抖，“如果有，先生，我马上与您联系。”

“谢谢。”韦伯斯特说。

他扣回开关。

他想，他们已经听说过了。整栋楼里的每个人都在窃窃私语，等待着消息。

肯特·福勒懒洋洋地躺在他房间外花园的一把椅子上，看着那只小黑梗犬疯狂地翻找着一只想象中的兔子。

“你知道，罗孚，”福勒说，“你可骗不了我。”

那只狗停下了挖掘，龇着牙回头看了看，兴奋地吠叫着。然后又继续挖了起来。

“你总有一天会说漏嘴的，”福勒对他说，“只要你说一两个字，我肯定狠狠地教训你一顿。”

罗孚继续挖着。

狡猾的小恶魔，福勒想，比用鞭子聪明。韦伯斯特拿他来糊弄我，好吧，他演技不错。挖兔子，在灌木丛里撒欢，还挠跳蚤——一只完美的狗的形象。但我知道。我全都知道。

一只脚踏进了草地，福勒抬起头来。

“晚上好。”泰勒·韦伯斯特说。

“我一直在想你什么时候来，”福勒简短地说，“请坐，直截了当地跟我说吧。你不相信我，对吗？”

韦伯斯特舒服地坐到第二把椅子上，把那叠文件放在膝上。

他说："我能理解你的感觉。"

"我怀疑你不能，"福勒粗暴地打断他，"我到这儿来，带来了我认为很重要的消息。这份报告让我付出的代价超乎你的想象。"

他在椅子上佝偻着身子，"我不知道你是否能理解，作为一个人类所度过的每一个小时都是对我的精神折磨。"

"抱歉，"韦伯斯特说，"但我们必须得确定。必须检查你的报告。"

"并进行某些测试？"

韦伯斯特点点头。

"就像那边那只罗孚一样吗？"

"他的名字不是罗孚，"韦伯斯特轻轻地说，"如果你一直那样叫他，会伤害他的感情。所有狗都有人类的名字，他叫埃尔默。"

埃尔默停止了挖掘工作，向他们小跑过来。他坐在韦伯斯特的椅子旁，用沾满泥土的爪子擦了擦他那满是泥土的胡须。

"怎么了，埃尔默？"韦伯斯特问道。

"他是人，没错，"狗说，"但不全是人。你知道，不是变种人。但是其他东西。外星人。"

"这在情理之中，"福勒说，"我曾经当了五年的洛普。"

韦伯斯特点点头，"你会保留部分特质，这不难理解。狗也会识别出来，他们对这样的事情很敏感，几乎就像通灵者，所以我们才用他们来应对变种人。不管变种人在哪里，他们都能找到。"

“你是说你相信我?”

韦伯斯特把腿上的文件弄得沙沙作响,用手小心地把它们抚平,“恐怕,是的。”

“为什么怕?”

“因为,”韦伯斯特告诉他,“你是人类有史以来所面临过的最大威胁。”

“威胁!伙计,你难道不明白吗?我是在给你们……给你们带来——”

“是的,我知道,”韦伯斯特说,“那个词是天堂。”

“而你害怕这个?”

“非常害怕,”韦伯斯特说,“试想一下,如果我们告诉了人们,人们都相信了,这意味着什么。每个人都想去木星,成为一个洛普。洛普人的寿命长达数千年,哪怕没有其他理由,这一事实本身也足够成为理由了。

“我们将面临的是全人类社会要求每个人都立即被送往木星。没有人愿意继续做人类。到最后,就没有人类了——所有的人类都会成为洛普。你想到过这一点吗?”

福勒紧张地舔了舔嘴唇,“当然。这正是我所期待的。”

“人类将会消失,”韦伯斯特平静地说,“它将被彻底摧毁,一起被摧毁的还有几千年来取得的所有进步。就在它即将取得最大进步的时候,它却要消失了。”

"但是你不知道,"福勒抗议道,"你不可能会知道。你从来没有当过洛普。我有。"他拍了拍胸口,"我知道那是什么感觉。"

韦伯斯特摇了摇头,"我不是在这一点上与你争论。我愿意承认,做洛普可能是比做人类更好。我不能认同的是,我们有正当理由消灭人类种族——不能认同我们应该用人类的成就和未来去交换成为洛普人的可能性。人类正在进步。也许没有你所说的洛普族那么愉快,头脑那么清醒,那么明智,但从长远来看,我有一种感觉,人类会走得更远。我们拥有无法抛弃的种族底蕴和种族命运。"

福勒在椅子上向前倾了倾身子。"你看,"他说,"我做事很公平。我是直接来找你和世界委员会的。我本来可以告诉媒体和电台,强迫你这么做,但我没有。"

"你的意思是,"韦伯斯特说,"世界委员会没有权利自己决定这件事。你是说,人民对此有发言权。"

福勒点点头,嘴闭得紧紧的。

"坦率地说,"韦伯斯特说,"我不信任人民。他们只会给你暴民反应和自私的反馈。他们中没有一个人会考虑整个种族,只会考虑他们自己。"

"你是在告诉我,"福勒问,"我是对的,但你对此却无能为力吗?"

"不完全是,我们可以想个办法。也许可以把木星建成一个老人院,在一个人度过了有意义的一生之后——"

福勒从喉咙深处发出一种厌恶的声音。"作为奖励,"他愤然说道,“把一匹老马赶去过牧场生活,天堂通过特许来实现。”

“那样的话,”韦伯斯特说,“我们就既能拯救人类,又能保住木星了。”

福勒迅速地站了起来。“我受够了,”他喊道,“我给你们带来了你们想知道的事。花了数十亿美元,而且你很清楚,是牺牲了数百条人命才弄清楚的事。你们在木星上到处都建了转换站,派了几十个人去但是他们再也没回来。你们以为他们已经死了,但仍然还是派了其他人去。仍然没有一个人回来——因为他们不想回来,因为他们不能回来,因为他们无法忍受再次成为一个人类。而我回来了,我又得到了什么呢? 一大堆高谈阔论……诡辩……质疑我,怀疑我。最后说我什么都很好,只是我回来就是个错误。”

他把胳膊垂在身体两侧,肩膀耷拉下来。

“我想我自由了,”他说,“我不需要再留在这里了。”

韦伯斯特慢慢地点了点头,“当然,你是自由的,你一直都是。我只是让你待到我可以确认的时候。”

“我可以回木星吗?”

“鉴于目前的情况,”韦伯斯特说,“这可能是个好主意。”

“我很奇怪你没有主动提出让我回去,”福勒痛苦地说,“这对你来说将是一个机会。这样你就可以把这份报告归档,然后忘掉它,继续掌管太阳系,就像在客厅地板上玩的过家家一样。几个世纪以来,你们家族犯了不少错。而人们让你坐在这个位置上继续犯错。你的一个祖先让世界失去了朱恩的哲学,另一个阻止了人类与变种人合作的努力——”

韦伯斯特厉声说:“别把我和我的家族跟这事混为一谈,福勒!这是一件更大的事情——”

但是福勒大喊大叫,淹没了他的话头,“我不会让你再把这事搞砸了。因为你们韦伯斯特家族,这世界已经失去得够多了。现在世界要摆脱你们。我要告诉人们关于木星的事,我会告诉媒体和电台,我会站在屋顶上大声喊出来,我——”

他的声音嘶哑,肩膀颤抖着。韦伯斯特的声音因突然发怒而变得冷酷,“我会和你斗到底,福勒。我要跟你对着干,我不会让你这么做的!”

福勒转过身,大步朝花园的大门走去。

韦伯斯特僵在椅子上,感到一只爪子在抓他的腿。

“我要去抓他吗,主人?”埃尔默问,“要我去把他抓回来吗?”

韦伯斯特摇了摇头。“让他走吧,”他说,“他和我一样有权利去做他希望的事。”一阵冷风吹过花园的墙头,把韦伯斯特的披肩吹得沙沙作响。那些话在他脑子里突突地跳动着——几秒钟前在这花园里说过的话,但却是几个世纪以前就存在了。*你的一个祖先弄丢了朱恩的哲学。你的一个祖先——*

韦伯斯特握紧拳头,指甲嵌入了肉里。

*扫把星,*韦伯斯特想,*这就是我们。人类的扫把星。朱恩的哲*

学，还有变种人。但那些变种人拿到朱恩的哲学已经几个世纪了，却从未使用过它。乔从格兰特那里偷走了它，格兰特一生都在努力将其找回，但从来未能如愿。

也许，韦伯斯特试图安慰自己，它真的没什么大不了的。否则，变种人肯定已经把它用起来了。或者也许——只是也许——变种人一直在虚张声势，也许他们对它的了解并不比人类多。

一阵金属声音轻声咳嗽着，韦伯斯特抬起头。一个灰色的小机器人就站在门口。

“电话，先生，”机器人说，“您一直在等的电话。”

詹金斯的脸出现在面板上——一张苍老的、陈旧的、丑陋的脸。不是最新型号的机器人所拥有的光滑、逼真的脸。

“很抱歉打扰您，先生，”他说，“但这太不正常了。乔来了，要求用我们的接收器给您打电话。但他不肯告诉我他有什么事，先生。他说只是给以前的邻居打个友好的招呼。”

韦伯斯特说：“让他接电话吧。”

“他的做法很不寻常，先生，”詹金斯坚持说道，“他到家里来，坐着闲扯了一个多小时，才要求给您打电话。请原谅我，我得说，这真是太奇怪了。”

“我知道，”韦伯斯特说，“乔在很多方面都很奇怪。”

詹金斯的脸从屏幕上消失了，出现了另一张脸——

乔，那个变种人。这是一张坚毅的脸，皮革似的皮肤上有些皱纹，蓝灰色的眼睛闪烁着光芒，鬓角上的头发刚刚变得花白。

“詹金斯不信任我，泰勒。”乔说。韦伯斯特觉得这话背后的笑声里有些怒气。

“说到这个，”他直截了当地告诉乔，“我也不信任你。”

乔有些烦躁地咕哝道：“为什么，泰勒，我们从来没有给你添过一分钟的麻烦。我们之中没有一个人这么做过。你盯着我们，为我们忧心烦恼，但我们从未伤害过你。你派那么多狗来监视我们，我们走到哪儿都能碰到它们。你还把我们的情况记录下来研究我们，不停地议论，你一定都烦死了吧。”

“我们了解你们，”韦伯斯特冷冷地说，“我们对你们的了解比你们自己还要多。我们知道你们有多少人，而且认识你们每一个人。想知道你们中任何一个人在过去一百年里的某个时刻在做什么吗？问我们，我们能告诉你。”

而乔继续说着一些好话。“而且，”他说，“我们一直都很关心你们。想着什么时候我们可能对你们有帮助。”

“那你们为什么不做呢？”韦伯斯特打断他，“我们一开始就愿意和你们合作。即使你从格兰特那里偷了朱恩的哲学——”

“偷了它？”乔问，“好吧，泰勒，你肯定是搞错了。我们只是拿走了它，好继续完成它。朱恩走进死胡同了，你知道的。”

“你可能在摸到它的第二天就弄明白了。”韦伯斯特直截了当地说，“你在等什么？过去任何一个时候，只要你把它交给我们，我们就能知道你们是和我们一道的，我们就会和你们合作。我们就会召回那些狗，就会接受你们。”

“真是有趣，”乔说，“我们似乎从未在乎过是否被接受吧。”

那人古老的笑声又回来了，一个觉得有自己足矣的人，把整个人类社会结构的努力都看作是一个巨大的、讽刺的笑话。一个喜欢独来独往的人，把人类看成是一个有趣的物种，可能只是有一点儿危险——但就因为人类的危险，所以反而比以往任何时候都有趣。一个不需要兄弟情谊的人，把兄弟情谊视为一种极端狭隘和可悲的东西，就像二十世纪的后援俱乐部一样。

“行，”韦伯斯特厉声说，“如果你们非要这样的话。我还想着或许你们有个交易要和我们做—— 一个和解的机会。我们不喜欢现状——我们宁愿情况有所不同。但这取决于你们。”

“好了，泰勒，”乔抗议说，“发脾气是没用的。我在想，也许你们应该要了解朱恩的哲学。你们现在可能已经忘记了，但曾经有一段时间，整个太阳系都对它感到兴奋。”

“好吧，”韦伯斯特说，“说吧，告诉我。”他的语气说明他知道乔不会这么做的。

“基本上，”乔说，“你们人类是孤独的一大群人。你们从不了解自己的同胞。不可能了解，因为你们不具备产生理解所需的共鸣。没错，你们有友谊，但这些友谊是建立在纯粹的情感上，而不是建立在真正的理解上。没错，你们相处得很好，但你们是靠容忍而不是理解来相处的。你们通过达成协议来解决问题,但这种协议不过是强势压倒弱势的结果而已。”

“和这有什么关系?”

“呵,一切都跟这个有关系,”乔说,“有了朱恩的哲学,你们就会真正地彼此理解。”

“心灵感应?”韦伯斯特问道。

“不完全是,”乔说,“我们变种人是有心灵感应的,但是这不一样。朱恩的哲学提供了一种感知他人观点的能力。它不一定会让你同意这个观点,但它的确会让你认识到它。你不仅知道别人在说什么,还知道他的感受。有了朱恩的哲学,你不得不接受另一个人的观点和知识的正确性,不仅是他说的话,还有这背后的思维。”

韦伯斯特说:“语义学。”

“如果你一定要纠结这个术语的话,随你。”乔告诉他,“它真正的意义是,你不仅能理解别人所说的话本身的意思,还理解其隐含意义。几乎是心灵感应,但不完全是。在某些方面比心灵感应要好得多。”

“乔,你是怎么做的?你是怎么——”

那笑声又回来了,“你好好想想,泰勒……看看你有多想得到它。然后也许我们可以谈谈。”

“精明的交易。”韦伯斯特说。

乔点点头。

“我想，也有陷阱。”韦伯斯特说。

“有那么一两个吧，”乔说，“你把它们找出来，这个也可以谈。”

“你们想要什么？”

“很多，”乔说，“但也许是值得的。”

屏幕重回寂静，韦伯斯特坐着，用空洞的眼睛盯着它。陷阱？当然是。明摆着。

韦伯斯特闭上了眼睛，感到脑子里的血液在奔涌。

在那早已失传的日子里，人们对朱恩的哲学有什么期待呢？它将使人类在短短两代人的时间里进步十万年。类似这样的说法。

或许有所夸大——但并没有太多。一点儿合乎情理的夸张，仅此而已。

人们相互理解，接受彼此的想法，每个人都能看透文字背后的含义，以别人的眼光看待事物，并接纳别人的观点，就像接纳自己的一样。事实上，人们把它变成了自己知识的一部分，可以用来研究自己手头的课题。没有误解，没有成见，没有偏颇，没有指责——而是清楚、完整地把握人类问题的所有冲突角度。适用于任何事，任何类型的人类活动。社会学、心理学、工程学，一种复杂文明的各个不同方面。不再错误百出，不再唇枪舌剑，而是诚实和真诚地评价当下的事实和观点。

两代人的时间前进十万年？也许并没有那么遥远。

这是陷阱吗？还是真的？变种人真的想把它交易掉吗？以什么价格？又一个诱饵在人类眼前晃来晃去，而变种人在角落里乐不可支。

变种人当然没有使用它，他们没有，因为他们并不真正需要它。他们已经有了心灵感应，就变种人而言，那已经够了。让人们可以相互理解的工具对个人主义者来说并没什么用处，因为他们并不在乎是否相互理解。显然，变种人相处得很好，为了维护利益，他们可以容忍任何必要的接触。但是，仅此而已。他们会一起努力拯救自己，但不会从中得到乐趣。

一个真诚的提议？一个诱饵？抛出诱饵来吸引注意力，以掩护同时进行的一笔肮脏交易？一个只是为了讽刺人类的笑话？还是内有玄机？

韦伯斯特摇了摇头。谁也说不清，你无法判断一个变种人的动机或理由。

白日消逝，明亮而柔和的光线悄悄溜进了办公室的墙壁和天花板。随着夜幕降临，那些隐藏的光线自动地变得更加强烈。韦伯斯特瞥了一眼窗户，那是一块黑色的长方形，城市天际线上几块闪烁的广告牌点缀其间。

他伸出手，用大拇指拨动一个开关，与外面办公室的秘书通话。

“对不起，让你久等了。我忘了时间。”

“没事，先生。”秘书说，“有一位客人到访，福勒先生。”

“福勒?”

“是的,来自木星的那位绅士。”

“我知道。”韦伯斯特疲倦地说,“请他进来。”

他几乎忘记了福勒和他咄咄逼人的威胁。

他心不在焉地盯着书桌,看见万花筒还躺在之前他放着的地方。有趣的玩具,他想。古怪的主意。对于很久以前心思单纯的人来说,这是一个简单的玩意儿。但是孩子会玩得不亦乐乎。

他伸出一只手,抓住了它,拿到眼前。透射的光线编织出疯狂的彩色图案,一种几何形状的梦魇。他转动了一下筒身,图案就变了。再一次——

突如其来的恶心让他的脑子一阵痉挛,那颜色像一团令他灵魂扭曲的火焰一样烙印在他的脑海里。

万花筒当啷一声掉在桌上。韦伯斯特伸出双手,紧紧地抓住桌子的边缘。

他的脑子里闪过一个可怕的念头:这是什么儿童玩具啊!

恶心的感觉渐渐褪去,他静静地坐着,大脑慢慢清醒过来,恢复了规律的呼吸。

有意思,他想,它居然会有这种效果,真有趣。或者可能是因为别的东西,根本不是万花筒?某种癫痫发作,或者心脏出毛病?虽然以他的年纪来讲太年轻了,而且他最近才接受过检查。

门咔嗒一声关上了，韦伯斯特抬起头来。

福勒慢慢地从房间那头走过来，站在桌子对面。

“怎么了，福勒？”

“我当时生气地离开了，”福勒说，“我也不想那样。你可能已经理解了，但也可能还没有。你知道，我只是很沮丧。我从木星回来，觉得我在圆顶里度过的那些年总算没有枉费，送走那些人时我感受到的所有痛苦有了回报。你知道，我是带着全世界都期待着的消息来的。对我来说，这本是可能发生的最美妙的事情，我以为你也会明白。我以为人们也会。就好像我告诉他们，天堂就在附近一样。因为这就是事实，韦伯斯特……事实就是如此。”

他将双手平放在书桌上，俯身低语。

“你明白是怎么回事，不是吗，韦伯斯特？你懂一点儿了？”

韦伯斯特的手在颤抖，他双手放在腿上，紧紧地握着，直到手指生疼。

“是的，”他低声回答，“是的，我想我知道。”

因为他确实知道。

他知道的比这些话告诉他的还要多。知道这句话背后隐藏着的痛苦、恳求和苦涩的失望。就好像他自己说过这些话一样明白它们——就好像他就是福勒。

福勒突然惊叫起来，“你怎么了，韦伯斯特？你怎么了？”

韦伯斯特试图说话，但那些话像尘埃一样飘散了。他的喉咙发紧,喉结也开始疼痛。

他又试了一次,声音低沉而勉强:“告诉我,福勒。你在那里学到了很多东西。人类不知道或不完全知道的事情。像是高级的心灵感应,也许……或者……或者——”

“是的,”福勒说,“很多事情。但我没有把它们带回来。当我重新变回一个人类时,就是这样了。只是一个普通人,仅此而已。那些东西没有一个能带回来。大部分只是朦胧的回忆和一种……好吧,你可以称之为向往。”

“你是说你丧失了你当洛普时拥有的能力?”

“一点儿也没有了。”

“你有没有可能,能够让我明白你想让我知道的事?让我感受你的感受?”

“完全没可能。”福勒说。

韦伯斯特伸出一只手,用手指轻轻地推了一下万花筒。它向前滚动,然后又停了下来。

“你回来干什么?”韦伯斯特问。

“来与你达成共识,”福勒说,“告诉你我不是真的生气,让你明白我也有自己的立场。只是意见不同,仅此而已。我想也许我们可以握手言和。”

“我懂了。你还是决定出去告诉人们吗?”

福勒点点头,“我必须这么做,韦伯斯特,想必你一定知道这一点。它是……它是……对我来说几乎是一种信仰,是我深信不疑的东西。我必须要告诉其他人,有一个更美好的世界,更美好的生活。我得带他们找到它。”

韦伯斯特说:“救世主。”

福勒站直身子,“这就是我担心的。嘲笑不能——”

“我没有嘲笑。”韦伯斯特近乎温和地对他说。

他拿起万花筒,用手掌摩挲着筒身,思索着。还不是时候,他想。还不是时候。得想个办法。我是否想让他了解我,就像我了解他一样?

“听着,福勒,”他说,“休息一两天吧。再等等。就一两天。然后我们再谈。”

“我已经等得够久了。”

“但我希望你仔细想想:一百万年前,人类刚刚形成——还只是一种动物。从那时起,人类开始在文化的阶梯上慢慢地往上爬。一点一点,痛苦地形成了一种生活方式、一种哲学、一种做事方式。进步是几何级数的。今天比昨天做的多得多。明天会比今天做的还要更多。有史以来,人类第一次要真正地开始有所成就了。你可能会说,只是开了个好头,只是迈出了第一步。但将来人类会在更短的时间内走得更远。

“也许地球不像木星那样令人愉悦,也许根本不一样。也许与木星的生命形式相比,人类是单调的。但这就是人的生活。这是人为之奋斗的东西。这是人自己创造的东西。这是人塑造的命运。

“福勒,就在我们一切都变得更好的时候,我不认为应该拿我们的命运去交换一种未知的命运,一种我们都不确定的命运。”

“我会等,”福勒说,“但就一两天。但是我警告你,你别想打发我。你不可能改变我的想法。”

韦伯斯特说:“我就只有这个要求。”他站起来,伸出手。“握手言和?”他问。

但即使他和福勒握了手,韦伯斯特也知道这没有用。关于要不要朱恩的哲学,人类正走向一场决战,一场可能会因为朱恩哲学而变得更糟的决战。因为变种人不会错过任何机会。如果这是他们的玩笑,如果这是他们摆脱人类的方式,他们就不会忽视任何东西。到明天早上,每个男人、女人和孩子都会以某种方式看透万花筒,或是看透其他东西。只有上帝知道他们还有多少其他的方法。

他一直看着福勒把身后的门关上,然后走到窗口往外看去。一个新的广告标牌在城市的天际线上闪烁,以前从未见过。一个疯狂的标志,在夜晚形成了疯狂的彩色图案。忽明忽暗,好像有人在转动万花筒一样。

韦伯斯特盯着它,双唇紧闭。

他应该预料到的。

他想到乔,脑子里涌起一股凶残的怒火。因为在那通电话背后，其实那人早已用手捂住嘴得意暗笑；那是一个自作聪明的手段，故意让人们知道这是怎么回事，让他知道自己已经陷入困境却无能为力。

韦伯斯特想，我们早该把他们都杀了。他为自己的镇定和冷酷感到惊讶。我们早该把他们消灭掉，就像对付一种危险疾病一样。

但人类早就已经放弃了暴力，无论是组织还是个人都是如此。在过去的一百二十五年里，从未出现过一个组织以暴力对抗另一个组织的情况。

乔打电话来时，朱恩的哲学就已经在桌上了。我只要伸出手去摸到它就行了。韦伯斯特想。

他意识到这一点后，身体僵直了。我只要伸出手去摸到它就行了。而我就是这么做的！

比心灵感应更厉害，比猜测更厉害的东西。乔知道他会拿起万花筒——他一定知道。预见—— 一种穿越到未来的能力。也许只有一个多小时，但就足够了。

乔——当然还有其他变种人——知道福勒的事。他们那敏锐的心灵感应可以告诉他们想知道的一切。但这是另一种情况，一种不同的情况。

他站在窗前，凝视着标牌。他知道，成千上万的人正在看着它。看着它，并且感受到脑海中突然产生的恶心。

韦伯斯特皱起眉头，琢磨着灯光的变化。也许它会对人脑的某些中枢产生某种生理影响。未曾被使用过的一部分大脑——它在人类发展的适当阶段可能会自然而然地发挥其应有的功能。这个功能现在被强行启动了。

朱恩的哲学,终究是来了！人类追求了几个世纪的东西,现在终于实现了。在一个没有它人类本可以过得更好的时刻。

福勒在他的报告中写道:*我不能给出一个事实性的解释,因为我想说的事实无法用语言来表达*。当然,他现在还是无法用语言来表达,但他有了别的更好的东西——能够理解他言语背后的真诚和伟大的听众。他们有了一种新发现的官能,让他们能够领会福勒叙述中的某些宏大的境界。

乔早就计划好了,一直等着这一刻,用朱恩哲学作为对抗人类的武器。

因为有了朱恩哲学,人们就会去木星。就算世界上所有逻辑都摆在面前,人们仍然会去木星。不管前景好坏,人们都会去木星。

曾经存在的唯一能打败福勒的机会,在于福勒无法描述他所看到的,无法说出他的感受,无法清楚地向人们解释他所带来的信息。如果仅靠人类的语言,传达的信息就会模糊不清。就算人们一开始可能会相信,信念也可能会动摇,他们可能会听从其他的观点。

但是现在这个机会已经不复存在了,因为这些话不会再含糊不清了。人们会清楚地知道木星是什么样子,就像福勒自己感同身受的那样。

人们会去木星,开始一种不同于人类的生活。

而整个太阳系,除了木星,都将为新的变种人种族敞开大门,让他们发展出任何他们想要的文化—— 一种几乎不会追随亲代文明的文化。

韦伯斯特转身离开窗口,大步走回书桌。他弯下腰,抽出一个抽屉,把手伸了进去。手拿出来的时候,握着一个他从未想过会用到的东西—— 一个文物,一件数年前他扔在那里的博物馆藏品。

他用手帕擦拭着金属枪身,用颤抖的手指试了试它的机件。

福勒是关键。如果福勒死了——

如果福勒死了,木星空间站被拆除和废弃,变种人就会功亏一篑。人类将拥有朱恩的哲学,并将延续自己的命运。半人马座探险队将如期出发。冥王星上的生命实验将会继续进行。人类将沿着文明规划的道路前进。

比以往更快,比任何人的想象都要快。

两个伟大的进步。把放弃暴力作为一种人类政策——以及朱恩哲学所带来的相互理解。

这两项伟大的成就将使人类加速前进,去往想去的任何地方。放弃暴力和——

韦伯斯特盯着手里的枪,听着呼啸的风从他的头上吹过。

两个巨大的进步——而他正准备放弃第一个。

一百二十五年来，没有再发生杀人事件；一千多年来，杀戮早已不再是决定人类事务的一个因素。

一千年的和平，而一起死亡会让这功业付之一炬。夜里的一声枪响可能会摧毁整个体系，让人再回到过去的兽性思维。

韦伯斯特杀人了——为什么我不能？毕竟，有些人应该被杀。韦伯斯特做得对，但他不应该只杀一个。我不明白他们为什么要绞死他；他应该获得一枚勋章。我们应该先从变种人开始。如果不是他们——

他们会这么说。

那，韦伯斯特想，就是在我脑海中咆哮的狂风。

疯狂的彩色标牌闪烁着，沿着墙壁和地板投射出诡异的影子。

韦伯斯特想，福勒看到了。福勒在看着它，即使他没有，我也还有万花筒。

他把枪扔回抽屉里，朝门口走去。

对第六个故事的说明

如果传说中其他故事的起源仍然存疑，那么这个故事的起源是毫无疑义的。在第六个故事中，我们可以明显看到狗讲故事的特征。它有更深层次的情感价值和对道德问题更密切的关注，这些都是其他所有狗神话中所强调的。

然而，奇怪的是，正是在这个故事中，泰格找到了人类存在的最重要的证据。他指出，这个故事中有证据表明，当狗们坐着谈论埋葬在日内瓦或去木星的人类时，与我们在熊熊燃烧的火堆前讲述的是同样的故事。这里，他说，我们看到了狗们第一次探索卵石世界的故事，这是他们向发展动物兄弟情谊迈出的第一步。

同样是在这里，他认为我们有证据表明人类是另一个同时代的种族，只是在文化道路上与狗分道扬镳。泰格说，这个故事中所描述的灾难是否真的压垮了人类，我们不得而知。他承认，在过去几个世纪里,我们今天所知道的这个故事已经被修饰过了。但他认为,它的确提供了确凿的证据,证明人类曾遭受过某种灾难。

罗孚不承认泰格看到的事实证据,认为这个故事的作者合理地终结了人类的文化。如果没有大致目标,没有某种内在的稳定,任何文化都无法生存下去。罗孚相信,这就是这个故事想要传达的意义。

在这个故事中,人类受到了某种温柔的对待,这与其他任何故事中都是不同的。他既是孤独可怜的生灵,但又光辉灿烂。他最后做出一个伟大的姿态,通过自我献祭来换取神性,这完全是人类的典型作风。

然而,埃比尼泽对人类的崇拜有某种令我们不安的弦外之音,这已经成为研究这一传说的学生之间争议尤其激烈的根源。

鲍恩斯在他的书《人类的迷思》中提出了这样一个问题:如果人类曾经选择了一条不同的道路,后来会不会像狗一样伟大?

而这个问题,也许是这个传奇故事的许多读者都会停下来问自己的。

Ⅵ 爱 好

兔子绕过一丛灌木，小黑狗在它后面嗖嗖地追着，然后倏地停了下来。小路上站着一只狼，那只抽搐的、血淋淋的兔子正吊在狼的下巴上。

埃比尼泽一动不动地站在那里喘着气，红红的舌头耷拉在外面，眼前的景象让他有点儿头晕恶心。

原本是多可爱的一只兔子呀！

身后的小道上传来啪嗒啪嗒的脚步声，阿影在灌木丛里嗖嗖地转了一圈，然后滑到埃比尼泽身边停了下来。

狼的目光从狗转向了这个小型机器人，然后又回到了狗身上。黄色的野性光芒从他眼中慢慢消失。

“你不该那样做的，狼。”埃比尼泽轻声说，“兔子知道我不会伤害它，我们只是闹着玩儿。但是它直直撞上你，你却把它抓住了。”

“跟他说话没用。”阿影的嘴角发出嘶嘶的声音，“他根本不知道你在说什么。接下来，他就会把你给吞下去了。”

“有你在，他不会的。”埃比尼泽说，“而且，不管怎么说，他认识我。他记得去年冬天。他是我们喂养的狼群中的一员。”

狼一步一步小心翼翼地慢慢向前走过来，直到他和小狗之间只有两英尺[①]的距离。然后，他非常缓慢而小心地把兔子放在地上，用鼻子向前推了推。

阿影发出了微弱的声音，几乎是在倒抽气：“他把兔子给你了！”

“我知道，”埃比尼泽平静地说，“我就说他记得的。他就是冻坏了耳朵的那匹，詹金斯帮他医好的。”

狗向前迈了一步，摇着尾巴，伸出鼻子。狼僵了片刻，然后低下他丑陋的头，也伸出鼻子嗅了嗅。刹那间，两只鼻子几乎碰在了一起，然后狼向后退了几步。

“我们离开这里吧，”阿影催促道，“你快跑，我殿后。如果他敢动什么手脚——”

“他什么都不会做的，”埃比尼泽打断他说道，“他是我们的朋友。兔子的事不是他的错。他不明白。这就是他的生活方式。对他来说，兔子只是一块肉。”

甚至，他想，就像我们曾经经历过的那样。就像我们，在第一只狗和人类守着山洞洞口的火堆之前，以及在那之后的很长一段时间

① 英制长度单位，1英尺＝30.48厘米。

里都是如此。即使现在,有时兔子——

狼慢慢地挪动着,几乎是带着歉意地伸出爪子,张开嘴巴把兔子叼了起来。他的尾巴动了动——几乎是摇了起来。

“你看!”埃比尼泽叫着。狼跑了,一团模糊的灰色在树林里渐渐消失。

“他把它拿回去了。”阿影生气地说,“你看,这肮脏的——”

“但他刚才给过我了,”埃比尼泽胜利地说道,“只是饿得实在受不了了。但他做了狼从未做过的事情,在那一刻,他不仅仅是一只动物。”

“送东西给别人,结果又拿回去。”阿影嗤之以鼻。

埃比尼泽摇摇头,“当他拿回去时,他觉得很羞愧。你看到他摇尾巴了,就是在跟我解释——他饿了,他需要它。比我更需要。”

狗看着郁郁葱葱的林间小道,嗅着早春森林里腐烂树叶的气味,雪割草、血根草和蛛网般的银莲花令他陶醉的香气,以及新叶敏锐而强烈的味道。

“也许有一天——”他说。

“是,我知道,”阿影说,“也许有一天,狼也会变得文明开化。还有兔子、松鼠和其他所有的野生动物。你们这些狗老是这么无所事事——”

“不是无所事事,”埃比尼泽告诉他,“可能是在做梦吧。人类以前也爱做梦,他们过去常常闲坐着思考问题。我们就是这样开化的。一个叫韦伯斯特的人想到了我们,跟我们胡闹。他修改了我们喉咙的结构,这样我们就能说话了。他给我们配了隐形眼镜,这样我们就能阅读了。他——"

"所以做梦给人类带来了很多好处。"阿影颇为不耐地说道。

埃比尼泽想,这就是严峻的事实。现在剩下来的人不多了。只有变种人缩在塔楼里做着没人知道的事,还有一小撮真正的人类还住在日内瓦。其他人,很久以前,都去木星了。去了木星,然后把自己变成了非人类的东西。

埃比尼泽耷拉着尾巴,慢慢地转过身来,慢吞吞地走上小路。

那只兔子真是太可惜了,他想,那是只多好的兔子啊。跑得又快,又不怕我。我已经追过它很多次了,它知道我不会抓它。

但即便如此,埃比尼泽也不愿责怪狼。对狼来说,追逐兔子可不只是一件有趣的事。因为狼没有畜群可吃可喝,也没有田地收成可以做狗饼干。

"我该做的就是告诉詹金斯你跑出去了,"阿影一边走,一边毫不留情地嘟囔着,"你知道你应该在家里好好监听的。"

埃比尼泽没有回答,继续沿着小路不情不愿地走着。因为阿影说得对。他不该出来追兔子,他应该在韦伯斯特之家监听——监听那些靠近的东西——附近之物的声音、气味以及意识。就像在一堵墙的一侧监听着另一侧正在发生的事情,只是它们很微弱,有时离得很远,很难捕捉到;大多数时候,更是难以理解。

这是我内心的兽性,埃比尼泽想,那古老的挠跳蚤、啃骨头、挖地鼠的狗性不让我好好待着——是它让我在应该监听的时候溜出去追兔子,在应该阅读书架上的旧书的时候去森林里溜达。

太快了,他告诉自己,我们发展得太快了。不得不这么快。

人类花了几千年的时间才把咕哝的声音变成了最基本的语言。用了几千年才发现火;几千年才发明弓和箭;几千年才学会耕种土地和收获食物;几千年才放弃了洞穴,建造自己的房子。

但从我们学会说话的那一天起,只过了一千多年,我们就只靠自己了——噢,还有詹金斯。

森林变得稀疏,参差不齐的橡树零零星星地散布在山上,就像蹒跚的老人在小路上漫步。

房子坐落在山顶上,一幢缩成一团的建筑,已经扎下了根,紧贴着地面。它太古老了,已经与周围事物的颜色融为一体——树木、花草、天空、风和天气的颜色。它出自深爱它和这周围风光的人们之手,就像现在的狗也同样地爱着这一切一样。一个传奇家族在这里建造、居住和死亡,在几个世纪中留下了流星般的痕迹。他们把自己的影子留在了那些故事中,在暴风雨之夜,当风吹过屋檐时,在熊熊燃烧的壁炉周围讲述的那些故事:布鲁斯·韦伯斯特和第一条狗纳撒尼尔;一个叫格兰特的人给了纳撒尼尔一个口信;另一个人曾出发去星际旅行,还有一个老人坐在轮椅里一直在草坪上等着他；以及狗们多年来监视的怪物变种人的其他故事。

现在人们都走了，那个家族变成了一个名字，只有狗们还在继续着，按照很久以前格兰特告诉纳撒尼尔的那样继续生活。

*就像你们是人类一样，就像狗是人类一样。*这句话已经流传了整整十个世纪——终于到了这个时候。

当人们离去，狗们就回家了，从地球的遥远角落回到第一只狗开口说第一个字的地方，回到了第一只狗认第一行字的地方，回到了韦伯斯特之家——很久以前，有个人曾在这里梦想过一种双重文明，人与狗手爪相携，一起走过茫茫岁月。

“我们已经尽力了，”埃比尼泽说，几乎像是在对什么人说话，“我们仍在继续。”

从山的另一边传来了牛铃的叮当声和一阵狂乱的吠叫声。幼崽们正在把牛群赶回来，以便晚上挤奶。

岁月的灰尘静静地躺在地下室里，一种灰色的粉末状尘土，不是外来的东西，而是这个地方本身的一部分——随着岁月流逝已经死去的一部分。

琼恩·韦伯斯特闻到灰尘飘浮在霉臭房间里的刺鼻气味，寂静像一首歌在他的脑海中嗡嗡作响。一个昏暗的镭灯泡在仪表板上发光，仪表板上有开关、转盘和六个控制盘。

韦伯斯特害怕打破这沉睡的寂静，便悄悄地向前走去。时间的重量似乎从天花板上重重地压下来,让他有些不堪重负。他伸出一根手指去触摸开关,仿佛已经做好了那里什么也没有的准备,仿佛他必须感受到开关压在指尖的压力,才能知道开关还在那里。

它在那里。开关、转盘和控制盘,还有上方那一盏灯。仅此而已。没有别的了。在这个小小的、光秃秃的地下室里,没有别的了。

完全就像老地图所描绘的那样。

琼恩·韦伯斯特摇了摇头,心想:我可能早就知道会是这样。地图是正确的,地图记得。我们才是那些忘记的人——忘记了,或者从来没有了解过,或者从来没有在意过。他知道,这很可能是最后一个正确的东西了,但人们从没在意过。

虽然可能很少有人知道这个地下室。一直不为人所知,因为最好没什么人知道它的存在。它从未被使用过,但这并不是其保密的原因。也许曾有一天——

他盯着仪表板,好奇地想着。他的手再次慢慢伸出,然后又猛地缩回来。最好不要,他告诉自己,最好不要。因为地图上没有显示地下室的用途,也没有给出开关的原理。

“防御。”地图上写着,仅此而已。

防御!当然,千年前的日子里应该有防御。一种从未被需要过、但必须具备的防御,一种对不确定的紧急情况的防御。因为即使在那时,各国人民的兄弟情谊也不堪一击,一个字或一个行动就可能打破平衡。即使在十个世纪的和平之后,战争的记忆也是活生生的——在世界委员会的头脑中，战争是一种永远存在的可能性，一种需要规避、需要为之做好准备的东西。

韦伯斯特僵直地站着，听着历史的脉搏在房间里跳动。历史已经结束了，那已经走到尽头的历史——在几百条无谓人命的死水里，突然注入了一股小溪；而它现在又成了一潭死水，再也看不见人类奋斗和成就的旋涡。

他伸出一只手贴在砖石上，感觉到了黏糊糊的寒冷，以及掌心下尘土粗糙的蠕动。

他想，这是帝国的基础。帝国的地下堡垒。这座高高耸立的建筑中最下层的石头，却以自豪的力量翱翔在高远的上空。在过去，这座伟大的建筑操持着太阳系的事务，它不是一个征服意义上的帝国，而是建立在有序的人际关系的基础上，基于相互尊重和宽容理解的帝国。

处在人类政府的建筑里会给人一种轻松的信心，因为它让人从内心相信自己拥有了充分且万无一失的防御。因为它既充分又万无一失，它必须如此。当时的人们不会冒任何风险，不会忽略任何漏洞。他们是在艰苦的考验里成长起来的，熟悉周围的环境。

韦伯斯特慢慢地转过身来，盯着自己在尘土上留下的痕迹。他悄无声息，小心翼翼地走着，顺着自己留下的脚印离开了地下室，关上了身后那扇巨大的门，将那把锁住秘密的锁牢牢锁上。

他爬上隧道的楼梯，想道：现在我可以书写我的历史了。我的笔记差不多完整了，我知道应该怎么写。它将是辉煌而详尽的，而且可能会很有趣——如果有人来阅读它的话。

但是他知道没有人会读。没有人愿意花时间，没有人会在意。

韦伯斯特站在家门前宽阔的大理石台阶上，久久地望着街道。这是条漂亮的街道，他对自己说，是整个日内瓦最美的街道。有林荫大道，有精心照料的花圃，人行道在不停劳作的机器人的擦洗和打磨下闪闪发光。

街道上没有人，这并不奇怪。机器人们早早就完成了他们的工作，几乎没有什么人了。

一只鸟儿在高高的树梢上放声歌唱，那是一首与阳光和花儿相应和的歌，一首欢快跳跃、充满无尽愉悦的歌。

一条整洁的街道在阳光里昏昏欲睡，一座伟大而骄傲的城市，却丧失了它存在的目的。一条本该满是嬉闹的孩子、漫步的恋人和在阳光下小憩的老人的街道。而这座城市——地球上最后的城市，地球上唯一的城市，本该是熙熙攘攘的繁华之地。

鸟儿在歌唱，一个人站在台阶上看着，在飘过街道的芬芳微风中，郁金香幸福地摇曳着。

韦伯斯特转身走到门边，笨手笨脚地把门打开，跨过门槛。

房间里安静而肃穆，彩色玻璃窗和柔软的地毯让人感觉像大教堂。古老的木头焕发着岁月的光泽，从细长窗户里漏下来的光线中,银和铜不时闪烁着光芒。壁炉上方挂着一幅色彩柔和的巨幅帆布画——是一座坐落在山上的房子,像是已经长出了根,像唯恐失去什么似的紧紧地抓着土地。烟囱里冒着烟,在风中细细地划过深灰色的天空。

韦伯斯特穿过房间,没有脚步声。*是地毯,他想,地毯保护了这里的宁静。兰德尔想重做一张,但我不让他碰它,幸好我这么做了。一个人必须保留一些古老的物件,一些他能依靠的东西,一种遗产,一份传承和承诺。*

他走到书桌前,用拇指拨动一个旋转开关,上面亮起了灯。他任由自己慢慢陷进椅子里,然后伸手去拿一个装着笔记的文件夹。他打开封面,盯着扉页:《日内瓦市功能发展研究》。

真是一个大胆的标题。庄严而博学,还意味着大量的工作。二十年的心血,他花了二十年时间埋首故纸堆,花了二十年时间阅读和比较,评估前人的观点和言论,筛选、剔除和整理事实,追踪城市和人类的趋势。没有英雄崇拜,没有传奇,只有事实。而事实难以追寻。

有什么东西沙沙作响。没有脚步声,只有沙沙的声音,一种什么人就在附近的感觉。韦伯斯特在椅子上转过身。一个机器人正站在台灯的光圈外面。

“打扰了,先生,”机器人说,“但是我应该告诉您,萨拉小姐正在海边等着呢。”

韦伯斯特有些吃惊,“萨拉小姐?她已经很久没来这里了。”

“是的,先生。”机器人说,“先生,当她走进门的时候,简直就像回到了过去的时光。”

韦伯斯特说:“奥斯卡,谢谢你告诉我。我马上就去。你去拿些喝的来。”

“先生,她带了酒水,”奥斯卡说,“巴伦特里先生调的。”

“巴伦特里!”韦伯斯特惊呼道,“我希望它没有毒。”

“我一直在观察她,”奥斯卡说,“她一直在喝,现在还没事。”

韦伯斯特从椅子上站起来,穿过房间,朝大厅走去。他推开门,海浪的声音传到了耳中。炙热的沙滩像一条笔直的白线延伸到地平线上,强烈的光线晃得他眨了眨眼睛。在他的面前,是一片沐浴在阳光下的蓝色海洋,蔚蓝的海面上泛起白色的浪花。

他踩在吱吱嘎嘎的沙子上向前走着,眼睛慢慢地适应着耀眼的阳光。

他看见萨拉正坐在棕榈树下一张鲜艳的帆布椅子上,椅子旁边放着一只色彩柔和的淑女水壶。

空气中有一股咸味,从水面吹来的风在阳光晒暖的空气中显得很凉爽。

那个女人听见他的声音,站起来,伸出双手等着他。他急忙走上前去,紧握住她伸出来的手,看着她。

“你一丁点儿都没有变老,”他说,“跟我第一次见到你的那天一样漂亮。"

她对他微笑,眼睛非常明亮,"至于你嘛,琼恩。太阳穴周围有了些白头发。又变帅了一点点。就这样。"

他笑了,"我都快六十了,萨拉。中年正悄悄来临呢。"

"我带了点儿东西来,"萨拉说,"巴伦特里的最新杰作之一,能让你年轻一半儿。"

他哼了一声,"我很好奇巴伦特里有没有用他的酒毁掉半个日内瓦。"

"这个真的很好。"

的确是。入口顺滑,有一种奇怪的味道,半是金属的味道,半是狂喜的感觉。

韦伯斯特将一把椅子拉到萨拉的旁边,坐下来看着她。

"你这里真是个好地方。"萨拉说,"兰德尔做的,是吗?"

韦伯斯特点点头,"他玩得比马戏团还开心。我得用棍子赶他才走。还有他的那些机器人!比他还疯狂。"

"但是他做得很棒。他给昆汀设计了一个火星房间,简直是超凡脱俗。"

"我知道,"韦伯斯特说,"他还想在这里设置一个深空空间,说那会是个坐下来思考的好地方。我不让他做他还生我气了。"

他用右手拇指摩擦着左手的手背,凝视着海面上那片蓝色的薄雾。萨拉向前倾了倾身子,把他的拇指拉开。

她说:“你的疣还在。”

他咧嘴一笑,“是的。本来可以把它们弄掉的,但总是没能抽出时间。我想可能是太忙了。现在已经是我的一部分了。”

她松开拇指,他继续心不在焉地揉着疣子。

“你一直很忙,”她说,“好久没见你了。你的书怎么样了?”

“准备动笔了,”韦伯斯特说,“按章节列出了大纲,今天刚查证了最后一件事。你知道,必须得确定一下。确认了老太阳能行政大楼地下深处的某种防御工事。一个控制室里,你推动一根控制杆,然后——”

“然后什么?”

“我也不知道,”韦伯斯特说,“我想可能会有什么效果吧。应该弄弄清楚的,却没心思这么做了。这二十年来,我在一堆灰尘里挖来挖去,再也受不了了。”

“琼恩,你听起来很丧气、很累。你不应该感到疲惫,没有任何理由。你肯定有办法的。再来一杯?”

他摇了摇头,“不了,萨拉,谢谢。我想我没心情。我很怕,萨拉,很怕。”

“害怕什么?”

“这个房间,”韦伯斯特说,“幻觉、制造距离错觉的镜子、吹动盐雾的风扇、激起海浪的水泵,还有人造的太阳。如果我不喜欢太阳,只要按一下开关,就能切换成月亮。”

“幻觉。”萨拉说。

“没错，”韦伯斯特说，“这就是我们所拥有的一切。没有真正的工作，没有真正的职位。没有需要我们奋斗的事业，没有我们要去的地方。我研究了二十年准备写一本书，但没有一个人会去读。他们所要做的仅仅就是花时间去读它而已，但他们不会，他们不在乎。他们要做的仅仅就是来找我要一本——如果他们不想来找我，但我会很高兴有人想读，我可以亲自给他们送去。但没有人感兴趣。这本书将像过去其他所有的书一样躺在书架上。而我从中得到了什么？等等……我来告诉你。二十年的辛劳，二十年的自欺欺人，二十年的清醒。”

“我知道，”萨拉轻声说，“我知道，琼恩。最后那三幅画——”

他迅速抬起头，“但是，萨拉——”

她摇了摇头，“不，琼恩。没有人想要它们，它们已经过时了。自然主义的东西早已不再流行了，现在是印象主义的天下。涂涂抹抹——”

“我们太富有了，”韦伯斯特说，“拥有的太多了。一切都留给了我们——什么都有，又一无所有。当人类去往木星时，遗留下来的少数人继承了地球，而地球对他们来说太大了。他们无法应付，无法管理。他们以为自己拥有地球，但其实他们才是处于从属地位的。从属、服从、敬畏于那些过去的事物。”

她伸出一只手,抚摸他的手臂。

“可怜的琼恩。”她说。

“我们不能退缩,”他说,“总有一天,我们中的一些人必须面对真相,必须从头开始——从零开始。”

“我——”

“怎么了,萨拉,什么事?”

“我是来向你告别的。”

“告别?”

“我要去‘沉睡’了。”

他立刻惊恐地站了起来,“不,萨拉!”

她笑了,笑得很勉强,“你为什么不跟我一块儿,琼恩? 睡上几百年。也许当我们醒来时,一切都会有所不同。”

“只是因为没人想要你的画,只是因为——”

“是因为你刚才说的话。幻觉,琼恩。我知道它,也能感受到它,但我没办法想清楚。”

“但是‘沉睡’也是一种幻觉啊。”

“我知道。但是你不知道它是幻觉,你认为它是真实的。除了那种被刻意设计的恐惧,不会有束缚,也不再有恐惧。琼恩,那很自然——比生活更自然。我去了圣殿,一切都释然了。”

“那当你醒来的时候呢?”

“你已经适应了。适应了你所醒来的任何时代的任何生活。就好像你从一开始就属于那个时代一样。可能还会更好。谁知道呢，可能还会更好。”

“不会的。”琼恩冷冷地告诉她，“直到，或者除非，有人对此做了些什么改变。一群跑到沉睡之乡去躲起来的人是不可能让自己打起精神来的。”

她在椅子里往后缩了缩。他突然感到愧疚。

“对不起，萨拉。我不是说你，也不是说任何人。只是指我们这个群体。”

棕榈树焦躁地私语，叶子发出刺耳的声音。汹涌潮水留下的小水潭在阳光下闪闪发光。

“我不会劝阻你的，”韦伯斯特说，“你已经想清楚了，你知道自己想要什么。”

人类并不总是这样的，他想。曾经有这么一天，一千年前的某一天，人们会为这样的事情争论不休。但是朱恩主义结束了所有琐碎的争吵。朱恩主义结束了很多事情。

“我一直在想，”萨拉轻声说，“如果我们还在一起的话——”

他做了一个不耐烦的手势，“这不过是我们失去的又一样东西，又一件人类放手的东西。仔细想想吧，我们失去了很多东西。家庭关系、商业、工作和目标。”

他转过身来正视着她，“如果你想回来，萨拉——”

她摇了摇头，“没用的，琼恩。已经过去太多年了。”

他点了点头。没必要否认这一点。

她站起来伸出手,“如果,万一哪天你决定要‘沉睡’了,记得来找我。我会让他们在我旁边留个位置。”

“我想我不会的。”他告诉她。

“那好吧。再见了,琼恩。”

“等等,萨拉。你还没说我们儿子怎么样了。我以前经常见到他,但是——”

她笑得很开心,“汤姆几乎是个大小伙子了,琼恩。而最奇怪的是,他——”

“我已经很久没见到他了。”韦伯斯特再次说道。

“一点儿也不奇怪。他几乎不在城里,那是他的爱好。我想,是从你那里继承下来的。从某种程度上说,具有开拓性。我不知道还能把那叫什么。”

“你的意思是他在做一些新的研究,一些不寻常的事?”

“没错,不寻常,但不是做研究。只是去树林里独自生活。他和几个朋友。带一袋盐,一把弓,一些箭——没错,是很奇怪,”萨拉承认,“但他玩得很开心。他说学到了一些东西。而且他看起来确实很健康。像只狼一样,强壮、精干,还有眼里的神情。”

她转身准备离开。

韦伯斯特说:“我送你。”

她摇了摇头,“不,还是别送了。”

“你忘了水壶。”

“你留着吧,琼恩。我去的地方不需要它。”

韦伯斯特戴上塑料的“思想帽”,按下桌上的写作器按钮。

第二十六章,他想着。写作器咯咯作响,咔嗒咔嗒地写下“第二十六章”。

韦伯斯特一边整理自己的思绪,一边汇集数据、编辑提纲,然后又开始写作。写作器咔嗒咔嗒地响着,繁忙而稳定地工作着:

机器人一如既往地照料着这些机械,让其保持运转,继续生产以前生产过的所有东西。

而机器人们,就像知道工作是自己的权利和义务似的,做着该做的事。

机械继续运转,机器人继续工作,仿佛还有人要来享用似的创造着财富,仿佛还有数百万人,而不是仅仅只有五千人。

而这留下或者说被留下的五千人,突然发现自己成了一个曾经为数百万人运作的世界的主人,发现自己拥有了仅仅几个月前还属于数百万人的财富和服务。

没有政府,也不需要政府,因为所有需要政府来控制的罪行和腐败,都被这五千人突然继承的大量财富有效地控制住了。没有人会去偷窃,因为随手就可以得到自己想要的。没有人会与邻居争夺房地产,因为整个世界都唾手可得。几乎一夜之间,产权成了一个毫无意义的词语。在这个世界里,人人拥有的都远远超出他所需要的。

暴力犯罪在很久以前就已经从人类社会中消除了,随着经济压力的减轻,产权不再造成摩擦,政府也没有存在的必要了。事实上,自贸易开始以来,人们出于习惯和便利的考虑而一直沿循着的财产留置权已经不需要了。不再需要货币,因为在一个只需要索取或伸手就能得到某样东西的世界里,交换毫无意义。

经济压力减轻了,社会压力也减轻了。人们不再觉得有必要遵守标准和习俗。它们在前木星时代的世界中曾经扮演着重要的角色,曾是商业的象征,但如今已不再适用。

几个世纪以来一直节节败退的宗教则完全消失了。由传统和养家糊口、抵御风险的经济需要维系在一起的家庭单元分崩离析了。男人和女人随心所欲地生活在一起。因为经济上和社会上都没有理由不允许他们这样做。

韦伯斯特清理了一下思绪,写作器轻轻地发出咕噜声。他抬手摘下帽子,又读了一遍提纲的最后一段。

这,他想,这就是根源。如果一家人还住在一起。如果萨拉和我还住在一起。

他揉着手背上的疣子,心想:*不知道汤姆是跟我姓还是跟她*

姓。通常，他们会跟妈妈姓。我知道我一开始就是这样，直到妈妈让我改成跟爸爸姓。说那样会让我爸高兴，她不介意。说他为自己的名字感到骄傲，而我是他唯一的孩子。而她还有其他孩子。

要是我们还生活在一起就好了。就会有一些值得为之而活的东西。如果我们还在一起，萨拉就不会去“沉睡”，不会躺在一罐液体上进入假死状态，头上戴着“梦之帽”。

不知道她选择了什么样的梦境——选择了什么样的人造生活。我想问她，但我不敢。毕竟，这不是那种可以随意问的问题。

他伸出手，再次拿起帽子戴在头上，重新整理了自己的想法。写作器又突然恢复了活力：

人类很困惑，但并未很久；人类尝试过，但也没有很久。数百万人去了木星，在外星人的身体里过上了更好的生活，而这五千人无法延续他们的工作。这五千人没有技术，没有梦想，也没有动机。

还有心理因素。传统的心理因素使那些被留下的人产生了沉重的心理压力。朱恩主义的心理因素则迫使人们对自己和他人诚实，迫使人们最终意识到自己所追求的事情是无望的。朱恩主义没有为虚假的勇气留有任何余地。而那种不知道自己面对的是什么的虚假而冒失的勇气，却是这五千人最需要的东西。

他们所做的事和以往的成就相形见绌，最后他们终于明白，数百万人的梦想太过庞大，五千人是无法应对的。

生活很美好。有什么好愁的呢？有吃有穿，有容身之处，有人类的陪伴、奢侈和娱乐——这里有人们想要的一切。

于是人类放弃了尝试，过得很开心。人类的成就成为微不足道的因素，人类的生活成为毫无意义的天堂。

韦伯斯特再次摘下帽子，伸出手关闭了写作器。

他想，我写完之后，要是有人会看就好了。如果有人会阅读它、理解它，如果有人能意识到人类生活正在走向何方，就好了。

我当然可以告诉他们。我可以走出去，强行跟他们一个一个地攀谈，紧紧拉住他们，直到告诉他们我的想法为止。而且他们会明白的，因为朱恩主义会让他们明白。但是他们不会在意。他们会把这一切都塞到脑后的某个地方，以备将来参考，但他们永远不会有时间，也不会费心再把它提取出来。

他们会继续自己正在做的蠢事，继续从事那些取代了工作的愚蠢爱好。兰德尔和他那群滑稽的机器人在四处乞求，允许让他们重新设计邻居的房屋；巴伦特里花数小时研究新的调酒配方。是的，而琼恩·韦伯斯特把二十年的时间浪费在探究一个城市的历史上。

一扇门发出微弱的吱嘎声，韦伯斯特转过身来。机器人悄无声息地走进房间。

“怎么了，奥斯卡？”

机器人停住了脚步，在傍晚房间半明半暗的光线中，只留下一个模糊的身影。

“晚餐时间到了,先生。我来看看——”

“什么都行,”韦伯斯特说,“还有,奥斯卡,可以生火了。”

“已经准备好了,先生。”

奥斯卡大步穿过房间,在壁炉上方弯下腰。火苗在他手里闪烁着,点燃了炉火。

韦伯斯特懒洋洋地坐在椅子上,看着火焰爬上木柴,听着木头最初发出的微弱的嘶嘶声和噼啪声,还有壁炉烟道口含混不清的咕噜声。

“很漂亮,先生。”奥斯卡说。

“你也喜欢吗?”

“我很喜欢。”

“先祖的回忆,”韦伯斯特清醒地说,“对你的制造者的纪念。”

“您是这么认为的吗,先生?”奥斯卡问。

“不,奥斯卡,我在开玩笑。过时了,你和我。如今用火的人不多了,不需要了。但它身上有某种东西,干净而令人欣慰。”

他凝视着壁炉架上方的画布,现在被燃烧的木柴照得亮亮的。奥斯卡看到了他的目光。

“先生,萨拉小姐太可惜了。”

韦伯斯特摇了摇头,“不,奥斯卡,那是她想要的东西。就像关闭一种生活,开启另一种生活一样。她将躺在圣殿里,沉睡数年,然后再过上另一种生活。而这种生活,奥斯卡,将会是幸福的。因为她肯定是那样计划的。”

他回想起以前在这间屋子里的日子。

“奥斯卡,这幅画是她画的,”他说,“在这上面花了很长时间,非常小心地捕捉她想表达的东西。她总是笑话我,还说我也在这幅画之中。”

“我没看见您,先生。”奥斯卡说。

“不,我不在画里。但是,也许我在。或者我的一部分在。关于我的身份和家乡的那一部分。奥斯卡,画中的那间房子,是北美的韦伯斯特之家。而我是韦伯斯特家的一员。但是,我距离那座房子太远了,距离建造它的人们也太远了。”

“北美并不很远,先生。”

“不,”韦伯斯特告诉他,“不是距离远,而是其他意义上的远。”

他感觉到火的温暖掠过房间,抚摸着他。

遥远。太遥远了——而且南辕北辙。

机器人轻轻地走着,脚踩在地毯上,离开了房间。

她花了很长时间,非常小心地捕捉她想表达的东西。

而那是什么呢?

他从未问过她,她也从未告诉过他。他记得,他一直认为,也许是缭绕的烟雾,刮过天空的风,紧贴地面的房子,与树木和草地融为一体,在席卷而过的风暴中缩成一团。

但也有可能是别的东西。某种象征意义。某种使房子成为其建造者的象征的东西。

他站起来，走得更近了，站在火炉前，头向后仰。笔触清晰可见，从这么近的距离看起来，它不太像是一幅画了，而是某种技术产物。画笔的基本笔触和阴影构造出幻觉。

安全性。那房子四四方方，稳稳地矗立着所体现出的安全性；韧性——它是这片土地本身的一部分；严厉、固执，还有某种凄凉的精神。

她曾一连好几天坐在那里，拿遮阳板罩着房子，仔细地描摹着，慢慢地画着，常常就坐着看，什么也不做。她说本来有狗，也有机器人，但她没有把他们放进去，因为她想要的只有那所房子——原野上仅存的几栋房子之一。历经几个世纪的荒废，其他的房子都坍塌了，把土地还给了荒野。

但是，在这座房子里还有狗和机器人。她说，有一个大机器人，还有很多小机器人。

韦伯斯特没有在意——他那时太忙了。

他转过身，再次回到书桌旁。

一旦仔细去想，就觉得是件怪事，机器人和狗生活在一起。一位韦伯斯特家的人曾经在狗身上花了大工夫，试图把狗引导到它们自己的文化之路上去，发展出人和狗的双重文明。

他记起了一些事情——零零碎碎的小片段，多年来流传的关于韦伯斯特家的传说。从前有个叫詹金斯的机器人，他是最早为这个家族服务的。有一位老人，坐在轮椅上，在门前草坪上凝望着星星，等待着一个再也没有回来的儿子。以及悬在这座房子上的一个诅咒——失去朱恩哲学的诅咒。

传真面板在房间的一个角落里，一件几乎被人遗忘的家具，很少使用，没有这个需求。全世界都在日内瓦。

韦伯斯特站起来，朝它走去，又停下来想了想。拨号索引在日志里，但是日志在哪儿呢？可能是在他办公桌的某个地方。

他回到办公桌前，开始翻找抽屉。他很兴奋，暴躁地乱翻一气，就像一只挖骨头的小猎犬。

詹金斯，这个古老的机器人用金属手指挠着自己的金属下巴。这是他陷入沉思时的表现，是他从与人类的长期交往中学会的一种毫无意义又恼人的姿势。

他的目光又回到了坐在他身边地板上的小黑狗身上。

“这么说，那只狼是很友好的了，”詹金斯说，“他把那只兔子给了你。”

埃比尼泽兴奋地把屁股动来动去，“他是去年冬天我们喂过的一只。来我们家的那群狼，我们试图驯服他们。”

“你会再认出那只狼吗?”

埃比尼泽点点头。“我记住了他的气味，”他说，“我记得他。”

阿影在地板上挪动着脚步，“嘿，詹金斯，你不打算揍他一顿吗？他本来应该在监听的，却中途跑了。他不应该去追兔子——”

詹金斯严厉地说：“你才是该挨揍的那个，阿影。注意你的态度。你被分配给埃比尼泽，应该成为他的一部分。你不是一个独立个体，你只是埃比尼泽的手。如果他有手，就不需要你了。你既不是他的导师，也不是他的良知，只是他的手。记住这一点。”

阿影不服气地拖着脚。“我会逃跑的。”他说。

“你是说，去加入野生机器人？”詹金斯问。

阿影点了点头，“我加入他们会很高兴的。他们正在做些事情，需要所有能得到的帮助。”

“他们会把你当成废物抓起来的，”詹金斯挖苦地说，“你没有受过训练，没有能力成为他们中的一员。”

他转向埃比尼泽，“我们还有其他机器人。”

埃比尼泽摇了摇头，“阿影很好，我能应付他。我们了解彼此。他让我不犯懒，让我保持警觉。”

“很好，”詹金斯说，“你们俩去吧。埃比尼泽，如果你碰巧出去追兔子，又碰到了这只狼，就试着去驯化他。”

夕阳的余晖从窗子里透进来，给这个古老的房间带来了一丝暮春黄昏的温暖。

詹金斯静静地坐在椅子上，倾听着外面传来的声音——牛铃的叮当声、小狗的狂吠声、斧子劈开壁炉柴的劈啪声。

可怜的小家伙，詹金斯想，他本应该在监听的，却溜出去追兔子。太远了——太快了。必须得留意，必须得防止他们崩溃。到了秋天，我们会停工一两个星期，去猎浣熊。给他们一个美好的世界。

尽管总有一天，狗不会再去猎浣熊、追野兔了——到那一天，狗终于驯服了一切，所有的野生动物都将会思考、说话、工作。一个狂野而遥远的梦——不过，詹金斯想，并不比人类的一些梦想更夸张。

也许甚至比人类的梦想还要优秀，因为没有任何人类所设计的残酷，也不以人类所引起的机械残暴为目标。

一种新的文明，新的文化，新的思维。也许是神秘而有远见的，但人类也同样有远见。那个探索神秘事物的人，被他的时代认为是毫无价值、没有科学依据的迷信而已。

那些夜晚出没的生灵，在房子周围徘徊。狗们会起来吠叫，雪地上却没有任何踪迹。有人死亡时狗也会嚎叫。

狗们知道。早在被给予能说话的舌头和能阅读的隐形眼镜之前，他们就已经知道了。他们在这条路上走得不像人类那么远——他们不愤世嫉俗，也不怀疑。他们相信自己听到和感知到的事物。他们没有迷信这一说，没有将其当作一厢情愿的想法，当作抵御无形事物的盾牌。

詹金斯又回到书桌前，拿起笔，俯在面前的笔记本上。笔尖在纸上发出刺耳的声音。

埃比尼泽说狼很友好。建议委员会派埃比尼泽脱离监听任务，让他去联系狼。

詹金斯沉思着，狼会是很好的朋友。他们会成为出色的侦察员。比狗更好、更强壮、更迅速、悄无声息。他们可以监视到河对岸的野生机器人，从而解放狗。还可以监视变种人的城堡。

詹金斯摇了摇头。现在谁都不能相信。机器人们似乎还不错。他们都很友好，偶尔来串门，时不时帮帮忙。是真正的邻居。但是你永远说不准。而且他们还在制造机器。

变种人从不打扰任何人，事实上，他们几乎不露面。但是也必须留意他们。永远不知道他们在搞什么鬼。记住他们对人类都做了什么。他们使的卑鄙伎俩，在朱恩主义能毁灭整个种族的时候把它交了出来。

人类。他们是我们的神，而现在他们走了。留下我们自己。当然，还有些人在日内瓦，但他们不想被打扰，对我们也没兴趣。

他坐在暮色中，想起了他曾经送过的威士忌，跑腿办过的差事，想起了韦伯斯特家的人们在这里生活和死去的日子。

现在——他是狗的告解神父。狗们是可爱的小恶魔，头脑灵光又聪明，也很努力。

一阵铃声轻轻地嗡嗡响起，詹金斯猛地从座位上站了起来。嗡嗡声再次响起，电视接收机上的一盏绿灯眨着眼睛。詹金斯难以置信地站着，凝视着闪烁的光芒。

有人打电话！

快一千年了，有人打电话！

他踉踉跄跄地走上前，跌坐在椅子里，哆嗦着手指去触摸开关，把它打开了。

他面前的墙融化了，桌子对面坐着一个男人。在他身后，壁炉的火焰照亮了一间有着高高的彩色玻璃窗的房间。

“你是詹金斯。”那人说，他脸上的表情让詹金斯叫了出来。

“你……你——”

“我是琼恩·韦伯斯特。”那人说。

詹金斯把双手压在电视接收机上，坐得笔直而僵硬。那金属身体里涌出的非机械的情感让他战栗。

“不管在任何地方我都能认出您，”詹金斯说，“您和他们长得一模一样。我认得出你们中的每一个。我为你们工作了太久。端茶送水，还有……还有——”

“是的，我知道，”韦伯斯特说，“你的名字随着我们一代代流传下来。我们记得你。”

“你在日内瓦，琼恩？”然后詹金斯又想起了什么，“我的意思是，先生。”

“不需要这么拘泥，”韦伯斯特说，“叫我琼恩就好。是的，我在日内瓦。但我想见你。我想知道是否可以。”

“您是说到这里来？”

韦伯斯特点点头。

“但这个地方到处都是狗，先生。”

韦伯斯特笑了。“会说话的狗？”他问。

“是的，”詹金斯说，“他们会很高兴见到您的。他们知道这个家族的一切。他们会在晚上围坐在一起，讲着过去的故事入睡，还有……还有——”

“还有什么，詹金斯？”

“我也会很高兴见到您。这些年，太寂寞了！”

神来了。

埃比尼泽蜷缩在黑暗中，一想到这个就发抖。他想，*如果詹金斯知道我在这里，非把我的皮剥下来不可。詹金斯说我们要让他单独待着，待一会儿，至少。*

埃比尼泽在柔软的垫子上匍匐前进，嗅着书房的门。门开了，但只开了一条缝！

他伏在地上，听着，但什么也听不见。只有一种气味，一种陌生的气味扑鼻而来，几乎难以忍受的狂喜使他背上的毛发迅速地立了起来。

他迅速地回头看了一眼,但是没有动静。詹金斯在外面的餐厅里,告诉狗们应该如何表现得体,而阿影则去处理机器人的事务了。

轻轻地、小心翼翼地,埃比尼泽用鼻子推了推门,门开得更大了些。他又推了推,门半开了。

那人坐在壁炉前的安乐椅上,两条长腿交叉着,双手叠在一起放在肚子上。

埃比尼泽把身子蜷缩得更低了,喉咙里不由自主地发出一声低低的呜咽。

琼恩·韦伯斯特闻声坐直了。

“谁在那儿?”他问。

埃比尼泽在地板上僵住了,感到心脏在猛烈地拍击他的身体。

“谁在那儿?”韦伯斯特又问了一次,然后他看见了那只狗。

他再次开口时声音变得柔和了:“进来,伙计。进来吧。”

埃比尼泽没有动。

韦伯斯特对他打了个响指,“我不会伤害你的,进来吧。你的其他伙伴呢?”

埃比尼泽试图站起来,或者在地板上爬,但他的骨头软得像橡皮一样,血液似乎被稀释成了水。那人穿过房间,大步朝他走来。

他看见那人向他俯下身,感觉到自己身体下面有一双有力的手,他知道自己被抱起来了。他在开着的门上闻到的气味——强烈的神的气味——充斥着他的鼻孔。

他被紧紧抱着，脸贴着这人身上的陌生的布料，而不是皮毛。他听见了一声低吟——不是语言，但让他很舒适。

“所以，你是来看我的，”琼恩·韦伯斯特说，“你是偷偷溜过来看我的？”

埃比尼泽软弱地点了点头，“你不会生气吧？你不会告诉詹金斯吧？”

韦伯斯特摇了摇头，“不，我不会告诉詹金斯的。”

他坐下来，埃比尼泽坐在他的腿上，看着他的脸——一张坚毅的、布满皱纹的脸，壁炉里的火焰让他的皱纹看起来更深了。

韦伯斯特用手抚摸着埃比尼泽的头，埃比尼泽发出了愉快的呜咽声。

“就像是回家了。”韦伯斯特说，并不是在对狗说话，“就像你已经离开了很长一段时间，然后又回到家一样。太久了，久到你不认识这个地方。不认识这些家具，不知道这里的平面布局。但是你能感觉到，这是一个熟悉的老地方，到这儿来你很高兴。”

“我喜欢这儿。”埃比尼泽说，他指的是韦伯斯特的腿，但那人却误会了。

“当然了，”他说，“这是我的家，也是你的家。事实上，更多是你的家，因为你一直待在这儿，在我忘记它的时候照料着它。”

他拍了拍埃比尼泽的头，揪了揪他的耳朵。

“你叫什么名字?”他问。

“埃比尼泽。”

“那你是做什么的,埃比尼泽?”

“监听。”

“你会监听?”

“当然,那是我的工作。我听着那些破维怪的动静。”

“那你听到了吗?”

“有时候吧,我不太擅长这个。我老想着去追兔子,不太认真。”

“破维怪听起来像什么?”

“不同的东西。有时候它们在走动,有时候突然出现。偶尔它们也会交谈,不过更多的时候它们在思考。”

“埃比尼泽,我好像不知道破维怪在哪儿。”

“它们不在任何地方,”埃比尼泽说,“不在这个世界上,至少。”

“我不明白。”

“就像有一间大房子,”埃比尼泽说,“有很多房间的大房子,房间之间有门。如果你在一个房间里,你可以听到其他房间里的人的声音,但你不能接近他们。”

“当然可以,”韦伯斯特说,“你要做的就是穿过那扇门。”

“但是你不能打开门,”埃比尼泽说,“你甚至都不知道有门。你以为你住的这个房间就是整栋房子里唯一的房间。即使你知道有门,也打不开门。”

“你说的是维度。”

埃比尼泽发愁地皱起了额头，“我不明白你说的那个词。维度。我跟你说的就是詹金斯跟我们说的。他说那并不是真正的房子，也并不是真正的房间，我们听到的那些东西可能也跟我们自己不一样。”

韦伯斯特若有所思地点了点头。不得不采取这种通俗易懂的方式，慢慢来，不要用一些复杂的名字把他们搞得云里雾里。让他们先了解概念，然后再教他们更精确和科学的术语，而且很可能是一个新造的术语。已经有一个新词了：破维怪——墙背后的东西，能听到但是无法辨认的东西——住在隔壁房间的东西。

破维怪。

如果你不小心，破维怪就会抓住你。

那是人类的方式。无法理解一件事，无法看到、无法测试、无法分析，那么，它就不在那里，它就不存在。它是一个鬼魂，一个小妖精，一个破维怪。

破维怪会抓住你——

这样说更简单，更舒服。害怕？当然，但白天你就会忘记它。它不会困扰你，不会挥之不去。如果仔细想想，你就会希望它消失。把它说成一个鬼魂或者小妖精，你就可以一笑置之——在白天的时候。

又热又湿的舌头擦过韦伯斯特的下巴，埃比尼泽高兴地扭来扭去。

“我喜欢你，”埃比尼泽说，“詹金斯从没这样抱过我。从来没有人这样抱过我。”

韦伯斯特说：“詹金斯很忙。”

“确实，”埃比尼泽表示同意，“他会在书上记录些东西，我们监听时听到的东西以及我们应该做的事。”

“你听说过韦伯斯特家族吗？”这人问道。

“当然。我们知道他们的一切。你就是韦伯斯特家的人。我们以为他们都已经不在了。”

“不，还在，”韦伯斯特说，“这里一直都有一个。詹金斯就是韦伯斯特家的人。”

“他从没告诉过我们。”

“他不会说的。”

火光已经暗淡了，房间里也昏暗了下来。飞溅出的火星在墙壁和地板上闪烁着微弱的光芒。

还有其他的东西。隐隐的沙沙声，隐隐的低语，仿佛是墙壁在说话。一座有着悠久记忆的老房子，角落里藏着许多生灵。这座房子活了两千年，建得很结实，也经受住了风霜。它被建造成一个家，现在仍然是一个家—— 一个坚实的地方，用它的双臂拥抱着里面的人，紧紧抱着，给他温暖，并将他占有。

脚步声在他的脑海里响起——很久以前的脚步声，几个世纪以前在最后的回声中沉寂的脚步声，是韦伯斯特家族人的脚步声。那些在我之前的人们，从出生到死亡，詹金斯一直服侍着他们。

历史。这就是历史。它在窗帘上躁动，在地板上爬行，在角落里安坐，在墙上注视。活生生的历史，透过一个人的骨头，站在他的身后——是那些早已死去、又从黑夜中苏醒过来的眼睛。

又一个韦伯斯特，呵！看起来不太像。一文不值。这个家族已经完了。不复我们昔日荣光。这差不多是最后一个了。

约翰·韦伯斯特激动起来。“不，不是最后一个，”他说，“我还有个儿子。”

好吧，那也没什么区别。他说他有个儿子。但他也不会有多大成就——

韦伯斯特从椅子上惊起。艾比尼泽从他大腿上滑了下去。

“不，不是那样的，”韦伯斯特叫道，“我儿子——”

然后又再坐下去。

他的儿子在树林里拿着弓箭，玩着游戏，很开心。

一个爱好。在萨拉上山进入百年沉睡之前，她曾这么说过。

一个爱好。不是一份事业，不是一种生活方式，不是必需品。

一个爱好。

一种人为的东西。一件无头无尾的事。一件随时可以放弃，而且没人会注意的事。

就像为酒水制作不同的配方。

就像画着没人想要的画。

就像带着一群疯狂的机器人到处晃荡,乞求人们让你重新装修房屋。

就像书写没人在乎的历史。

就像拿着弓箭扮演印第安人、穴居人或拓荒者。

就像为厌倦生活、渴望幻想的男男女女编织数世纪长的梦境。

他又坐在了椅子上,凝视着眼前蔓延的虚无。这种可怕而强大的虚无会成为明天,以及明天的明天。

他的两只手不经意地合在一起,右手大拇指抚摸着左手手背。

埃比尼泽悄悄地爬过来,穿过火光闪烁的黑暗,把前爪搭在他的膝盖上,看着他的脸。

"你的手受伤了吗?"他问。

"嗯?"

"你的手受伤了吗?你在揉它。"

韦伯斯特笑了一下,"没有,只是疣罢了。"他把手拿给狗看。

"哎呀,疣!"埃比尼泽说,"你不想要这个吧?"

"不想,"韦伯斯特犹豫地说道,"我想我不喜欢。但是没找到机会把它们弄掉。"

埃比尼泽垂下鼻子,用鼻子蹭了蹭韦伯斯特的手背。

"好了。"他胜利地宣布。

“什么好了？”

“你看看手背。”埃比尼泽邀功似的说道。

一根木柴掉进火中，韦伯斯特举起他的手，在火光中看着它。疣消失了。皮肤光滑干净。

詹金斯站在黑暗中，静听着那一片寂静。那柔软的、沉睡的寂静把房子留给了阴影，留给了几乎被遗忘的脚步声、很久以前说过的话、墙壁里的呢喃，以及窗帘的沙沙声。

只要一个念头，黑夜就可以变成白天，他只要简单调整一下镜片就可以了。但是这个古老的机器人并未调整自己的视野。因为他喜欢这样，这是冥想的时刻，是现在消失、过去回归并复活的珍贵时刻。

其他人睡了，但詹金斯没有睡。因为机器人从不睡觉。两千年的清醒，整整二十个世纪都没有被片刻的无意识中断过。

很久了，詹金斯想，即使是对机器人来说，也是一段很久的时间了。因为即使在人类去木星之前，大多数老旧的机器人也已经被停用，为了开发新的模型而被终止了寿命。新款的机器人看起来更像人类，运行更流畅、外表更美观，有更好的语言表达能力，金属大脑的响应更快。

但詹金斯留下来了，因为他是一个年迈又忠实的仆人，因为没有他，韦伯斯特家就不算是家了。

“他们爱我。”詹金斯自言自语道。这四个字中蕴含着深深的安慰——在一个几乎没有安慰的世界里，在一个仆人成为领袖，并渴望再次成为仆人的世界里。

他站在窗前，望着院子那头，外边是一丛丛漆黑的橡树，影影绰绰。黑暗，没有一丝光亮。曾经有过灯光，窗户向河对岸广阔的土地发出友好的光。

但是，人走灯灭。机器人不需要灯光，因为它们在黑暗中也能视物，就像詹金斯一样，只要他愿意这样做。变种人的城堡无论白天黑夜都一样阴暗可怕。

现在人类又来了，一个人。他来了，但他可能不会留下。他会在二楼的大主卧里睡上几个晚上，然后返回日内瓦。他会在那片被人遗忘的古老土地上散步，凝视着河对岸，翻翻书房墙上的书，然后起身离开。

詹金斯转过身来。他想，应该看看他怎么样了。看看他是否有什么需要。也许给他送一杯酒？不过恐怕威士忌都坏了。一千年对一瓶上好的威士忌来说也是一段很长的时间了。

他穿过房间，感到一种温暖的平和，在过去他像一条小猎狗一样快乐地小跑着忙里忙外的那些日子里，那种亲密无间的平和。

他朝楼梯走去，嘴里哼着一段小调。

他只是去看看。如果韦伯斯特睡着了，他就会离开；但如果他没睡着，他就会说：“先生，您还好吗？您有什么想要的吗？要不要来杯热棕榈酒?”

他一步并作两步地上了楼梯。

因为他又在为韦伯斯特家干活了。

琼恩·韦伯斯特将身子倚在床头,枕头堆在身后。床又硬又不舒服,房间闭塞而憋闷——不像他在日内瓦的卧室,可以躺在潺潺溪流的草岸边,凝视着人造天空中闪烁的人造星星。闻着人造紫丁香的香味,这种花常开不败,比人的寿命还要长。而这里没有暗流潺潺的瀑布声,没有人工萤火虫的闪烁——只有堪堪够用的一张床和一个房间。

韦伯斯特将手平放在裹着毯子的腿上,弯曲着手指,思考着。

埃比尼泽只是碰了一下疣,它就不见了。这并非偶然,而是有意为之。这不是奇迹,而是一种有意识的力量。因为奇迹并非总是能发生,而埃比尼泽却很肯定会发生什么。

这种力量,也许是从另一个房间那里收集来的,是埃比尼泽从他监听的破维怪那里偷偷获取的。

一种按手礼,一种不需要药物也不需要手术的治愈力,只需要一种特定的知识,一种非常特殊的知识。

在古老的黑暗时代,某些人声称拥有让疣消失的能力,他们会索取一定费用,或者用它来交换别的东西,或者念一些莫名其妙的咒语——而有时候,到了某个时刻,疣子就会消失。

那些奇怪的人也听到过这些破维怪的动静吗?

门嘎吱一声轻响了一下,韦伯斯特突然坐直了。

黑暗中传来一个声音:“先生,您住得舒服吗? 有什么想要的吗?”

“詹金斯?”韦伯斯特问道。

“是的,先生。”詹金斯说。

那个黑乎乎的身影轻轻地走进门来。

“是的,我需要点儿东西,”韦伯斯特说,“我想跟你说说话。”

他凝视着黑暗中站在床边的金属身影。

韦伯斯特说:“关于这些狗。”

“他们非常努力,”詹金斯说,“对于他们来说很难。因为你看,这里一个人也没有。一个都没有。”

“他们有你。”

詹金斯摇了摇头,“但只有我是不够的,您知道。我只是……好吧,只是某种意义上的导师。他们想要的是人,对人的需要是他们心中内在的需求。几千年来,人类和狗一直在一起。人与狗,一起狩猎。人与狗,一起看守畜群。人与狗,共同抗敌。人睡觉的时候狗在看守;人宁愿自己挨饿,也要把最后一点儿食物分给狗吃。”

韦伯斯特点点头,“是的,我想的确是这样。”

“他们每天晚上都会谈论人类,”詹金斯说,“在睡觉之前,他们围坐在一起,其中老一点儿的狗就会讲述流传下来的故事。他们坐着,又好奇,又期待。”

“但他们的前途在哪儿？他们想做什么？他们有什么计划吗？”

“我能想到一个，”詹金斯说，“只是对于可能发生的事有一点儿微弱的预感。他们是通灵的，您知道。一直都是如此。他们没有机械感觉，这很好理解，因为他们没有手。人类的发展方向是跟随着金属器具的，而狗则跟随鬼魂。”

“鬼魂？”

“是你们人类所说的鬼魂。但他们并不是鬼魂，我可以确定。他们是隔壁房间里的某种东西，是另一个层面上的某种其他的生命形态。”

“你是说地球上可能同时存在许多层面的生命形态？”

詹金斯点点头，“我已经开始相信这一点了，先生。我有一个笔记本，上面写满了狗听到和看到的东西。如今，经过这么多年，它们开始形成一种固定模式。”

他赶紧补充道：“我也可能会弄错，先生。您知道我没有接受过训练。我过去只是个仆人，先生。在……在木星那件事之后我试图去学一些东西，但是对我来说很难。另一个机器人帮我为狗制作了第一批小机器人，现在如果有需要的话，这些小家伙们就会在车间里生产自己的机器人。”

“但是狗——他们只是坐着然后监听。”

“哦，不，先生，他们还做了很多其他的事情。他们努力与动物交朋友，监视着野生机器人和变种人——”

“那些野生机器人？数量很多。”

詹金斯点点头，“很多，先生。散布在世界各地的小营地中。是那些被遗留下来的机器人，先生。人类要去木星，就用不着它们了。于是他们集合起来，工作着——”

“工作？做什么？”

“我不知道，先生。主要来说，筑造机器。您知道，他们本来就是机械。我想知道他们会用机器做什么。他们打算将其用于什么目的。”

韦伯斯特说：“我也是。”

他凝视着黑暗，想着——想着人们，拘禁在日内瓦的人们怎么会与世界失去联系。人类怎么会不知道狗在做什么，也不知道小营地里忙碌的机器人，还有那些让人又怕又恨的变种人的城堡。

韦伯斯特想，我们失去了联系，我们把世界锁在了外面。在世界上最后一个城市里，我们为自己创造了一个小天地，然后蜷缩在里面。我们不知道城市之外发生了什么——我们本可以知道，我们也应该知道，但我们不在乎。

是时候了，他想，是时候让我们再次上场了。

我们迷茫而畏怯，一开始我们尝试过，但最后还是放弃了。

当留下来为数不多的人第一次意识到这个种族的伟大，第一次看到人类一手建立起来的伟大事业时，他们试图让辉煌继续，但他们做不到。于是他们开始找借口——就像人类几乎会为所有的事找借口一样。他们自欺欺人地告诉自己,世上真的没有鬼魂,说到在夜里突然出没的东西,就用脑子里想到的第一个文雅圆滑的词来解释它。

我们不能让伟业继续,于是我们开始逃避,躲在词语的庇护之后——朱恩主义也帮我们做到了这一点。我们离祖先崇拜越来越近,试图为人类一族增添溢美之词。我们不能继续前人的伟业,所以我们力图美化它,企图为人类加冕。

一旦我们试图将所有死去的美好事物崇高化,我们就成了一个历史学家的种族,用粗鄙的手指在种族的废墟中挖掘,把每一件无关紧要的琐碎小事紧紧抱在胸前,仿佛它是无价宝石。这就是第一阶段,当我们认识到真实的自己不过是人类种族中遗留下来的糟粕,是这种在废墟中挖掘并美化一切的兴趣爱好支撑着我们。

但是我们已经过了这一阶段了。哦,当然,我们可以让它过去。用大约一代人的时间。人是一种适应性很强的生物——能在任何情况下生存。是的,我们无法建造大型太空飞船。是的,我们无法到达其他星球。是的,我们无法解开生命的秘密。可那又怎样呢?

我们是继承者,我们拥有了遗产,我们比有史以来的任何种族都过得更好,超出任何种族的想象。于是,我们又一次心安理得起来,我们忘记了种族的荣耀,因为它虽闪耀无比,却是一个累赘和耻辱的概念。

“詹金斯,”韦伯斯特严肃地说,“我们整整浪费了十个世纪。”

“不是浪费,先生,”詹金斯说,“也许只是稍作休息。但是现在,或许,你们可以再次走出来,回到我们身边。”

“你需要我们吗?”

“狗需要你们,”詹金斯告诉他,“还有机器人,因为二者向来都是人类的仆人。没有你们,他们会很迷茫。狗正在建立一种文明,但进程缓慢。”

“也许比我们自己建立的文明更好。”韦伯斯特说,“也许是一种更成功的文明。因为我们的文明并不成功,詹金斯。”

“会是一种更善良的文明,”詹金斯承认,“但不是太实际。一种建立在动物兄弟情谊基础上的文明——基于精神上的理解,或许最终还能与其他紧密相连的世界建立沟通和交往。思维和理解的文明,但不太积极。没有真正的目标,技术十分有限——只是对真理的探索,而这种探索的方向人类几乎是视而不见的。”

“你认为人类可以有所帮助?”

詹金斯说:“人类可以发挥领导作用。”

“正确的领导作用?”

“这很难回答。”

韦伯斯特躺在黑暗中,将突然出汗的手在身上盖着的毯子上摩擦着。

“跟我说实话。”他语气严峻,“你说人类可以发挥领导作用。但人也可以再次接管一切，可能会因为狗做的事不切实际而弃之不用，也可能把机器人集合起来，按照原始而古老的模式使用它们的机械能力。狗和机器人都会向人类屈服。”

“当然，”詹金斯说，“因为他们曾经是仆人。但人是智者——人知道的最多。”

“谢谢你，詹金斯。”韦伯斯特说，“非常感谢你。”

他凝视着黑暗，真相就写在那里。

他的足迹仍然印在地板上，横穿过房间，空气中弥漫着刺鼻的尘土味。镭灯泡在面板上方发光，开关、转盘和控制盘都在等待着，等待着它们被需要的那一天。

韦伯斯特站在门口，从灰尘苦涩的味道中嗅着石头的湿气。

防御，他盯着开关想，防御——一种抵御某个人、封锁一个地方的装置，用来抵挡假想的敌人可能携带的所有真实的或想象的武器。

毫无疑问，把敌人挡在外面的防御，同样也会把己方关在里面。当然不一定，但是——

他大步穿过房间，站在开关面前，伸手去抓住了它，慢慢地移动着，知道它功能仍然正常。

接着，他的手臂迅速移动，打开了开关。从地下深处传来机器开动时发出的低低的、柔和的嘶嘶声。控制盘指针闪烁着，从销子上凸显出来。

韦伯斯特迟疑地用手指碰了碰转盘，沿着轴转动它，指针又闪了一下，缓慢地在玻璃表盘上转动着。韦伯斯特的手敏捷而稳健地转动了转盘，指针撞到了更远的销子上。

他迅疾地转身走出地窖，关上身后的门，爬上摇摇欲坠的台阶。

他想，要是这招管用就好了。如果它有用就好了。他在台阶上加快了脚步，血液在他的脑子里发出轰响。

要是它有用就好了！

他记得当他开启开关时，地下机器发出的嗡嗡声。这意味着防御机制——或至少其中一部分——仍然是有效的。

但即便它还有用，这招能成功吗？如果它能把敌人拒之门外，却不能把里面的人留住呢？如果——

当他回到那条街道时，他看到天空已经变了。一片灰沉沉的金属阴云遮住了阳光，整个城市笼罩在暮色中，自动街灯也无法完全缓解这种压抑。一阵微风拂过他的脸颊。

他找到的那些笔记和地图已经在壁炉里化作起皱的灰色灰烬。韦伯斯特大步穿过房间，抓起火钳，狠狠地搅动着炉灰，直到再也看不出它们曾经的样子。

消失了，他想。最后一条线索也消失不见了。没有地图，没有他花了二十年时间摸索出来的这座城市的历史，谁也不会找到那间暗室，找到灯下的开关、转盘和控制盘。

没有人会确切地知道到底发生了什么事。即使有人猜到,也无从确定。即使有人确定,也无能为力。

一千年前不会如此。因为在那个时代,只要有一丝暗示,人类就会绞尽脑汁地解决任何问题。

但是人变了。失去了古老的知识和技艺。思想变得软弱无力。一天天地活着,没有任何光明的目标。但是仍然保留着旧的恶习——那些在人类自身看来已成为美德的恶习,是他自己亲手培养起来的。人类始终坚信自己的生命是唯一重要的生命形式——这种自鸣得意的自我主义使其自封为万物之主。

外面大街上奔跑的脚步声掠过房子,韦伯斯特转身离开了壁炉,面对着又高又窄的百叶窗。

我惊动了他们,他想。让他们奔走呼号,惊惶地想知道这到底是怎么回事。几个世纪以来,他们都没有在城外活动过,但现在他们出不去了——让他们出去还不如要了他们的命。

他脸上渐渐浮现出笑容了。

也许他们在激动之下会做点儿什么。陷阱里的老鼠就会做一些有趣的事情——前提是它们没有先疯掉。

如果他们真的走出去了——他们有权利这么做。如果他们真的走出去了,他们就已经赢得了再次接管一切的权利。

他穿过房间,在门口站了一会儿,凝视着挂在壁炉上方的那幅画。他别扭地举起手,笨拙地行了个礼,一声憔悴的道别。然后他走到街上,爬上了那座山——几天前萨拉才走过这条路。

圣殿里的机器人善良而体贴,行动轻柔,举止端庄。他们把他带到萨拉躺着的地方,并给他看她为他预留在旁边的那个席位。

"您需要选择一个梦境,"机器人的发言人说,"我们有许多梦境样品供您选择。我们也可以根据您的喜好将它们融合起来。我们可以——"

"谢谢,"韦伯斯特说,"我不需要梦境。"

机器人点点头,明白了。"我明白了,先生。您只想等待,消磨时间即可。"

"是的,"韦伯斯特说,"我想你可以这么说。"

"多久呢?"

"多久?"

"是的。您想等待多长时间?"

"哦,我明白了,"韦伯斯特说,"永远可以吗?"

"永远!"

"我想,就是这个词,永远。"韦伯斯特说,"我可能想说永恒,但这并没有什么区别。没有必要对意思差不多的单词进行争论。"

"是的,先生。"机器人说。

不用争论。不,当然不用。因为他不能冒这个险。他本可以说一千年,但那之后他可能会心软,会去按下开关。

而这件事绝不能发生。狗必须得有机会。必须清除所有障碍,他们才能试着在人类失败的地方取得成功。而只要还有人的因素，他们就没有这个机会。因为人会接手，会介入并把事情搞砸，会嘲笑在墙后说话的破维怪，会反对驯服和教化地球上的野生动物。

一种新的模式，一种新的思想和生活方式，一种解决古老的社会问题的新方法。而它绝不能被人类思想的陈腐气息所玷污。

每天晚上工作完成后，狗们会围坐在一起，谈论人。他们会编造非常非常古老的故事，并把它们流传下去，人类会成为神。

而这样更好。

因为神是不会犯错的。

对第七个故事的说明

几年前，一个古老的残篇重见天日。显然，这曾是一部鸿篇巨制，虽然只有一小部分被发掘出来，但它包含的几个故事足以表明，这是一组关于动物成员间兄弟情谊的寓言。这些故事是古老的，其观点和叙述方式在今天的我们听来很奇怪。许多研究这些残篇的学者同意泰格的观点，认为其起源很可能与狗无关。

残篇的标题是伊索。而这个故事的标题同样是伊索，它从远古时代就和这个故事一起完好地流传下来。

学者们问，这有什么意义？泰格很自然地认为，这是他理论中的一环，即现在的传说起源于人类。其他大多数学生都不同意，但到目前为止，还没有提出任何可以代替的解释。

泰格还以这第七个故事为证，说明如果没有人类存在的历史证据，那是因为人类被刻意遗忘了，关于人类的记忆被抹去了，以确保犬类文化以最纯粹的形式得以延续。

在这个故事中，狗已经忘记了人类。对于存在的极少数人类成员，狗不认为他们是“人”，而是用“韦伯斯特”这个古老的姓氏来称呼这些奇怪的生物。但是，“韦伯斯特”这个词已经变成了一个普通名词，而不是专有名词。狗们认为人类就叫韦伯斯特，而只有詹金斯仍然认为这是一个家族姓氏。

“人是什么？”狼问熊。

熊想解释，却发现自己说不清楚。

詹金斯在故事中说，狗绝对不能知晓人类的事。在这个故事中，他概述了自己为抹去狗对人类的记忆所采取的步骤。

詹金斯说，那些古老的围炉夜话已经不复存在了。在这一点上，泰格说这是一个故意遗忘的阴谋，也许不像詹金斯所表述的那么大公无私——不像他所说的“是为了保全狗的尊严”。詹金斯说，那些故事已经消失了，而且必须永远消失。但是显然它们并没有消失。在世界上某个遥远的角落里，它们还在被继续讲述着，所以今天我们还能知道它们。

但是，虽然故事继续存在，人类自己却消失了，或者几近如此。野生机器人也存在过，但即使是它们（如果它们不只是纯粹的想象），现在也消失了。变种人也消失了，他们是人类的一个分支。如果人类存在过，变种人可能也存在过。

围绕这个传说的所有争议可以归结为一个问题：人类存在过

吗？如果读者在阅读这些故事时感到困惑，你大可不必感到孤单。那些花了一辈子时间研究这个传说的专家学者们，尽管可能有更多数据，但他们仍然和你一样困惑。

Ⅶ 伊 索

一条灰色的影子沿着突起的岩架，朝着洞穴滑了下去，沮丧而痛苦地呜呜叫着——因为传言是假的。

午后斜斜的太阳勾勒出一张脸、头部和身体，模糊而朦胧，像从沟壑中升起的一阵晨雾。

岩架突然收紧了，影子停了下来，困惑地蹲在岩壁上——因为洞穴没有了。在它到达洞穴之前岩架就收紧了！

它像一根被挥舞的鞭子一样猛地回转过来，看着山谷的另一边。这条河也完全不对。水流比以前更靠近悬崖。岩壁上有一个燕子窝，以前可从来没有。

影子僵住了，耳朵上毛茸茸的触角伸了出来，在空中搜寻。

有生命！生命的气味淡淡地飘在空气中，生命存在的感觉在群山的空隙中微微颤动。

影子跳了起来，沿着岩架滑了下去。

没有洞穴，河流也不一样，悬崖上还有一个燕子窝。

影子颤抖着，心里垂涎欲滴。

传言是真的，没有骗人。这是一个不同的世界。

一个不同的世界——在很多方面都不同。一个充满生机的世界，连空气都在嗡嗡作响。也许，这些生命跑不了那么快，也无法藏得不露痕迹。

狼和熊在大橡树下相遇，开始聊天来打发时间。

“我听说，”狼说，“最近有谁在杀生。”

熊哼了一声，“有意思的杀生方式，兄弟。死了，但没被吃掉。”

“象征性的杀戮。”狼说。

熊摇了摇头，“你别告诉我存在象征性的杀戮这种东西。狗教给我们的这种新心理学有点儿太过了。当杀戮发生时，不是因为仇恨就是因为饥饿。你不会看到我杀我不吃的东西。”

他又急忙改口道：“不是说我杀了什么东西，兄弟。你知道的。”

“当然不是。”狼说。

熊懒洋洋地闭上了他的小眼睛，又睁开眨了眨眼，“不过，你知道，我偶尔会翻开一块石头，舔食一两只蚂蚁。”

“我相信狗不会认为你那是杀戮，”狼严肃地对他说，“相比动物和鸟类，昆虫有所不同。没跟我们说过不能杀死昆虫。”

“那是你错了,”熊说,“《正典》里说得很清楚。你不能杀生。你不能夺走另一条生命。”

“是的,我想是的,”狼假装虔诚地承认,“我想你是对的,在这一点上,兄弟。但即使是狗也不会对昆虫这样的东西太过大惊小怪。怎么说呢,你知道,他们一直在尝试研制更好的跳蚤粉。那跳蚤粉是用来干啥的呢,我问你?不为别的,就是杀死跳蚤。这就是它的目的。跳蚤也是有生命的。跳蚤可是活物。”

熊狠狠地拍打着从他鼻子边飞过的一只绿色小苍蝇。

“我要去饲食站了,”狼说,“你要跟我一起吗?”

“我不饿,”熊说,“再说,你也去得太早了一点儿。还没到饭点呢。”

狼伸出舌头舔了舔嘴巴,“有时我只是溜进去,很随意的,然后负责饲食的那个韦伯斯特会给我一点儿额外的东西。”

“要小心,”熊说,“他不会无缘无故给你额外的东西。他心思深着呢。我不相信那些韦伯斯特。”

“这一个还不错,”狼说,“他打理着饲食站,而他是可以不这样做的。任何机器人都可以代劳。但他要求来做这份工作。厌倦了整天在房子里除了玩什么事都不干。他坐在那儿,有说有笑,好像他就是我们中的一员。那个彼得是一个好人。”

熊压低了嗓音说:“一只狗告诉我,詹金斯说韦伯斯特根本不是他们的名字。说他们不是韦伯斯特。说他们是人——”

“人是什么?”狼问。

“嗨,我只是告诉你。詹金斯就是这么说的——”

“詹金斯,”狼说,“他年纪大了,神志不清。太多东西,他都记不清了。他肯定活了有一千年了。”

“七千年,”熊说,“狗们正准备为他举办一次大型生日聚会。他们为他准备了一个新的身体作为礼物。他那个旧身体已经残破不堪了——每隔一两个月就得去修理一次。”

熊一本正经地摇了摇头,“总之,狼,狗为我们做了很多事情。设立了饲食站,派出医疗机器人给我们看病,还有一切的一切。就说去年吧,我牙痛得厉害——”

狼打断了他,“但是那些饲食站可以做得更好的。他们声称酵母和肉一样,有同样的食用价值之类的。但它吃起来不像肉——”

“你怎么知道?”熊问。

狼一时语塞,“怎……怎么了,我爷爷告诉我的。他是匹典型的老恶狼,时不时会吃一些鹿肉。他跟我说过红肉的味道,但是他们那时没有现在这么多看守。”

熊闭上了眼睛,然后又睁开了。“我一直想知道鱼的味道怎么样,”他说,“松树溪里有一群鳟鱼。我观察很久了。很容易就可以用我的爪子捞两只出来。”

他匆忙补充道:“当然,我从来没有这么做。”

“你当然不会了。”狼说。

一个世界连着另一个世界，就像在同一条链条上运转着。一个世界紧紧跟在另一个世界的后面。一个世界的明天，就是另一个世界的今天。昨天就是明天，明天就是过去。

只是，没有任何过去。没有过去，除了记忆中的臆想，像暗夜的翅膀在人的心灵阴影中一掠而过。没有能够到达的过去。时间之墙上没有留下图片，没有电影可供回放，无法看见历史。

约书亚站起来抖了抖身子，又坐下来挠出一只跳蚤。伊卡伯德僵直地坐在桌旁，金属手指不停地敲击着。

“受到制约，”机器人说，“我们对此无能为力。因素制约，我们不能穿越回过去。”

“是的。”约书亚说。

“但是，”伊卡伯德说，“我们知道这些破维怪在哪里。”

“是的，”约书亚说，“我们知道破维怪在哪儿。也许我们能找到它们。现在我们知道该走哪条路了。”

一条路是敞开的，而另一条路是关闭的。当然，不能说它关闭，因为它从来没有存在过。因为没有任何过去，从来没有任何过去，没有空间容纳任何过去。在本该有过去存在的地方，却存在着另一个世界。

就像两只狗在彼此的轨道上行走。一只狗走出去，另一只狗走进来。就像一排长长的、无穷无尽的滚珠轴承顺着凹槽向下滑动，几乎互相接触,但又没有接触。就像一个有着数十亿上百亿齿轮的轮子,它那无数条链条之间的链环一样。

"我们要迟到了,"伊卡伯德瞥了一眼时钟,"应该准备去詹金斯的派对了。"

约书亚又抖了抖身子,"是的,我想我们该去了。今天可是詹金斯的好日子,伊卡伯德。想想看……七千年了。"

"我的一切都准备妥当了。"伊卡伯德骄傲地说,"我今天早上就把自己弄得亮闪闪的,但是你需要梳理一下。你的毛都打结了。"

"七千年,"约书亚说,"我可不想活那么长。"

七千多年,七千个世界相互交错。虽然可能远远不止。一天一个世界,那就是三百六十五乘以七千。也许一分钟就是一个世界。甚至可能每秒钟一个世界。一秒钟是一个很厚重的东西——厚到足以分成两个世界,大到足以容纳两个世界。三百六十五乘以七千乘以二十四乘以六十再乘以六十——

一个厚重的东西和最终的产物。没有过去,所以无法追溯。无法追溯詹金斯说过的那些事——那些可能是真实的事,也可能是被七千年时间扭曲的记忆。无法去核实那些阴云密布的传说了,传说里的那所房子,韦伯斯特家族,还有远隔山海的那个封闭虚无的圆顶。

伊卡伯德拿着梳子和刷子向他走来,约书亚躲到了一旁。

"啊,没事,"伊卡伯德说,"我不会弄疼你的。"

“上次，”约书亚说，“你差点儿活剥了我的皮。就别太在意这些小问题了。”

狼进来了，想在两顿饭之间找点儿零食，但一无所获。他也不好意思开口。所以现在他坐着，浓密的尾巴整齐地蜷在他脚边，看着彼得用那把刀削着那枝细长的树枝。

松鼠法索从一棵悬垂的树枝上吊下来，落在彼得的肩膀上。

“你在弄什么？”他问。

“一根投掷用的棍子。”彼得答道。

“任何棍子都可以投掷出去，”狼说，“不需要有什么特别的，可以捡起任何棍子然后把它扔出去。”

“这可是新玩意儿，”彼得说，“我自己想到的，然后自己动手做的。但是我不知道它是什么。”

“它没有名字吗？”法索问。

“还没有，”彼得说，“我得想一想。”

“但是，”狼仍然坚持自己的看法，“你可以扔一根棍子。你随便想扔哪根棍子都行呀。”

“扔不远，”彼得说，“力道也没那么大。”

彼得用手指捻了捻树枝，用手感受着它的光滑圆润。然后举起来仔细看了看，确定它是直的。

“我不是用手把它扔出去，”彼得说，“是用另一根棍子和一根绳子把它投出去。”

他伸出手拿起靠在树干上的东西。

“我不懂的是,”法索说,“你为什么要扔棍子。”

“我不知道,”彼得说,“就是觉得有趣。”

“你们这些韦伯斯特,”狼严肃地说,“真是些有意思的动物。有时我真怀疑你是否有理智。”

“你可以击中任何你瞄准的地方,”彼得说,“只要投掷棍是直的,而且绳子结实。可不是随便捡一块木头就能做到的。你必须看仔细——”

“让我看看。”法索说。

“像这样,”彼得说着,举起那根山核桃树枝,“你看,它很结实,有弹力。把它折弯,它会迅速恢复原状。我用一根绳子系在两端,把投掷棍像这样放好,一端抵住绳子,然后往后拉——”

“你刚才说它能击中任何你想击中的东西,”狼说,“来吧,给我们看看。”

“那我要打中什么呢?”彼得问,“你们来挑吧——”

法索兴奋地指了指,“那只知更鸟,坐在树上的那只。”

彼得迅速举起双手,把那绳子往后拉,绑着绳子的树杆弯成了一个弧形。投掷棍在空中呼啸。一阵羽毛飞舞,知更鸟从树枝上掉了下来。一声无力的闷响,他倒在了地上,仰面躺着——渺小而无助,紧握的爪子还指着树顶。鲜血从他的喙中流出来,染红了他头下的叶子。

法索僵在了彼得的肩膀上，而狼则站了起来。四下一片宁静，树叶一动不动，白云静静地浮在正午的晴空上。

恐惧让法索变得口齿不清："你杀了他！他死了！你杀了他！"

彼得恐惧得浑身都麻木了，争辩道："我不知道会这样。我以前从没试过打什么活物。我只是朝目标把棍子扔了过去——"

"但是你杀了他。你绝对不应该杀生的。"

"我知道，"彼得说，"我知道不可以。但是，是你让我打他的。你把他指给我看。你——"

"我从没想过要你杀了他，"法索尖叫道，"我以为你只是会碰到他，吓他一下。他这么胖，这么活泼——"

"我跟你说过这投掷棍力道很大的。"

那个韦伯斯特站在原地一动不动。

他想，远，有力——而且速度很快。

"放轻松，朋友，"狼轻声说道，"我们知道你不是故意的。就我们三个知道。我们什么也不会说的。"

法索从彼得的肩膀跳上树枝，朝他们尖叫。"我会说的，"他叫道，"我要告诉詹金斯。"

狼气得红了眼睛，突然对他咆哮起来："你叽叽喳喳地叫个什么，你这讨厌的告密者。"

“我就要,”法索大喊,“你就等着瞧吧。我要告诉詹金斯。”

他跳上树,沿着一根树枝跑起来,然后跳到了另一棵树上。

狼迅速地冲了出去。

“等等!”彼得尖声喊道。

“他不可能一直都走树上的,”狼语速很快,“他得走到地面上才能穿过草地。你别担心。”

“不,不要,”彼得说,“不要制造更多的杀戮了。一次就够了。”

“他会说出去的,你知道。”

彼得点点头,“是的,我确定他会。”

“我可以阻止他。”

“有人会看见,然后告发你的。”彼得说,“不,狼,我不会让你这么做的。”

“那你最好逃之夭夭,”狼说,“我知道一个可以藏身的地方。他们找不到你的,一千年也找不到。”

“我逃不掉的。”彼得说,“树林里有很多眼睛。太多了。他们会知道我去了哪里。任何人都能藏起来的日子已经一去不复返了。”

“我想你是对的,”狼慢慢地说,“是的,我想你是对的。”

他转过身,凝视着那只坠落的知更鸟。

“你说我们销毁证据怎么样?”他问道。

“证据——”

“是啊,当然——”狼快步上前,低下了头。一阵嘎吱嘎吱的声音之后，狼舔了舔嘴巴，坐了下来，尾巴蜷在脚边。

“你和我可以相处得很好，”他说，“没错，先生，我觉得我们能相处得很好。我们是如此相似。”

他的鼻子上飘动着一根泄露秘密的羽毛。

这具身体很优秀。

大锤砸不烂，永远不会生锈。里面的各种小工具多得让人眼花缭乱。

它是詹金斯的生日礼物。胸口上用雕刻线条非常工整地写着：

致詹金斯，狗群敬上

但我永远不会穿上它，詹金斯告诉自己。这对我来说太花哨了，对于一个像我这么老的机器人来说，太花哨了。穿戴那样华而不实的东西我会觉得不自在。

他在摇椅里慢慢地前后摇晃着，听着风在屋檐里的呜咽。

这是他们的心意。无论如何我也不会伤害他们。我得偶尔穿一下，只是为了好看。只是为了让狗们高兴。他们费了那么大劲为我做的，我不穿一下可不行。但并非每天都要如此——只是在需要我以最好的状态出现的时候。

也许是去参加“韦伯斯特野餐”的时候。我想要在野餐的时候让自己状态最好。这可是一件大事。那时,世界上所有韦伯斯特家的人,所有现存的韦氏家族都会相聚在一起。他们也想要我和他们一同出席。啊,是的,他们总是希望我和他们在一起。因为我是韦伯斯特家的机器人。是的,先生,过去一直都是,而且永远都会是。

他垂下头,在房间里喃喃自语。那些他和房间才记得的话,很久以前说过的话。

摇椅吱吱作响,与这个充满时间痕迹的房间相得益彰。伴随着风吹过屋檐的声音,和烟囱里低沉的咕哝声。

火,詹金斯想,我们已经很久没见过火了。人类过去很喜欢火。他们喜欢坐在它面前,看着它,在火焰中作画,还有做梦——

可是人类的梦想,詹金斯在心中自言自语道,人类的梦想已经消失了。他们去了木星,或者被埋在了日内瓦。他们在如今的韦伯斯特后人中又有所萌芽,但是非常弱小。

过去,他说,过去对我来说太多了,过去让我变得无用。太多要记住的事情——太多的记忆,它甚至变得比要做的事情更重要。我活在过去,而那不应该是一种活着的方式。

因为约书亚说没有过去,约书亚应该知道。在所有的狗中,他是最应该知道的。因为他努力地想要穿越回过去,回去核实我曾经告诉他的事情。他以为我已经老糊涂了,编造着老掉牙的机器人故事,半真半假,并且在讲述的时候添油加醋。

他无论如何也不肯承认,但那是无赖的想法。他以为我不知道,但我知道。

他骗不了我,詹金斯轻笑。他们谁也骗不了我。我从一开始就了解他们,我知道他们是怎么走到今天的。我帮布鲁斯·韦伯斯特训练了第一批狗。我听过他们所说的第一个字。即使他们忘记了,我也还没有忘记——没有忘记任何一个眼神,一个字,或者一个手势。

也许他们忘记是自然而然的。他们完成了很多伟大的事情。我让他们放手去做这些事,很少干涉,而这是最好的。那是很久以前的那个晚上,琼恩·韦伯斯特告诉我的。这就是为什么琼恩·韦伯斯特不惜一切代价封锁了日内瓦。因为他是琼恩·韦伯斯特,必须是他。不会有其他人来做这件事了。

他以为把人类封闭起来就可以给狗留下一个干净的地球。但他忘了一件事。哦,是的,詹金斯说,他忘了一件事。他忘记了自己的儿子,还有那天早上一起出去玩“穴居人”游戏的那一小群热衷弓箭游戏的男人女人们。

而他们玩的游戏,詹金斯想,变成了苦涩的现实。一个近一千年的现实。直到我们找到他们并将他们再次带回家。回到韦伯斯特之家,回到整个事情的开始。

詹金斯把双手交叉放在膝盖上,低下头,慢慢地前后摇晃着。摇椅嘎吱作响,风在屋檐上呼啸,一扇窗户嘎嘎作响。壁炉那被烟熏黑的嗓子发出喑哑的声音，谈论着过去的日子和其他的人，还有其他从西方吹来的风。

过去，詹金斯想，是一个毫无根据的东西。许多事亟待解决，思考过去真是愚蠢。还有许多问题等着狗去面对。

例如，动物数量过剩。这是我们考虑和讨论已久的问题。兔子数量过多，因为狼或狐狸不再杀害它们。鹿的数量过多，因为狮子和狼不得吃鹿肉。臭鼬太多，老鼠太多，野猫太多，松鼠太多，豪猪太多，熊太多。

颁布一条伟大的禁杀令，就会涌现出千千万万条生命。通过快速移动的医疗技术机器人控制疾病和救治伤员，又促进了动物们寿命的延长。

人类对此是心里有数的，詹金斯说。是的，人们心里有数。人会杀死任何挡在他们前进道路上的东西——其他人以及动物。

人类从未想过要建立一个伟大的动物社会，从未梦想过臭鼬、浣熊和熊有朝一日可以一起生活，彼此商量，互相帮助——抛开一切自然差异。

但是狗想过，而且狗已经做到了。

就像布尔兔的故事一样，詹金斯想。就像很久以前的童年幻想，就像《圣经》中狮子和羔羊躺在一起的故事。就像华特·迪士尼的动画片一样，只不过从来没有人把动画片当真，因为人类是以自己的那套哲学为基础去看待它的。

门吱呀一声开了，地板上响起了脚步声。詹金斯在椅子上转过身来。

“你好，约书亚，”他说，“你好，伊卡伯德。请进，我正坐在这儿发呆呢。”

“我们正好路过，”约书亚说，“看见灯还亮着。”

“我正想着这些灯，”詹金斯严肃地点点头，“我想起了五千年前的那个夜晚。琼恩·韦伯斯特走出日内瓦，他是数百年来第一个来到这里的人。他睡在楼上的床上，所有的狗都在睡觉，我站在窗边凝望着河对岸。没有灯光，一点儿灯光也没有，只有一大片黑暗。我站在那里，回想着曾经灯火通明的那些日子，想着是否还会再有灯光亮起。”

“现在有灯光，”约书亚轻声说，“今晚世界各地都张灯结彩，即使岩洞和兽穴里也不例外。”

“是的，我知道。”詹金斯说，“甚至比以前的更好了。”

伊卡伯德笨拙地走到站在角落里闪闪发光的机器人身体跟前，抚摸着金属表面，动作几乎算得上轻柔。

“狗对我真好，”詹金斯说，“给我送了一个新身体。但是他们不该这么做的，只要稍微修补一下，旧的就足够了。”

“那是因为我们爱你，”约书亚告诉他，“这是狗能做的最微不足道的事了。我们也试过为你做点儿别的，但你总是不让。我们希望你能让我们为你建造一所新房子,崭新的,配上所有最新的东西。"

詹金斯摇了摇头,"那没什么用,因为我不能住在那儿。你看,这个地方就是家。这里一直是我的家。就像我的身体一样被修修补补,但在这里我就会感到开心。"

"但是你在这儿一个人。"

"不,我不是。"詹金斯说,"这房子里简直太挤了。"

"挤?"约书亚问道。

"有我以前认识的那些人。"詹金斯说。

"天哪,"伊卡伯德说,"多棒的身体!我希望我能试试。"

"伊卡伯德!"约书亚喊道,"你给我过来!把你的手从那个身体上拿开——"

"随他去吧,"詹金斯说,"如果我不忙的时候他到这儿来——"

"不行。"约书亚说。

一根树枝刮擦着屋檐,细小的手指在窗玻璃上轻轻敲击。一块瓦片嘎吱作响,一阵风吹过,在屋顶上欢快地蹦跳着。

"我很高兴你能过来,"詹金斯说,"我想跟你聊聊。"

他前后摇晃着,其中一支摇杆发出吱吱呀呀的响声。

"我不会永远活着,"詹金斯说,"七千年已经超出我的期望了。"

"有了这个新身体,"约书亚说,"你还能再好好地活上三个七千年呢。"

詹金斯摇了摇头,"这不是身体的问题,是大脑。它是机械的,你看,它造得很精良,可以用很长时间,但不会永远这样。有朝一日,出了什么问题,大脑就会死去。”

摇椅在寂静的房间里吱吱作响。

“那就是死亡,”詹金斯说,“那就是我的尽头。”

“不过那也没关系,因为世事本应如此。因为我没有任何用处了。曾经有一段时间我是被需要的。”

“我们永远都需要你,”约书亚轻声说道,“没有你,我们无法继续下去。”

但詹金斯继续说着,好像没有听见他的话似的。

“我想告诉你关于韦伯斯特家族的事。我想聊聊他们。我希望你能理解。”

约书亚说:“我会努力理解的。”

“你们狗叫他们韦伯斯特,没关系,”詹金斯说,“你们怎么称呼他们并不重要,只要你知道他们是什么。”

“有时,”约书亚说,“你叫他们人,有时你又叫他们韦伯斯特。我不明白。”

“他们是人,”詹金斯说,“他们曾经统治着地球。有一个姓韦伯斯特的家族,是他们为你们做了这件伟大的事。”

“什么伟大的事?”

詹金斯让摇椅停了下来。

“我很健忘,”他喃喃自语道,“我很容易忘事,我搞混了。”

“你刚刚在说韦伯斯特们为我们做了一件伟大的事。”

“呃，”詹金斯说，“噢，对，对。你必须关注他们。你必须照顾他们、关注他们。特别是必须关注他们。”

他慢慢地前后摇动着，脑子里充满了各种想法，摇椅的吱吱声使他的思绪断断续续。

你差点儿就说漏嘴了，他对自己说。你差点儿毁了这个梦。

但是我及时记起来了。是的。琼恩·韦伯斯特，我及时制止了自己。我守住了诺言，琼恩·韦伯斯特。

我没有告诉约书亚狗曾经是人类的宠物，是人类一手把他们托到了现在的位置。因为他们绝对不能知道。他们必须昂首挺胸，必须继续他们的工作。那些古老的围炉夜话已经消失了，而且必须永远消失。

尽管我真的很想告诉他们。上帝知道，我有多想告诉他们。提醒他们提防必须提防的东西，告诉他们我们如何根除从欧洲带回来的穴居人身上的旧观念，如何让他们把曾经知道的事情忘掉，如何让他们忘记武器，如何教会他们爱与和平。

以及我们必须如何防范有朝一日他们再次出现那些倾向——那些旧的人类思维。

“但是，你刚刚说……”约书亚坚持道。

詹金斯摆了摆手，“没什么，约书亚。只是一个老机器人的喃喃自语罢了。有时我的大脑变得模糊不清,会说些言不由衷的话。我对过去想得太多了——而你说了,没有任何过去。"

伊卡伯德蹲在地板上,抬头看着詹金斯。

"肯定没有,"他说,"我们从周日开始,用四十种方式检查了所有的因素。它们都能叠加起来。没有任何过去。"

"没有任何空间,"约书亚说,"沿着时间线往回走,你找不到过去,而是找到另一个世界,另一种意识。地球还是原来的样子,你看,或者几乎是一样的。同样的树,同样的河,同样的山,但不是我们所知道的世界。因为它有了不同的生命,发展也不同。我们之前的那一秒根本不是原来的那一秒,而是另一秒,是一段完全不相关的时间。我们一直生活在同一秒钟。我们在这一秒钟的范围内移动,这一小段时间被分配给我们的世界。"

"这要怪我们计时的方式,"伊卡伯德说,"它让我们无法思考时间究竟是什么样的。因为我们一直以为自己是在穿越时间,其实我们并没有,我们从来没有。我们只是一直在与时间一同前进。我们常说,又过去了一秒钟,又过去了一分钟、一小时、一天,而实际上,这一秒钟、一分钟、一小时从未流逝过。它一直都是一样的。它只是移动了,而我们也随之移动。"

詹金斯点点头,"我明白了。就像河上的浮木,木头会随着河水移动,河流沿岸的景色会变,但水是一样的。"

"大概就是这样,"约书亚说,"只是时间是一条僵硬的河流,不同的世界比河上的浮木更牢固地固定在一个地方。”

“那破维怪生活在其他世界里吗?”

约书亚点点头,“我确定他们一定是。”

“那么现在,”詹金斯说,“我想你正在想办法去往其他世界。”

约书亚轻轻地挠下一只跳蚤。

“当然了,”伊卡伯德说,“我们需要空间。”

“但是那些破维怪——”

“也许并不是所有的世界都有破维怪居住,”约书亚说,“可能会有一些空白世界。如果我们能找到它们,我们需要那些空白。如果我们找不到空间,我们就得面对现实。动物数量的压力将掀起一场杀戮风波。而一场杀戮将使我们又回到原点。”

“已经有杀戮了。”詹金斯平静地告诉他。

约书亚皱起眉头,耳朵向后翻,“古怪的命案。死了,但没被吃掉。没有流血。就像他们只是摔了一跤一样。这让我们的医疗技术人员都快疯了。查不出任何病。他们没有理由死亡。”

“但是他们确实死了。”伊卡伯德说。

约书亚缩紧身子,压低了声音:“恐怕,詹金斯。恐怕——”

“没有什么可怕的。”

“但确实是有的。安格斯告诉我。他担心其中一群破维怪……其中一群破维怪已经进来了。”

一阵风吹进壁炉,在屋檐上跳跃着。另一阵风在附近某个黑暗的角落里呼啸。恐惧逐渐蔓延开来,沉重的脚步砰砰地在屋顶上走来走去。

詹金斯瑟瑟发抖,紧紧地抓住自己,抵挡着下一阵颤抖。他再开口时,声音很是刺耳。

“没有人看到过破维怪。”

“破维怪可能看不见。”

“是的,”詹金斯说,“是的。可能看不到。”

这是人类以前说过的话。你没有看到鬼,也没有看到魂灵——但你感觉到它就在那里。因为当你紧紧关上水龙头的时候,水龙头还在滴水;总有手指在抓挠窗玻璃,晚上狗会冲着什么东西嚎叫,而雪地上没有任何痕迹。

有手指在抓挠着窗玻璃。

约书亚站起来,身体僵硬,像一尊狗的雕像,一只爪子抬起,嘴唇向后咧,咆哮起来。伊卡伯德蹲下来,脚趾几乎扎进地板里——倾听着,等待着。

抓挠声又来了。

“开门,”詹金斯对伊卡伯德说,“外面有什么东西想要进来。”

伊卡伯德穿过寂静的房间。门在他手里嘎吱作响。当他打开门时,松鼠跳了进来。那是一条灰色的影子,向詹金斯跳了过去,落在他的腿上。

“啊,是法索。”詹金斯说。

约书亚又坐了下来,他的嘴唇耷拉下来,藏起了他的尖牙。伊卡伯德傻乎乎地咧嘴一笑。

“我看见他干的,”法索尖叫道,“我看见他杀了知更鸟,用一根投掷棍杀的。羽毛到处飞。叶子上沾满了鲜血。”

“冷静一点儿,”詹金斯温和地说,“慢慢儿告诉我。你太激动了。你看到谁杀了知更鸟?”

法索深深地吸了口气,牙齿格格打战。

“是彼得。”他说。

“彼得?”

“彼得,那个韦伯斯特。”

“你说他扔了一根棍子?”

“他用另一根棍子扔的。他用一根绳子把棍子两头系在一起,他一拉绳子,棍子就弯了——”

“我知道,”詹金斯说,“我知道。”

“你知道!你知道这个东西?”

“是的,”詹金斯说,“我全都知道。它的名字叫作弓箭。”

他说话的口气使得三个听众都沉默了下来,衬得房间又大又空旷。树枝敲打窗玻璃的声音像是从很远的地方传来,像一个空洞的、滴滴答答的声音,不停地抱怨着,毫无希望。

“弓箭?”约书亚终于问道,“弓箭是什么?”

詹金斯想,曾经,弓箭是什么?

如今,弓箭又是什么?

它是结局的开始。它是一条蜿蜒着逐渐通向战争的咆哮之路。

它是一个玩具,一种武器,是人类工程学的一个胜利。

它是原子弹第一次微弱的颤动。

它是一种生活方式的象征。

也是一首童谣中的歌词。

谁杀了知更鸟?

是我,麻雀说。

用我的弓和箭,

我杀了知更鸟。

这是一件被遗忘的事。也是重新习得的事。

是我一直担心的事情。

他坐直了身子,慢慢地站了起来。

“伊卡伯德,”他说,“我需要你的帮助。”

“没问题,”伊卡伯德说,“你想要什么都可以。”

“那个身体,”詹金斯说,“我想穿上我的新身体。你得把我大脑这个盒子取下来——”

伊卡伯德点点头,“我知道怎么做,詹金斯。”

约书亚的声音突然有些恐惧:“怎么了,詹金斯?你要做什么?”

“我要去找变种人，”詹金斯说得非常慢，“过了这么多年，我要去请他们帮忙。”

阴影从山上滑下来，绕过有月光透过的林中空地。他在月光下闪闪发光——不能让人看见他。他绝对不能破坏后来者的狩猎。

会有其他造访者。当然不是蜂拥而至，而是谨慎地控制数量。一次只来几个，尽量地分散开来，这样就不会惊扰到这个奇妙世界的生灵。

一旦他们有了警觉，结局就在眼前了。

阴影在黑暗中蹲下身子，低低地靠着地面，用颤动的、高度紧张的神经试探着黑夜。他分辨出自己所知道的神经冲动，在他神思敏捷的大脑里将其分门别类、整齐归档，作为对他已有知识的检验。

有些是他知道的，有些是神秘的，有些是他能猜出来的。但其中有一个却带着一丝恐惧。

他把他那丑陋的脑袋平直地伸出来，紧紧贴在地面上，闭上眼睛，屏蔽掉夜晚的悸动，全神贯注地听着那上山来的东西。

有两个东西结伴而行，而且是不同的两个物种。他的脑海里响起一声咆哮，几乎都到了他的嗓子眼。他那纤细的身体绷得紧紧的，半是垂涎欲滴的期待，半是畏畏缩缩的外乡人的恐惧。

他从地上抬起头来，仍然蹲着，顺着山坡往下溜去，想要切断那两名来者的路。

詹金斯又焕发了生机，年轻、强壮且敏捷——大脑和身体都如此轻快。可以快步跨过月光浸透的山丘，听见树叶在风中的私语和鸟儿困倦的啁啾——以及更多。

是的，还有更多，他暗自承认。

这个身体很优秀。铁锤砸不烂，也永远不会生锈。但这还不是全部。

没想到一个身体对我有这么大的影响。从来都不知道那个旧的身体有多么残破。从一开始它就不是一件优秀的作品，虽然它已经是当时的技术所能做到的最好的程度了。机器确实很奇妙，可以做到很多事情。

这当然是机器人做的，野生机器人。狗和他们合作制造了这个身体。他们不常与机器人打交道。相安无事，仅此而已——但是他们相处得很好，因为他们彼此放任，因为他们不互相干涉，因为谁也不多管闲事。

有一只兔子在窝里动来动去——詹金斯知道。一只浣熊半夜在外面徘徊，詹金斯也知道——知道那双小眼睛从榛树丛里盯着他，大脑里满是狡黠而圆滑的好奇心。在左边，一头熊蜷在树下，正在睡梦中—— 一个馋嘴的梦，吃着野蜂蜜和从小溪里捞出的鱼，并翻开一块岩石舔蚂蚁，作为这场盛宴的佐料。

令人吃惊——但很自然。就像抬脚走路一样自然，就像正常听力一样稀松平常。但他并没有听到，也没有看到，而这也不是想象。因为詹金斯冷静且确定地知道在窝里的兔子、榛树丛里的浣熊和树下睡梦中的熊。

而这，他想，就是野生机器人拥有的身体——因为如果他们能为我做一个，他们肯定也会给自己做的。

在七千年的时间里，他们也走过了漫长的道路。就像在人类大迁徙之后，狗也走过了漫漫旅程。但是我们没有注意他们，因为必须这样做。机器人和狗，你走你的阳关道，我过我的独木桥，互不询问对方在做什么，也不会对对方做什么感到好奇。机器人建造并发射宇宙飞船，他们在制造先进的身体，研究数学和力学，而狗则和动物们打交道，跟这些在人类时代曾经野生和被狩猎的生物们建立了一种兄弟情谊，并监听着破维怪的声音，试图探索时间的深处，却发现没有时间存在。

当然，如果连狗和机器人都能够走到这一步，那么变种人只会走得更远。而且他们会听我的，詹金斯在心里说，他们必须听我的，因为我将给他们带去的这个问题恰恰就发生在他们身上。因为变种人是人——不管他们如何生活，他们都是人类的后裔。他们现在不会怀有任何怨恨，因为人类的名字不过是随风飘动的尘土，夏日里树叶的沙沙声——仅此而已。

再说，我已经有七千年没打扰过他们了——倒不是说我以前打扰过他们。乔是我的朋友，或者以变种人来说已经亲近得算是一个朋友了。他不愿意跟人类说话的时候,却愿意跟我说话。他们会听我的——他们会告诉我该怎么做。他们不会笑话我。

因为这不是一件好笑的事。只是弓箭而已,但不能一笑置之。也许它曾经能被当成玩笑,但是历史让许多事情都不再可笑。如果说弓箭是一个笑话,那么原子弹也是一个笑话,那满带疾病并摧毁整个城市的灰尘也是一个笑话,那呼啸着落在一万英里之外,杀死一百万人的火箭也是一个笑话。

尽管现在已经没有百万人口了。大约有几百人,住在狗以前为他们建造的房子里。因为那时狗仍然知道人类是什么,仍然知道他们之间存在的联系,把人看作他们的神。把人类当作神,在冬夜的火堆前讲述古老的故事,期待着哪一天人类会回来,然后拍拍他们的头说:"干得漂亮,你这善良忠诚的仆人。"

但那是不对的,詹金斯大步走下山来,那根本不对。因为人不配接受那种崇拜,不配被赋予神性。上帝知道我有多爱他们。就这点而言,我依然爱他们——但并非因为他们是人,而是因为关于他们其中几个人的记忆。

狗为人类进行建设是不对的,因为他们比人类更好。所以我抹去了关于人的记忆,这是一项漫长而缓慢的工作。多年来,我抹去了那些传说,模糊了记忆,现在他们称人类为韦伯斯特,认为他们就是这样的物种。

我也曾想过自己做得是否正确。我觉得自己像个叛徒,在那些痛苦的夜晚，当整个世界都沉沉睡去，我在一片漆黑里坐在摇椅上，听着风在屋檐下呻吟。因为这可能是我无权插手的事情，可能是韦伯斯特家族不乐意见到的事情。因为这就是他们对我的控制，现在仍然如此。几千年过去了，我可能仍然会在做某件事时还担心他们会不喜欢。

但现在我知道我是对的，弓箭就是证明。我曾想，人类可能是一开始走上了错误的道路。在最初那晦涩、黑暗、野蛮的某个地方，从他蹒跚学步的那一刻开始，他可能就走错了路，或者拐错了弯。但我知道我错了。人类要走的路只有一条，仅此一条——就是弓箭这条路。

我已经尽力了，上帝知道我真的尽力了。

当我们把那些流浪的人集合起来，把他们带回韦伯斯特之家的时候，我不仅从他们手中拿走了武器，也消除了他们头脑中关于武器的记忆。我尽可能重新编辑了文献，并烧毁了剩下无法改写的。我重新教他们阅读、歌唱、思考。他们阅读的书中没有战争或武器的痕迹，没有仇恨或历史，因为历史就是仇恨——没有战争或英雄事迹，也没有号角。

但这不过是浪费时间，詹金斯对自己说。我现在知道了这是在浪费时间，因为无论你做什么，人都会发明弓箭。

他走下了那座长长的小山，穿过蜿蜒而上的小溪，而现在他又在往上爬,向着那黑暗而险峻的山顶爬去。

有一些轻微的沙沙声。他的新身体告诉他,是老鼠在草丛里挖的地道里跑来跑去。在那一刻,他体会到了与奔跑嬉戏的老鼠们同样的小小快乐,洞悉了它们那未成形、未固化的思想带来的小小的愉悦。

一只黄鼠狼在一棵倒下的树干上蜷缩了一会儿,心生邪念,因为它想到了老鼠,想起了过去黄鼠狼以老鼠为食的日子。血液中流淌着渴望和恐惧。恐惧的是如果它杀了一只老鼠,狗们会做什么,恐惧的是那数百双注视着曾经遍布世界的杀戮的眼睛。

但是有一个人杀生了。黄鼠狼不敢杀生,但有个人这么做了。或许不是故意的,也没有恶意,但是他杀生了。圣典上说,不可以杀害另一条生命。

在过去的岁月里,其他有过杀戮行为的物种因此而受到了惩罚。这个人也必须受到惩罚。但是,惩罚还不够。单靠惩罚是找不到答案的。真正的答案不应只解决某一个人的问题,而是针对所有人类,针对整个种族。因为他们其中一人做了什么,其他人就会跃跃欲试。不仅仅是想要尝试,而且他们必定会这么做——因为他们是人,人以前杀戮过,将来还会再次举起屠刀。

变种人的城堡在天空的映衬下黑黢黢的,在月光下幽幽地闪烁着微光,没有任何光亮透出来。这一点儿也不奇怪,因为它从来就没有亮起过灯光。而且,就目前所知,城堡的大门也从来没有向外界打开过。变种人在世界各地建造了城堡,住了进去,就再也没有后续了。变种人曾经干涉过人类的事务,曾经和人类交手,打了一场颇为戏谑的战争。而在人类离开后,变种人也走了。

詹金斯来到通向门口的宽大石阶下,停了下来。他仰起头,凝视着这幢高耸的建筑。

我想乔已经死了,他自言自语道。乔很长寿,但他不是永生的。他不会永远活着。他会见到另一个变种人,而不是乔,这种感觉似乎很奇怪。

他开始往上爬,走得很慢,每一根神经都高度警觉,等待着第一个咯咯轻笑的迹象降临。

但是什么也没发生。

他爬上台阶,站在门前,寻找着能够让变种人知道他来了的东西。

但是没有门铃,没有蜂鸣器,也没有门环。就是一扇普通的门,上面有一个简单的门闩。仅此而已。

他迟疑地举起拳头敲了敲,然后等待着。没有应答。门无声无息,一动不动。

他又敲了敲门,这次更大声了。仍然没有回应。

他谨慎而缓慢地伸出一只手抓住门闩,用拇指按了下去。门闩松动,门开了,詹金斯走了进去。

“你脑子坏了，”狼说，“我会让他们来找我。我会让他们记住这场追逐。他们不会好过的。”

彼得摇了摇头，“也许你会这么做，狼，也许这对你来说是正确的。但这对我来说是错误的。韦伯斯特永远不会逃跑。”

“你怎么知道？”狼毫不留情地问，“口说无凭。以前没有哪个韦伯斯特非得逃跑，而如果以前没有韦伯斯特逃跑过，你怎么知道他们永远不——”

“噢，闭嘴。”彼得说。

他们默默地沿着崎岖的小路向山顶进发。

狼说：“有什么东西在跟踪我们。”

“你想多了吧，”彼得说，“能有谁跟踪我们呢？”

“我不知道，但是——”

“你闻到什么气味了？”

“呃，没有。”

“那你是听到还是看到了什么？”

“也没有，但是——”

“那就没有谁在跟踪我们，”彼得肯定地说，“如今再也没有谁会尾随谁了。”

月光透过树梢，把森林照得斑驳，黑色和银色错落地洒落林间。河谷里传来鸭子们半夜低沉的争吵声。微风拂过山坡，带着一缕淡淡的河雾。

彼得的弓弦被灌木丛的矮枝缠住了,他停下来把它解开。手里的一些箭掉了下来,他弯下腰去捡。

“你最好另想办法来拿这些东西,”狼对他吼道,“你老是被树枝缠住、掉东西,然后——”

“我已经在想了,”彼得安静地告诉他,“也许可以做个袋子挂在我肩上。”

他们继续上山。

“到了韦伯斯特之家之后,你打算做什么?”狼问。

“我要去见詹金斯,”彼得说,“我要告诉他我做了什么。”

“法索已经告诉过他了。”

“但也许他说错了。也许他没说对。法索太激动了。”

“也很傻。”狼说。他们穿过一片月光照射的空地,然后沿着昏暗的小路向前走去。

“我开始紧张了,”狼说,“我要回去了。你在做一件疯狂的事。我陪你一起走了这么远,但是——”

“那就回去吧,”彼得苦涩地说道,“我不紧张,我——”

他转过身来,突然紧张得汗毛都立了起来。

因为有什么不对劲——空气里、他的头脑中有什么不对劲—— 一种可怕的、令人不安的危机感,不,不只是危险,还有一种令人憎恶的感觉。它像爪子一样攀上他的肩胛骨,有着一百万根刺似的脚在他背上爬行。

“狼！”他大喊道，“狼！”

一丛灌木在小道上剧烈地颤动着，彼得奔跑着，双脚重重地蹬踏着地面。他一闪身绕过灌木丛，刹住脚步，拿起弓，猛地从左手中抽出一支箭，尾端搭在绳子上。

狼躺在地上，一半在阴影里，一半在月光下。他的嘴向后咧开，露出尖牙，一只爪子还在轻微地动弹着。

在他身上蹲着一个影子。只有形状——别无其他。影子扑打咆哮着，一阵愤怒的声音在彼得的脑海里尖叫。一根树枝在风中晃动，月亮透过来，彼得看到了那张脸的轮廓——模糊的轮廓，像是用粉笔在积满灰尘的黑板上勾勒出来，还被擦去了一半。一张头骨似的脸上长着裂缝似的眼睛，耳朵里长满了触须，嘴里呜呜怪叫着。

弓弦轻响，箭朝着那张脸飞射过去——穿过了它的脸，然后落在地上。那张面孔还在那里，仍然咆哮着。

又一支箭搭在了绳子上，向后拉，用力向后拉，几乎到了耳朵边。箭带着坚硬干燥、纹路笔直的山核桃树枝的驱动力，以及拉绳人的仇恨、恐惧和厌恶，又飞了出去。

箭射向了那粉笔般的轮廓，速度减慢，颤抖着，然后掉了下来。

又一支箭，然后用绳子向后拉。这次还要拉得更满，为了积蓄更大的力量去杀死那个被箭射中却不会死的东西。它只会减缓箭的速度，使其颤抖，然后掉落。

往后拉，往后拉——再往后拉。

然后——

弓弦断了。

一时之间,彼得站在那里,那无用的武器还在一只手里晃来晃去,另一只手拿着无用的箭。他站在那里,目光穿过空地,凝视着那边蜷伏在狼那灰色身体上的恐怖阴影。

而他感觉不到恐惧。即使已经失去了武器,也没有恐惧。只有震撼着他的怒火,还有在他脑海里嘶喊着的声音:

杀——杀——杀——

他扔掉弓,向前走去,双手像钩子一样垂在身体两侧,勾成了一对小小的爪子。

那影子后退了—— 一阵恐惧突然涌上它的心头。朝它走来的那个生物散发出熊熊燃烧的仇恨,令它恐惧至极。那种仇恨攫住了它,扭曲了它。它曾经感受过害怕和恐惧——那种惊惶、胆寒,以及令人不安的顺从——但此刻感受到的,是一种新的东西。这是一阵折磨的鞭打,灼痛着它的大脑。

这是仇恨。

影子低声呜咽着——像猫一样呜呜叫着,一边后退,一边在它那混沌的脑子里疯狂地搜寻逃跑的信号。

房间里空无一人——空空荡荡,古老而空洞。屋子里回响着门嘎吱嘎吱的声音,传到沉闷的远处,然后又反射回来。一个满是遗忘的尘埃的房间,充满了漫无目的的百年沉寂。

詹金斯手拉着门定定地站着,用新身体上所有敏锐的戒备去搜索黑暗的角落和壁龛。什么都没有,只有寂静、尘土和黑暗。也没有任何迹象表明多年来,除了寂静、尘土和黑暗之外,还曾有过任何别的东西。没有一丝残余思想的颤动,地板上没有脚印,桌子上也没有指痕。

一首老歌,一首不可思议的老歌——一首他刚被制造出来时就已经很老的歌曲,从他大脑中某个被遗忘的角落悄悄溜了出来。他惊讶于它竟然还在,惊讶于他竟然还知道它——它让他难过地回想起这数个世纪的旋涡,那些曾经矗立在百万山丘上的整洁的白色房屋,想到那些曾经热爱他们的土地、平静地散着步、确信自己拥有它们的人们。

安妮不再住在这里了。

我真傻,詹金斯对自己说。我真傻,一个几乎消失了的种族的荒谬,竟然还在困扰着我。真是愚蠢。

安妮不再住在这里了。

谁杀了知更鸟?

是我,麻雀说——

他关上身后的门,穿过房间。

满是灰尘的家具静静地站着,等待着没有回来的人。桌面上放着满是灰尘的工具和小物件。巨大的书柜里装满了书,书名都蒙上了尘。

他们走了，詹金斯喃喃自语道，没人知道他们什么时候走的，或者为什么离开，或者他们去了哪里。他们在夜里悄悄溜走，没有告诉任何人。有时，毫无疑问，他们会回想过去，想到发笑——因为我们认为他们还在这里，因为我们还一直监视着以防他们出来。

房间里还有其他的门，詹金斯踱到其中一扇门前。他把手放在门闩上，对自己说，打开门是徒劳的，再找下去也是徒劳的。如果这一个房间又旧又空，那么其他所有房间也都一样。

他的拇指按了下去，门开了，迎面而来一股热浪，但门后不是房间，而是一片沙漠——金黄色的沙漠延伸到地平线，在巨大的蓝色太阳照射下，地平线显得锃亮而模糊。

一只绿色和紫色的生物，像是蜥蜴，但又不是，像闪电一样掠过沙地，小小的脚发出怪异的呼哨声。

詹金斯砰的一声把门关上，呆呆地站着，头脑和身体都麻木了。

一片沙漠。一片沙漠和一只飞掠的动物。不是另一个房间，不是一个大厅，也不是一个门廊——而是一片沙漠。

而太阳是蓝色的——蓝色的，而且炽热。

慢慢地，他再次小心翼翼地打开了门，先是开了一条缝，然后又开大了一点儿。

沙漠仍然在那里。

詹金斯再次猛地关上了门，背靠在门上，好像他需要用金属身体的力量来抵御这片沙漠，抵御这道门和沙漠背后的意义。

他们很聪明，他告诉自己。他们的头脑聪敏且迅捷。相较于普通人，太过聪明且迅捷了。我们从来不知道他们有多聪明。但现在我知道，他们比我们想象中还要聪明。

这个房间只是通往许多其他世界的前厅，一把跨过未知空间通向其他星球的钥匙，它们的天空里悬挂着未知的太阳。一种离开地球、却又不用离开的方法——通过一扇门就能穿越虚空。

还有其他的门，詹金斯凝视着它们，摇了摇头。

他慢慢地穿过房间走向出口。他不愿打破满是灰尘的屋子里的寂静，便轻轻打开门闩，走了出去，又回到了那熟悉的世界。一个有着月亮和星星的世界，河雾在山间飘浮，树梢隔着山的沟壑窃窃私语。

老鼠们仍然沿着草丛中的洞穴奔跑，脑子里是快乐的老鼠思维，或者很难称之为思维。一只猫头鹰坐在树上沉思，想杀死它们。

很接近了，詹金斯想。马上就要冲破平静的表面了，古老的对血的渴望，古老的深入骨髓的仇恨。但是我们给了他们一个比人类更好的开始——尽管无论人类有着何种开始，结果可能都不会有什么不同。

人类古老的杀戮欲又出现了，仍然渴望与众不同，渴望变得更强大，渴望用自己的发明来强加自己的意志——这些东西使他的手臂比其他任何手臂或爪子更强壮，让他的牙齿比任何自然的獠牙都咬得更深，让他能够触及和伤害超出他自己手臂范围的东西。

我以为可以得到帮助。这就是我来这里的原因。然而没有人可以帮我。

完全没有。因为变种人是唯一可能提供帮助的人，而他们已经离开了。

詹金斯一边走下楼梯，一边对自己说，完全取决于你。人类的命运取决于你。不管怎样，你必须阻止他们。必须用某种方式改变他们。你不能让他们再次把世界变成弓箭的世界。

他穿过枝叶茂密的黑暗山谷，在生长着的新绿之下，闻到了往年秋叶的霉味。他想，这是他以前从来不知道的。

因为他那具旧的身体没有嗅觉。

如今他有嗅觉、更好的视觉，还有感知的能力，知道一个东西在想什么，能看穿浣熊的想法、老鼠的思维，能洞悉猫头鹰和黄鼠狼脑子里的杀戮欲。

还有更多——风中吹拂过的淡淡仇恨，还有一种陌生的恐怖尖叫。

它在他的脑海里一闪而过，他蓦地停下脚步，然后奔跑起来，朝山坡上冲去。这场黑暗中的奔跑和人完全不同，他是一个机器人，在黑暗中也能看见，靠金属力量驱动着，毫无喘气或呼吸困难。

仇恨——只有一种仇恨是这样的。

在他一路奔跑时，这种感觉变得越来越强烈，他的心里充满了恐惧——害怕他会看到的东西。

他猛地绕过一丛灌木，停住了脚步。

那个人向前走着，两手紧握在身体两侧，草地上扔着一张断弓。狼那灰色的身体一半在月光下，一半在阴影中。从狼的身上退下来一个朦胧的影子，半明半暗，几乎能看得到，但总是看不分明，就像一个在梦里出没的幽灵。

“彼得！”詹金斯喊道，但是话到嘴边却没了声音。

因为他感觉到了那个半明半暗的怪物脑子里的狂乱，以及一种畏畏缩缩的恐惧。仇恨驱使着那个人向那口中流着涎水的黑影走去。畏畏缩缩的恐惧，狂乱地需要什么东西—— 一种寻找、回忆的需求。

那个人几乎已经直直地走到了那怪物身上——孱弱的身躯，可笑的拳头——但却很有勇气。勇气，詹金斯想，敢于面对地狱的勇气。走下地狱，撕碎震动的石板，放肆嘲笑地狱看守者的勇气。

然后，那怪物找到了——找到了它一直在寻找的东西，知道该怎么做了。詹金斯感觉到一股如释重负的感觉掠过它的躯体，听到它念念有词，一部分像是词语，一部分是符号，还有一部分是思维。像是在胡言乱语，像是咒语，或者魔咒，但又不完全是。应该是一种脑力锻炼，一种控制身体的念力—— 一定是这样。

因为它起了作用。

那怪物消失了。消失了——从这个世界消失了。

没有任何迹象,没有一丝震动。好像它从来没有存在过。

而它说过的词语和想过的东西呢?像这样。像这样——

詹金斯猛地一跳。它出现在他的脑海里,他能够明白它,知道那个词语、那种思维和正确的音调变化——但他不能使用它,必须忘掉它,必须把它隐藏起来。

因为它对破维怪有效果,那么对他也会起作用,他知道这一点。

那人转过身来,无力地站着,双手垂在身边,盯着詹金斯。

他的脸苍白得有些模糊,嘴唇动了动,"你……你——"

"我是詹金斯,"詹金斯说,"这是我的新身体。"

"刚刚这里有些个怪物。"彼得说。

"是个破维怪,"詹金斯说,"约书亚告诉我有破维怪进入了我们的世界。"

"它杀了狼。"彼得说。

詹金斯点点头,"是的,它杀了狼。还杀害了许多其他生命。它就是一直在杀戮的凶手。"

"我杀了它,"彼得说,"我杀了它……或者说是把它赶跑了……之类的。"

"你把它吓跑了,"詹金斯说,"你比它更强大,它害怕你。你把它吓回了它原来的世界。"

“我本来是可以杀了它的，”彼得夸口道，“可是绳子断了——”

“下次，”詹金斯平静地说，“你得把绳子弄得更结实。我来教你。再为你的箭准备一个钢制的箭尖——”

“为我的什么？”

“为你的箭。你说的投掷棍，名叫箭。你用来发射它的棍子和绳子名叫弓。合起来，它们就是弓箭。”

彼得的肩膀垂了下去，“所以这是之前就有人做过的。我不是第一个？”

詹金斯摇了摇头，“不，你不是第一个。”

詹金斯走过草地，将手放在彼得的肩上。

“彼得，跟我一起回家吧。”

彼得摇了摇头，“不。我要在这里守着狼到早上。然后我会叫他的朋友来一起埋葬他。”

他抬起头看着詹金斯，“狼是我的朋友。是一个很好的朋友，詹金斯。”

“我知道他一定是，”詹金斯说，“不过我会再见到你吧？”

“噢，是的，”彼得说，“我会去参加野餐，韦伯斯特野餐，大约是在一周后。”

“是的，”詹金斯说得很慢，边说边想，“是的。那到时候见。”

他转过身，慢慢地走上山坡。

彼得坐在死去的狼旁边，等待着黎明到来。有一两次，他抬起手来,擦拭了自己的脸颊。

他们面对詹金斯,围坐成半圆形,仔细地听他说话。

“现在,你们得注意了,”詹金斯说,“这是最重要的。你们必须全神贯注,认真思考,必须紧紧抓住你们的东西——午餐篮、弓箭,还有其他东西。”

其中一个女孩咯咯地笑了,“这是一个新游戏吗,詹金斯?”

“是的,”詹金斯说,“算是吧,我想这就是一个新游戏。一个刺激的游戏,非常刺激的游戏。”

有人说:“詹金斯总是会给韦伯斯特野餐想出新游戏。”

“现在,”詹金斯说,“你们必须得注意了。看着我,想办法弄清楚我在想什么——”

“是一个猜谜游戏,”那个傻笑女孩尖叫道,“我喜欢猜谜游戏。”

詹金斯露出了微笑。“你说对了。”他说,“这就是一个猜谜游戏。现在请你们注意,看着我——”

“我想试试这些弓箭,”一个人说,“等游戏结束后,我们可以试试吧,詹金斯?”

“是的,”詹金斯耐心地说,“结束之后你们就可以试试。”

他闭上眼睛,让自己的大脑去触碰他们,用思维仔细地分辨出他们每一个人,感受着激动地期待着他的那些头脑,感受到思想的小指头在轻轻触碰探索着他的大脑。

“再努力些，”詹金斯想，“再努力些！再努力些！”

一股颤抖掠过他的心头，他把它拂去。这不是催眠术，也还不是心灵感应，但已经是他能达到的最好程度了。一种聚集，将思想聚集在一起——而这不过是一场游戏而已。

他缓慢地、小心翼翼地开启那隐藏的符号——那个词语、思维和音调变化。他轻松地将它们逐一放进自己的脑子里，就像跟一个孩子说话一样，试图教他准确的语调、怎么保持嘴型和运用舌头。

他让它们在那儿停留了一会儿，感觉到其他的思维触摸到了它们，思想的小手指在轻轻地拍打着。然后他在脑海中把自己的想法念了出来——就像破维怪当时那样。

什么都没有发生。完全没有。他的大脑中没有任何信号。没有坠落的感觉。没有眩晕。没有任何感觉。

所以他失败了。就这样结束了，游戏结束了。

他睁开眼睛，山坡还是和之前一样。太阳仍然照耀着，天空一碧如洗。

他僵直地坐着，一声不吭，感到他们都在看着他。

一切都和以前一样。

除了——

在曾经盛开着火红的奥斯威戈茶花的地方，长着一朵雏菊。他旁边多出了一朵月季，而当他闭上眼睛的时候还没有。

“就这样了吗?”那傻笑女孩问道,很是失望。

“就这样了。”詹金斯说。

“现在我们可以试试那些弓箭了吗?”其中一名青年问道。

“可以,”詹金斯说,“但是要小心。不要相互瞄准对方,那样很危险。彼得会告诉你们如何使用。”

“那我们把午餐拿出来吧,”其中一个女人说,“詹金斯,你带野餐篮了吗?”

“带了,”詹金斯说,“在埃丝特那儿。我们玩游戏的时候,让她拿着的。”

“好的,”那女人说,“您每年带给我们的东西都让人惊喜。”

詹金斯心道,今年你也会有惊喜的。那些包装整齐、标好标签的种子。

因为我们需要种子,他自言自语道。需要种子来建造新的花园,开辟新的土地——再次种植粮食。我们还需要弓箭捕猎以提供肉食,需要矛和鱼钩来捕鱼。现在,其他微小的不同开始显现出来。一棵树斜倚在草地的边缘。下面的河流多了一个弯。

詹金斯静静地坐在阳光下,听着男人和男孩们玩弄着弓箭发出的呼喊,妇女们铺开餐布和摆放午餐时的闲聊。

我很快就得告诉他们了,他对自己说。我得警告他们要少吃点儿——不要一口气吃完。因为我们需要这些食物来撑过头一两天,直到找到可以挖树根、抓鱼和摘水果的地方。

是的,很快我就得叫他们过来告诉他们这个消息,告诉他们现在得靠自己了。告诉他们原因,让他们去做任何他们想做的事情。因为这是一个崭新的世界。

警告他们小心那些破维怪。

虽然这一点是最不重要的。人有办法对付他们——非常狠毒的办法,用来对付任何阻碍人类前进的事物的办法。

詹金斯叹了口气。

愿上帝保佑破维怪,他想。

对第八个故事的说明

有些怀疑观点认为，第八个——也是最后一个故事可能是假的，它不属于这个古老的传说，而是某个想要博眼球的讲述者在某个更近的时间点编造出来的。

从结构上讲，这是一个可以接受的故事，但其遣词造句并未达到与其他故事的叙述技巧相当的水准。另一点是，这个故事的编造痕迹太明显了。它对材料的组合过于巧妙，与其他故事配合得过于天衣无缝。

然而，尽管其他几个毫无争议的传奇故事都找不到任何历史依据，但这个故事却是有历史依据的。

有记录显示，这个封闭世界之所以是封闭的，是因为它是一个蚂蚁世界。它现在是一个蚂蚁世界——无数代以来，也一直是一个蚂蚁世界。

无法证明蚂蚁世界是狗起源的原始世界，但也无法证伪。研究还未曾发现任何可被宣称为原始世界的世界，而这一事实似乎表明，蚂蚁世界实际上也可能就是那个被称为“地球”的世界。

如果真是这样，那么找到传说起源证据的一切希望也许将永远消失，因为只有在第一世界，才可能会有文物能够毫无争议地证明这一传说的起源。只有在第一世界，才有希望找到“人类是否存在”这一基本问题的答案。如果蚂蚁世界就是地球，那么封闭的日内瓦城、韦伯斯特山上的房子，对我们来说就永远不可得了。

Ⅷ　简单的方法

一只叛逆的小浣熊阿奇，蹲在山坡上，想抓住草丛中跑来跑去的小东西。阿奇的机器人鲁弗斯试图跟阿奇说话，但他太忙了，没有回答。

荷马做了一件狗从未做过的事。他蹚过河，一路小跑进入了野生机器人的营地。他很害怕，因为不知道这些野生机器人回头看到他时会对他做什么。但比起害怕，他更加担忧，所以他继续跑着。

在一个秘密巢穴深处，蚂蚁们梦想建立一个他们无法理解的世界。沉浸在那个世界中，心怀期许，构造一个无论狗、机器人还是人类都无法理解的东西。

在日内瓦，琼恩·韦伯斯特度过了沉睡的一万年。他继续睡着，没有动弹。外面的街道上，漫游而过的微风吹拂着林荫大道上的树叶，但是没有人听到，也没有人看到。

詹金斯跨过山丘,没有东张西望,因为有些东西他不想看到。有一棵树,矗立在另一个世界里的另一棵树曾经矗立的地方。这印在他脑海中的地形,在一万年间留下了十亿个脚印。

而且,如果仔细听,可能会听到回荡了很久的笑声……那是一个叫乔的人讥讽的笑声。

阿奇抓住了一个乱窜的东西,把它紧紧握在爪子里。他小心翼翼地抬起爪子,看到它在掌心里疯狂地乱跑,企图逃脱。

"阿奇,"鲁弗斯说,"你没在听我说话。"

那着急乱窜的东西钻进阿奇的毛发里,飞快地跳上他的前臂。

"可能是只跳蚤。"阿奇说,他坐起来挠了挠肚皮。

"一种新的跳蚤,"他说,"虽然我希望不是,只是普通的那种就已经够我受的了。"

"你没在听。"鲁弗斯说。

"我很忙,"阿奇说,"草地上到处都是这种东西。我得搞清楚它们是什么。"

"我要离开你了,阿奇。"

"你要什么!"

"离开你,"鲁弗斯说,"我要去大楼。"

"你疯了,"阿奇生气地说,"你不能这样对我。自从你跌进那座蚁丘后,你就被侵蚀了……"

“我接到了召唤，”鲁弗斯说，“我得走了。”

“我一直对你很好，”浣熊恳求道，“我从来没有让你超负荷工作过。你就像我的伙伴，而不是机器人，我一直把你当动物一样对待。”

鲁弗斯固执地摇了摇头。“你无法让我留下，”他说，“无论你做什么，我都不能留下来。我接到了召唤，我得走。”

“我无法再得到一个机器人了，”阿奇争辩道，“他们抽中了我的号码，而我逃跑了。我是逃兵，你知道的。那些守卫监视着我，你知道我再也找不到别的机器人了。”

鲁弗斯只是站着。

“我需要你，”阿奇对他说，“你得留下来帮我觅食。我没法接近任何一个饲食站，否则守卫就会抓住我，把我拖到韦伯斯特山上去。你得帮我挖个洞，冬天要来了，我需要洞穴。它不用有暖气或者光线，但我必须要有一个。你还得……”

鲁弗斯已经转过身，走下山坡，向河边走去。沿河而下……向着远方地平线上的黑点前进。

阿奇弓着背坐着，把尾巴蜷在脚上，风吹乱了他的毛。风中有一股寒意，大约一小时前都还没有的。那不是天气带来的，而是其他东西的寒意。

他明亮的小眼睛搜寻着山坡，没有鲁弗斯的踪影。

没有食物，没有洞穴，也没有机器人。被守卫追捕，还要被跳蚤吸血。

那栋大楼在河谷对面更远山峦的映衬下，只是一个黑点。

据记载，一百年前，大楼还没有韦伯斯特之家大。

但是自那以后它一直在生长……一个从未停止壮大的地方。起初，它占地一英亩。然后是一平方英里。现在终于发展成一个小镇。而它仍然在生长，向外扩张，向高处伸展。

它是山上的一个黑点，对那些注视着它的迷信的森林居民来说，是一种阴云般的恐怖，也是一个能把小孩和幼崽吓得突然安静下来的词语。

因为里面有魔鬼……未知的魔鬼，一种可以被感知到和抽象化的魔鬼，而无法被看到、听到或闻到。一个可以被感知的魔鬼，尤其是在黑暗的夜里，当灯都熄灭了，风在兽穴的洞口呼啸着，其他动物都睡着了的时候，一个还清醒躺着的动物，就会听到那在两个世界之间跳动着的“他物”在唱歌。

阿奇在秋日的阳光下眨着眼睛，偷偷地挠了挠身体一侧。

或许某一天，他想，会有谁找到办法来对付跳蚤。比如擦点儿什么东西在皮毛上，它们就会离得远远的。或者是一种和它们讲道理的方式，去找它们谈判。或者可以为它们建立一个保护区，它们可以住在那，有吃有喝，不去打扰动物。或者类似的东西。

而事实是，没有什么可做的。要么你自己挠，要么让你的机器人把它们捉下来，尽管机器人通常揪下来的毛比跳蚤还多。或者在沙子或灰尘里打滚。或者去游泳淹死它们……好吧，并不是真的把它们淹死了，而只是把它们洗掉了而已。如果有些不幸淹死，那是它们自己运气不好。

你可以让你的机器人把它们捉下来……但是他现在没有机器人了。

没有机器人可以捉跳蚤。

没有机器人可以帮助他寻找食物。

但是阿奇想起，下面的河边有一棵黑山楂树，昨晚的霜冻应该把果子打下来了。他咂咂嘴，想着山楂。山脊那边还有一片玉米地。如果动作够快，找准时机偷偷摸摸地掰一根玉米根本就不是什么难事。再怎么糟糕，在沙洲上还会有树根、野橡子和那一小片野葡萄。

让鲁弗斯去吧，阿奇喃喃自语道。让狗继续经营饲食站。让守卫继续监视。

他要过自己的生活。他会吃水果，挖树根，然后偷袭玉米地，就像他久远的祖先曾做的那样。

他要过回在狗带着"野兽兄弟情谊"的想法到来之前的生活，像其他浣熊曾经生活的那样。像动物们曾经生活的那样，在他们学会说话、学会阅读狗提供的书籍、用机器人来代替手、拥有温暖明亮的洞穴之前。

是的,在那个决定你是留在地球还是去另一个世界的抽签活动出现之前。

阿奇记得,狗对此有充分的理由,非常合理,并且温文尔雅。他们说,有些动物必须去其他世界,否则地球上就会有太多动物。他们说,地球不够大,容纳不下所有动物。他们指出,抽签决定谁去其他世界是公平的。

而且,他们说,其他世界几乎就跟地球一样。因为那些世界只是地球的延伸。只是跟随地球发展轨道的其他世界。也许不太一样,但是非常接近,只有一些微小的差异。也许是在地球上有树的地方而那里没有树;而地球上有核桃树的地方,也许那里是一棵橡树;也许那里会有一汪新鲜的冷泉,而地球上的同一地点没有这样的泉水。

也许,荷马当时非常热情地告诉他……也许他被分配去的世界会比地球更好。

阿奇蜷缩在山坡上,感受着秋天温暖的阳光穿透寒冷的秋风。他想起了黑山楂,又软又绵,会有一些落在地上。他会把掉在地上的吃了,然后爬到树上再摘一些,然后再爬下来,把爬树时摇下来的山楂果吃完。

他会吃掉它们,用爪子抓着,还会把它们抹在脸上。他甚至可能在里面打滚。

他用眼角的余光瞥见草丛里有东西在跑。就像蚂蚁,他想,只是它们不是蚂蚁。至少,不像他以前见过的任何蚂蚁。

也许是跳蚤。一种新的跳蚤。

他啪地一掌,抓住了一只。感觉到它在自己的手掌中跑动。他张开爪子,见它在跑,又把爪子合上了。

他把爪子举起来凑到耳边,仔细聆听。

他抓到的东西竟然在滴答作响!

野生机器人的营地与荷马想象中的完全不同。没有建筑物,只有发射坡道,三艘宇宙飞船,以及在其中一艘飞船上工作的六个机器人。

荷马暗忖,尽管仔细想想就应该知道在机器人营地里不会有建筑。因为机器人不需要庇护所,而这恰是建筑物的主要功能。

荷马很害怕,但他努力不表现出来。他把尾巴盘在背上,昂着头,竖起耳朵,毫不犹豫地向那一小群机器人小跑过去。当他走到他们身边时,他坐下来,伸出舌头,等着他们发话。

但他们都默不作声。他鼓起勇气,开口说道:

“我叫荷马,是狗的代表。我想和你们领头的机器人谈谈。”

这些机器人继续工作了一分钟,终于,其中一个转过身来,在荷马身旁蹲下,好让自己的头和狗的头一样高。其他所有的机器人都在继续工作,好像什么都没发生。

“我叫安德鲁,”蹲在荷马旁边的机器人说,“不过我不是你所说的领头机器人,因为我们没有这样的概念。但是我可以和你聊聊。”

“我来找你们是为了大楼的事。”荷马告诉他。

“我想,”叫安德鲁的机器人说,“你说的是我们东北面的那个建筑,就是你从这里只要转过身就能看到的那个。”

“就是那个,”荷马说,“我来是想问你们为什么要建造它。”

“我们没有建造它。”安德鲁说。

“我们看到有机器人在上面工作。”

“是的,那里有机器人在工作。但是我们没有建造它。”

“你们在帮助别人吗?”

安德鲁摇了摇头,“我们中的一些接到召唤,去那里工作。其余机器人不会阻止他们,因为我们都是自由行动的。”

“那是谁在建造它呢?”荷马问。

“是蚂蚁。”安德鲁说。

荷马惊讶得下巴都要掉地上了。

“蚂蚁?你是说那些昆虫,住在小小山丘里的那些小东西吗?”

“非常正确。”安德鲁说。他用一只手的手指模仿匆忙穿过沙地的蚂蚁。

“但是他们不可能建造一个那样的地方,”荷马反驳道,“它们缺乏智力。”

“不再是这样了。”安德鲁说。

荷马一动不动地坐着,像是被冻僵在沙地上,恐怖的寒意在他的神经上蔓延开来。

“不再是这样了，”安德鲁自言自语道，“不再缺乏智力了。你知道吧，从前，有一个叫乔的人……”

“一个人？那是什么？”荷马问。

机器人发出咯咯的响声，好像在轻轻地责备荷马。

“人是一种动物，”他说，“用两条腿走路的动物。他们看起来跟我们很像，只是他们是肉身，而我们是金属。”

“你一定是在说韦伯斯特吧，”荷马说，“我们知道类似的生物，但我们称之为韦伯斯特。”

机器人缓缓地点了点头，“是的，韦伯斯特家的人也是人。他们有一个家族就叫这个名字，就住在河对岸。”

“有一个地方叫韦伯斯特之家，”荷马说，“就在韦伯斯特山上。”

“就是那个地方。”安德鲁说。

“我们维护着它，”荷马说，“它是我们的神殿，但我们不明白为什么。这是代代流传的嘱托……我们必须保留韦伯斯特之家。”

“韦伯斯特，”安德鲁告诉他，“就是那些教会你们狗说话的人。”

荷马僵在了原地，“没有人教我们说话。是我们自己学会的，在多年的发展历程中。然后我们教会了其他动物。”

机器人安德鲁弓着背坐在阳光下，点了点头，好像在思考什么。

“一万年，”他说，“不对，应该是接近一万两千年。大概一万一千年左右。”

荷马等待着。在他等待的时候,他感觉到岁月的重量压在群山上……河流和太阳的岁月,沙子、风和天空的岁月。

还有安德鲁的岁月。

“你很老了,”他说,“你还记得那么久之前的事吗?”

“记得,”安德鲁说,“尽管我是最后一批人造的机器人之一。我是在他们去木星的前几年被制造出来的。”

荷马默不作声地坐着,脑子里一阵嗡嗡乱响。

人……一个新词。

有两条腿的动物。

制造机器人、教狗说话的动物。

安德鲁仿佛读懂了荷马的心思,对他说:“你们不应该远离我们。我们应该合作的。我们曾经合作过一次。如果我们合作,双方都会受益的。”

“我们害怕你们,”荷马说,“我还是很怕你。”

“是的,”安德鲁说,“是的,我想你会这样。我猜是詹金斯让你们害怕我们的。因为詹金斯是个聪明的机器人。他知道你们必须重新开始。他知道你们不能带着人类记忆这个沉重的枷锁。”

荷马默默地坐着。

“而我们,”机器人说,“就是人类的记忆。我们做着他们从前所做的事,不过更加科学,因为我们是机器,必须科学精确。我们也比人类更有耐心,因为我们可以永生,而他们只有短短的数十年时间。”

安德鲁在沙地上画了两条线,又再画了两条线与它们交叉,形成一个“井”字。他在左上角的空心方格里打了一个“X”。

“你肯定以为我疯了,”他说,“认为我在胡说八道。”

荷马扭动着身体,朝沙子里陷得更深了。

“我不知道该怎么想,”他说,“这么多年来……”

安德鲁用手指在沙地上那个“井”字中间的方格里画了一个“O”。

“我知道,”他说,“这么多年来,你们一直怀揣一个梦想而活着。狗是先行者的想法。而事实却难以理解,难以调和。也许你忘了我说的话会好一点儿。事实有时是痛苦的,但机器人必须以事实来工作,因为这是机器人唯一能依靠的东西。我们不能异想天开,你知道,我们只有事实。”

“我们很久以前就过了依靠事实的阶段了,”荷马告诉他,“并不是说我们完全忽视事实,我们有时确实会用到它。但是我们依靠其他方式来工作,例如直觉和倾听。”

“因为你们不是机器,”安德鲁说,“对你来说,二加二不一定是四,但对我们来说肯定是的。有时我在想,传统是否蒙蔽了我们。有时我会想,二加二可能会比四多或者少。”

他们静静地蹲着,看着河水如熔化的银水般从一片彩色的土地上滚滚而下。

安德鲁在“井”字的右上角画了个“X”,在上排的中间方框里画了个“O”,然后在下排的中间方框里画了个“X”。他用手掌把沙子抚平。

“我从来没有赢过自己,”他说,“我自己太聪明了。”

“你刚刚在跟我说关于蚂蚁的事,”荷马说,“你说它们不再缺乏智力了。”

“哦,是的,”安德鲁说,“我说到有一个叫乔的人。”

詹金斯大步跨过小山,没有东张西望,因为有些东西他不想看到,有些东西在他的记忆里已经根深蒂固。有一棵树,矗立在另一个世界里的另一棵树曾经矗立的地方。这印在他脑海中的地形,在一万年间留下了十亿个脚印。

冬日午后微弱的阳光在天空中闪烁,就像风中摇曳的蜡烛。当它稳定下来不再闪烁的时候,詹金斯发现它变成了月光,而不再是阳光。

詹金斯停下了他的步伐,转过身,房子就在那里……低低地倚着地面,横跨小山,像一个睡意正酣的小家伙紧紧地贴着大地母亲。

詹金斯犹豫地迈出一步。当他移动的时候,他的金属身体在月光下闪闪发光,而这道月光在瞬息之前还是阳光。

山谷里传来了夜莺的叫声,山脊下的玉米地里有一只浣熊在呜咽。詹金斯又走了一步,祈祷房子能留下……虽然他知道那是不可能的,因为它根本不存在。因为这是一个空荡荡的山顶,从来没有过房子。这是另一个世界,没有房子的世界。

房子依旧在那儿,黑暗而寂静,烟囱里没有烟,也没有光从窗户里透出来,但却有着记忆中的纹理,他不会弄错。

詹金斯走得很慢,很小心,生怕房子会消失,害怕会吓着它,让它不复存在。

但是房子一动不动。还有其他不对劲的地方。角落里的那棵树原来是榆树,现在变成了橡树,位置跟以前一模一样。冬天的太阳变成了秋天的月亮。微风是从西方吹来的,而不是北方。

有什么事发生了,詹金斯想。让我越来越欢喜的东西,我能感受到却无法理解的东西。是形成了一种新的能力?还是开启了一种新的感官?或者是我做梦都没想过的力量。

一种可以随心所欲地在两个世界间行走的力量。一种可以通过最短的路径,去往我选择的任何地方的力量。而这种最短的路线,是力量与偶发事件的交错为我召唤出来的。

他不再走得那么小心翼翼了,而房子依然稳稳当当地待着,一点儿也没有受到惊吓。

他越过长满草的天井,站在门前。

他迟疑地伸出一只手,放在门闩上。门闩真真切切地在那里。不是幻影,而是坚固的金属。

他慢慢地抬起它,门开了,他跨过了门槛。

五千年后,詹金斯回家了……回到了韦伯斯特之家。

所以，有一个叫乔的人。不是一个韦伯斯特，而是一个人。因为韦伯斯特就是人。而狗并不是先行者。

荷马躺在火炉前，浑身软绵绵的，头枕在伸出来的爪子上。他半睁着眼睛，看到了火和影子，感觉到炽热的木头伸出火舌来想要舔舐他的皮毛。

但在他的脑海里，他看到的是沙地、蹲坐的机器人和布满岁月痕迹的山丘。

安德鲁曾经蹲在那片沙地上侃侃而谈，秋日的阳光落在他肩膀上……他聊起了人、狗和蚂蚁。聊到了纳撒尼尔还活着时的事——那是很久以前了，因为纳撒尼尔是第一只出现的狗。

曾经有一个叫乔的人……一个变种人，一个超越人类的人……一万二千年前，他就在思考蚂蚁的事。思考为什么蚂蚁在取得了如此巨大的进步之后却止步不前，以至于走进了命运的死胡同。

乔曾经推断，也许是因为饥饿……为了生存，蚂蚁一直处于收集食物的迫切状态。也许是因为冬眠，停滞的生活，断裂的记忆链，每一年蚂蚁都需要重新开始。

安德鲁不停地说着，他那光秃秃的头顶在阳光下闪闪发亮。因此，乔选了一座小山，把自己当作神来改变蚂蚁的命运。他喂养它们，免去其为饥饿奔波之苦。他把小山围在一个玻璃圆顶里，并为之供暖，这样蚂蚁就不需要冬眠了。

这些措施奏效了。蚂蚁不断地进化。它们制造了推车，冶炼矿石。所能知道的只有这些，因为在地面上能看到推车，而从山上隆起的烟囱里则冒出了刺鼻的冶炼烟气。至于它们还做了什么、还学到了什么，那就是发生在它们隧道深处的事了，无从得知。

安德鲁说，乔疯了。很疯狂……不过，也许也没那么疯狂。

某一天，他打破了玻璃圆顶，用脚把小山踩得粉碎，然后转身就走，丝毫不关心蚂蚁的遭遇。

但是这激发了蚂蚁的斗志。

正是这破穹之手，毁山之足，让蚂蚁走上了通往伟大的道路。这激起了它们的反抗……它们努力抗争，想要保住曾经拥有的东西，阻止其命运再次遭遇瓶颈。

小小一步，安德鲁说，只是小小一步，却让蚂蚁在正确方向上前进了一大步。

一万二千年前，一座被践踏得支离破碎的小山。如今，一座逐年壮大的宏伟建筑。在短短的一个世纪里，这座建筑就吞并了一个小镇，并且还会在接下来的一个世纪里再占有一百个小镇。一座可以不断扩张并占领土地的建筑，占领那些不属于蚂蚁而是属于动物的土地。

一座建筑……尽管它从一开始就被称为大楼，但将其归类为建筑却并不完全准确。因为建筑物是避难所，是躲避暴风雨和寒冷的地方。而蚂蚁不需要，因为它们有自己的隧道和山丘。

为什么蚂蚁要在一百年的时间里建造一个横跨整个城镇的大楼,而且还在不断扩张?蚂蚁能用这样的大楼做什么呢?

荷马不断用爪子蹭着下巴,喉咙里发出烦躁的咆哮声。

无法知道。因为,首先你得知道蚂蚁是怎么思考的。你得知道蚂蚁的野心和目标。你得了解蚂蚁所拥有的知识。

一万二千多年间积累的知识。一万二千年,始于蚂蚁自己都不知道的一个起点。

但你必须知道。一定有办法知道的。

因为,年复一年,这幢大楼会一直扩张。先是扩大一英里,然后是六英里,再然后是一百英里。一百英里之后又是一百英里,最终会占据这整个世界。

撤退,荷马想。是的,我们可以撤退。我们可以迁往其他的世界,那些在时间之溪里紧紧跟随我们的世界,那些彼此之间摩肩接踵、紧密相接的世界。我们可以把地球让给蚂蚁,仍然会有留给我们的空间。

但这里是家。这是狗文明发源兴起的地方。我们就是在这里教动物们说话、思考和一起行动的。这是我们创造野兽兄弟情谊的地方。

因为谁是先行者并不重要……是韦伯斯特也好,是狗也罢。这个地方是家。是我们的家也是韦伯斯特的家。是我们的家也是蚂蚁的家。

我们必须阻止蚂蚁。

一定有阻止它们的方法，有办法跟它们交谈，找出它们想要什么。有办法与它们讲道理，在某种基础上进行谈判，然后达成一些协议。

荷马一动不动地躺在壁炉边，听着屋子里回荡的低语，远处执行任务的机器人轻柔的脚步声，楼上房间里狗们低声的交谈，还有火舌吞噬木柴发出的噼啪声。

美好的生活，荷马自言自语地说。美好的生活，我们自以为是我们创造的，但安德鲁说不是我们。安德鲁说我们对机械技能和机械逻辑一丁点儿贡献也没有，尽管这是我们的遗产……他还说我们失去了很多。他谈到了化学，并试图跟我说明白，但是我听不懂。他说，就是对元素的研究，还有分子和原子之类的东西。还有电子……虽然他称赞我们不依靠电子而做的一些事，比人类使尽浑身解数做的都要漂亮。他说，就算研究一百万年电子，也可能无法到达那些其他的世界，甚至不知道它们的存在……而我们做到了，做成了一件韦伯斯特做不到的事。

因为我们的思维方式和韦伯斯特不一样。不，不是韦伯斯特，而是人。

还有我们的机器人。我们的机器人并不比人类留给我们的机器人好多少。有了一些小小的修正，虽然明显，但并非真正的提升。

谁会想到去完善一个机器人呢？

改良出更好的玉米穗,可以。或者更好的核桃树,或者一种长得更饱满的野生水稻。找出更好的方法用酵母来替代肉类。

但至于一个更好的机器人……有什么必要呢,机器人会做所有我们希望它做的事情。为什么还要改进它?

然而……机器人们接到召唤就去大楼了,去建造一个会把我们赶出地球的庞然大物。

我们不明白。是的,我们无法理解。如果我们更了解我们的机器人,我们可能会理解。如果理解,我们就可以将它们修理好,这样机器人就不会再接到召唤,或者,即使接到了也不会去理会。

无疑,这就是答案。如果机器人不去建造,就不会有大楼。因为没有机器人的帮助,蚂蚁们的建筑大业将难以为继。

一只跳蚤在荷马的头皮上乱窜,他扇了扇耳朵。

不过安德鲁可能是错的,他想。我们中流传着关于野兽兄弟情谊的传说,而野生机器人有一套关于人类衰落的故事。到目前为止,有谁能说二者中哪一个是对的呢?

但安德鲁的说法确实合情合理。有狗,有机器人,当人类衰落时,他们就分道扬镳了……尽管我们保留了一些机器人来给我们做帮手。一些机器人待在我们身边,但却没有狗待在机器人身边。

一只深秋的苍蝇嗡嗡地从角落里飞了出来,在火光中不知何去何从。它在荷马的头上嗡嗡作响,然后落在他的鼻子上。荷马瞪着它,它抬起腿,傲慢地捋着翅膀。荷马一爪猛拍下去,苍蝇飞走了。

门口传来敲门声。

荷马抬起头，眨了眨眼睛。

“进来。”他终于说道。

是机器人希西家。

“他们抓住阿奇了。”希西家说。

“阿奇？”

“是的，阿奇，那只浣熊。”

“噢，对，”荷马说，“是那个逃跑的家伙。”

“他们现在把他带到这儿来了，”希西家说，“你要见见他吗？”

“让他们进来吧。”荷马说。

希西家挥了挥手，阿奇慢悠悠地走进门来。他的皮毛凌乱，缠满了芒刺，尾巴拖在地上。在他的身后跟着两个机器人看守。

“他想偷玉米，”看守说，“我们发现了他，但追了很久才追到。”

荷马迟缓地坐起来，看着阿奇。阿奇也毫不退缩地盯着他。

“如果鲁弗斯还在的话，他们可别想抓住我，”阿奇说，“鲁弗斯是我的机器人，他会提醒我的。”

“那鲁弗斯现在在哪里？”

“他今天接到了召唤，”阿奇说，“就撇下我去大楼了。”

“告诉我，”荷马说，“鲁弗斯离开之前发生过什么事吗？有什么不寻常的、跟平时不一样的地方？”

“没什么特别的，”阿奇说，“除了他掉进了一座蚁丘之外。他是个笨拙的机器人。走路总是跌跌撞撞的……常常自己绊倒自己，左右脚纠缠在一块儿。他不具备机器人应有的协调性。某个地方的螺丝有点儿松了。”

一个又黑又小的东西从阿奇鼻子上跳下来，在地板上跑动。阿奇的爪子闪电般地伸出去，一把抓住了它。

“你最好往后退点儿，”希西家警告荷马说，“他身上全是跳蚤。”

“这不是跳蚤，”阿奇气冲冲地说，“是别的东西。我今天下午就抓住它了。它会发出滴答滴答的声音，看上去像只蚂蚁，但其实不是。”

那滴答作响的东西从阿奇的爪子间漏了出来，正面朝上地落在了地板上，并很快翻了个身。阿奇又伸出爪子想去抓它，但被它曲曲折折地躲了过去。刹那间，它像一道闪电般窜到希西家腿上。

荷马像是突然明白了什么，站了起来。

“快！”他喊道，“抓住它！别让它……”

但它已经不见了踪影。

荷马慢慢地再次坐下。他的声音现在很轻，轻得近乎致命。

“看守，”他说，“把希西家关押起来。寸步不离，不要让他跑了。他所做的一切都要向我报告。”

希西家往后退了几步。

“但是我什么都没做。”

“是的，”荷马轻声说道，“你还没有，但是你会的。你会接到召唤,然后会抛弃我们,去往大楼。在我们放你走之前,我们要找出是什么让你这么做。它是什么,以及它是如何影响你的。”

荷马转过身来,脸上皱起了狗的笑容。

“现在,阿奇……”

但阿奇不在了。

一扇窗户开着,而阿奇不见了。

荷马在干草床上动了动,不愿醒来,喉咙里发出低沉的咕噜声。

我老了,他想。经过了太多岁月,就像那些山丘一样。曾经门上一有什么动静我就会第一个起床,精神抖擞,毛里还扎着干草,大声吠叫着通知机器人。

敲门声再次响起,荷马蹒跚地站了起来。

“进来!”他喊道,“别吵了,进来吧。”

门开了,是一个机器人,但是比荷马以前见过的机器人都大。一个闪闪发光而又庞大的机器人,打磨光滑的身体即使在黑暗中也发着微光。坐在机器人肩膀上的,是浣熊阿奇。

“我是詹金斯,”那机器人说道,“我今晚刚回来。”

荷马大口喘着气,非常缓慢地坐下。

“詹金斯,”他说,“那些很久以前的故事……传说……”

“只是传说?”詹金斯问道。

“是的,”荷马说,“关于一个机器人曾经照顾我们的传说。不过今天下午安德鲁说到詹金斯的时候,就好像真认识这个机器人似的。还有一个故事,说狗们在你七千岁生日那天送给你了一具身体,那是一具神奇的身体……"

他的声音低了下去……因为站在他面前的这个机器人的身体,肩膀上趴着浣熊的这个身体……不可能是别的,只可能是那个生日礼物。

"韦伯斯特之家呢?"詹金斯问,"你们还保留着它吗?"

"我们仍然保留着韦伯斯特之家。"荷马说,"维持着原样,这是我们必须做的事情。"

"那些韦伯斯特呢?"

"一个韦伯斯特都没有了。"

詹金斯点点头。他灵敏的感官告诉他如今根本没有韦伯斯特,没有韦伯斯特的振动。他接触到的这些动物脑子里根本没有关于韦伯斯特的想法。

这是应该的。

他慢慢地踱过房间,尽管他身量巨大,脚步却像猫一样轻盈。荷马感到他在移动,感受到这个金属块头的友好和善良,以及他内心的巨大力量对自己的爱护。

詹金斯蹲在他旁边。

"你遇到了麻烦。"詹金斯说。

荷马看着他。

“那些蚂蚁的事，”詹金斯说，“阿奇都告诉我了。说那些蚂蚁让你困扰。”

“我跑到韦伯斯特之家躲了起来，”阿奇说，“我害怕你会再次追捕我，我想韦伯斯特之家……”

“嘘，阿奇，”詹金斯对他说，“你对此一无所知。你说你什么也不知道，只是说狗遇到了蚂蚁带来的麻烦。”

他看着荷马。

“我想它们是乔的蚂蚁。”他说。

“所以你知道乔，”荷马说，“所以的确有一个人叫乔。”

詹金斯笑了，“是的，一个爱惹麻烦的人，但有时很可爱。他身体里住着一个魔鬼。”

荷马说：“那些蚂蚁正在建造。让机器人为它们工作，正在盖一座大楼。”

“当然了，”詹金斯说，“即便是蚂蚁也有建造东西的权利。”

“但是它们建得太快了，会把我们赶出地球。如果继续以现在的速度建造，再过一千年左右，这个大楼就会覆盖整个地球。”

“你们就无处可去了？这就是你担心的原因。”

“不，我们有可以去的地方。有很多地方，所有的其他世界，那些卵石世界。”

詹金斯严肃地点了点头，“我去过一个卵石世界，是这个世界之后的第一个世界。五千年前，我带着一些韦伯斯特去了那里，今晚才刚回来。我知道你的感受,别的任何世界都不是家。在这五千年里,我无时无刻不在渴望着回到地球。我回到了韦伯斯特之家,发现阿奇在那里。他告诉了我关于蚂蚁的事,所以我就来找你了。希望你不要介意。”

“我们很高兴你来了。”荷马轻声说。

“那些蚂蚁,”詹金斯说,“我猜你是想阻止它们。”

荷马点了点头。

“有一个办法,”詹金斯说,“我知道有一个办法。是韦伯斯特的办法,如果我能想起来的话。但那是很久以前了。而且我知道那是一个简单的办法,一个非常简单的办法。”

他抬起手来,在下巴上来回刮擦着。

“你在做什么?”阿奇问道。

“嗯?”

“那样搓自己的脸。为什么要这样做?”

詹金斯把手放了下来,“只是一种习惯,阿奇。一种韦伯斯特的手势,意味着他们在思考。我是从他们那里学来的。”

“这会帮助你思考吗?”

“呃,也许会吧,也许也不会。不过它似乎对韦伯斯特们有所帮助。那么,韦伯斯特在这种情况下会做什么呢?韦伯斯特可以帮助我们。我知道他们可以……”

“卵石世界里的那些韦伯斯特?”荷马说。

詹金斯摇了摇头,“那里一个韦伯斯特都没有了。”

“但是你说你带去了一些。”

“我知道。但是他们现在不在那里了。我在那个卵石世界里,一个人过了将近四千年。”

“那就没有韦伯斯特了,其余的去了木星,安德鲁告诉我的。詹金斯,木星在哪里?”

“不,还有,”詹金斯说,“我是说,还有一些韦伯斯特。或者曾经有过。有一些留在了日内瓦。”

“这不好办,”荷马说,“即使是韦伯斯特,也不容易解决。那些蚂蚁很聪明。阿奇告诉你他发现的跳蚤了吧。”

“那不是跳蚤。”阿奇说。

“是的,他告诉我了,”詹金斯说,“说它跳到了希西家身上。”

“不是跳到身上,”荷马告诉他们,“准确来说,是进入。那不是跳蚤……那是一个机器人,一个微型机器人。它在希西家的头骨上钻了一个洞,然后进入他的大脑,再把那个洞封上。”

“那希西家现在在做什么呢?”

“什么也没做,”荷马说,“但我们很确定,一旦那个蚂蚁机器人把装置安装好,希西家就会有所行动。他会接到召唤,然后去大楼工作。”

詹金斯点点头。“控制,”他说,“它们自己不能做这样的工作,所以就控制了可以这么做的机器人。”

他再次抬起手,刮擦着下巴。

“我在想乔是否知道,”他喃喃道,“当他在蚂蚁面前扮演上帝的角色时,他是否知道会有今天的情况。”

但这太荒谬了。乔不可能会知道的。即使像他这样的变种人,也无法预测一万二千年后的事。

那是太久以前了,詹金斯想。这期间发生了太多的事情。那时候布鲁斯·韦伯斯特才刚刚开始在狗身上做实验,梦想着狗学会说话、思考,然后与人类共同走上命运之路……那时候他并不知道在短短几个世纪之内,人类就会被永恒的风吹向四方,而把地球留给机器人和狗;并不知道甚至人类之名也会在岁月的尘埃中被遗忘,这个种族的名字竟会被一个家族的姓氏所取代。

但是,詹金斯想,如果非要用一个家族的姓氏来命名整个人类的话,那就应该是韦伯斯特。我记得他们,就像还是昨天一样。在那些日子里,我把自己也当作韦伯斯特家的一员。

上帝知道我有多努力。我已经尽力了。当人类离开时,我守在韦伯斯特家的狗身边;后来,人类那个狂妄种族最后一批麻烦的幸存者被我带去了另一个世界,为狗扫清道路……这样狗就可以按照他们的计划来改造地球。

现在,即使是最后那些麻烦的幸存者们也离开了……去了某个地方,某个我希望我能知道的地方,逃到人类心灵的某种幻想中去了。而木星上的那些人甚至都不是人,而是其他物种了。日内瓦也关闭了……与世隔绝。

不过日内瓦不可能比我来的那个世界更遥远,或更封闭。要是我能知道自己是如何从流亡的卵石世界回到韦伯斯特之家的就好了……那样,也许,有可能,我可以用某种方式到达日内瓦。

这是一种新力量,他对自己说。一种新能力。一种在我不知不觉中生长出来的能力。一种每个人,每个机器人……也许还有每条狗……都可以拥有的东西,只要知道正确的方法就行。

虽然也有可能是我的身体使这种能力成为可能……狗们在我七千岁生日时送给我的这具身体。一具比任何血肉之躯所能做到的都更多的身体。一具能知道熊在想什么或狐狸在梦什么的身体,还能感知到草地上奔跑的小老鼠的快乐思维。

满足愿望。可能就是这样。他对那些几乎不存在、往往也不可能存在的事物怀揣着奇怪而不合逻辑的渴望,而这就是对这种渴望的回应。如果能够培育和发展这种指导头脑和身体去实现愿望的新能力,或者能够把这种能力移植到自己身上,那么这一切都是可能的。

我每天都会走到那座山上去,他回忆道。走去那里,是因为我无法远离它,因为那种渴望是如此强烈,它让我变得坚强,哪怕我不会看得太仔细,因为有些我不希望看到的差异,我也依然要走到那里去。

我在那里走了无数次,内心的力量才变得足够强大,把我带了回来。

因为我被困住了。把我带去卵石世界的那个词汇、那种思维和概念，是一张单程票。它把我带到了那里，但却不能把我带回来。但还有另一种我不知道的方式。即使到现在我也不知道。

“你说有办法的。”荷马敦促道。

“有办法?”

“对，一种阻止蚂蚁的方法。”

詹金斯点点头，“我会找到的。我要去一趟日内瓦。”

琼恩·韦伯斯特醒了。

他想，这很奇怪，因为我说的是永远。

我要永远睡下去，而永远是没有尽头的。

除此之外的一切都是久睡之后的迷茫和昏沉，但这一点在头脑中格外突出和清晰。永恒，但这不是永恒。

一个词在他心里跳动，就像远处一扇门上微弱的敲门声。

他躺着，听着那敲门声，那个词，从一个词变成了两个词……是他的名字：

“琼恩·韦伯斯特。琼恩·韦伯斯特。”这两个词持续不停地响着，敲击着他的大脑。

“琼恩·韦伯斯特。”

“琼恩·韦伯斯特。”

“我在这儿。”韦伯斯特的大脑说。于是，这两个词停了下来，没有再出现。

一片沉寂中，遗忘的迷雾渐渐淡化。记忆一点一滴地回来了。一点一点地。

有一个城市，名叫日内瓦。

人们住在这座城市，但漫无目的。

狗住在城外……在城市以外的整个世界。狗有目的和梦想。

萨拉爬上山，要求沉睡一个世纪。

而我……我，琼恩·韦伯斯特想，我上了山，要求睡到永恒。这不是永恒。

“我是詹金斯，琼恩·韦伯斯特。”

“是的，詹金斯，”琼恩·韦伯斯特说，但他并没有说出来，没有用嘴、舌头和喉咙说出来，因为他感觉某种液体在挤压着他躺在圆筒里的身体。这些液体为他输送营养，让他不至于脱水，同时也封住了他的嘴唇，眼睛和耳朵。

“是的，詹金斯，”韦伯斯特在心里说道，“我记得你。我现在记起你来了。你从一开始就和我们家族在一起。你帮助我们驯化了狗。当这个家族不再存在时，你留在了狗身边。”

詹金斯说：“我现在仍然和他们在一起。”

“我要求了永恒的沉睡，”韦伯斯特说，“我关闭了这座城市，寻求永恒。”

“我们经常在想，”詹金斯告诉他，“你为什么要关闭这座城市？”

“那些狗，”韦伯斯特在心里说道，“他们必须得有机会。而人类会毁掉他们的机会。”

詹金斯说：“狗做得很好。”

“但是这座城市现在开启了吗？”

“不，它仍然封闭着。”

“但是你来到了这里。”

“是的，但只有我知道怎么来。不会再有别人了。反正，已经很久都没有人了。”

“时间，”韦伯斯特说，“我忘记了时间。詹金斯，过了多久了？”

“从你关闭了城市那时起吗？一万年左右。”

“还有其他人吗？”

“是的，但他们正在沉睡。”

“机器人呢？机器人还在守着吗？”

“他们仍然守着。”

韦伯斯特安静地躺着，心中一片平和。城市仍然关闭着，最后一批人还在睡觉。狗的情况很好，机器人一直在一旁看守。

“你不该叫醒我，”他说，“你应该让我继续睡觉。”

“有件事我必须知道。我曾经知道，但我已经忘记了。一件很简单的事。简单但是非常重要。”

韦伯斯特在心里咯咯笑了，“什么事，詹金斯？”

“跟蚂蚁有关，”詹金斯说，“蚂蚁曾经也困扰着人类。你们是怎么做的？”

“这有什么难的，我们毒死了它们。”韦伯斯特说。

詹金斯倒吸一口气，“毒死了它们？”

“是的，”韦伯斯特说，“很简单的一件事。我们用一种糖浆来吸引蚂蚁。然后在里面放了毒药，一种可以将蚂蚁毒死的毒药。但不用放太多，这样它们就不会立刻死掉。所以是一种慢性毒药，它们会有充足的时间将毒糖浆带回蚁穴。这样一来，我们就可以杀灭很多蚂蚁，而不仅仅是两三只。”

寂静在韦伯斯特的脑袋里嗡嗡作响……没有思想，没有言语的沉寂。

“詹金斯，”他说，“詹金斯，你还……”

“嗯，是的，琼恩·韦伯斯特，我在这里。”

“这就是你想要的？”

“这就是我想要的。”

“那我可以再次入睡了。”

“是的，琼恩·韦伯斯特。再次睡去吧。”

詹金斯站在山顶上，感觉到冬季的第一阵狂风在大地上呼啸而过。在他脚下那条通往河边的斜坡上，到处是光秃秃的树木，把山坡涂成斑驳的灰色和黑色。

在东北方,一个巨影耸然而立。那是不祥的阴云,被称作大楼。一个诞生于蚂蚁脑中的不断生长的建筑,为了什么目的,要达到什么样的终点,除了蚂蚁之外谁也无法准确地预测。

但是有一种对付蚂蚁的方法。

人类的方法。

琼恩·韦伯斯特在沉睡了一万年后告诉他的方法。一种简单而基础的方法,一种残酷但有效的方法。弄一些蚂蚁喜欢的甜甜的糖浆,然后在里面下毒……做成慢性毒药,这样药效不会发挥得太快。

詹金斯说,一种简单的下毒的方法。非常简单。

除了,它涉及化学反应,而狗对化学一无所知。

除了,它会引起杀戮,而现在已经不再有杀戮了。

甚至连跳蚤都并未被消灭掉,天知道它们给狗带来了多少麻烦。甚至连蚂蚁也并未被杀害……尽管这些蚂蚁的行为威胁着动物们的发源地。

已经有五千多年没有发生过杀戮。杀戮的念头已经从动物们的头脑中消失了。

詹金斯对自己说,这样更好。比起回到杀戮的世界,失去一个世界更好。

他慢慢转过身,走下山去。

荷马会失望的,他想。

当他知道韦伯斯特也无法对付蚂蚁的时候,他会非常失望……

对《结局》的说明

我从未想过要写《结局》这个故事。就我而言，这些故事就以《简单的方法》结束了。

当约翰·W.坎贝尔于1971年去世时，一群从四五十年代就与他有所交集的作家认为，应该出版一本纪念他的书。这本书应由为《惊奇科幻》杂志（该杂志几年前更名为《类比》）撰稿的作者们写的新故事组成。在这本纪念集的故事中，作者们试图重现以前《惊奇科幻》杂志内容的精神和本质。

由于所有“荒城”系列的故事，除了一篇例外，都是在坎贝尔的编辑下发表在《惊奇科幻》杂志上的，因此该纪念集的指定编辑哈里·哈里森请我再写一篇“荒城”的故事。我内心是有所逃避的。我告诉自己，这个传说已经非常完整了；我也怀疑，在写完其他故事二十多年后，自己是否还有能力创作第九则“荒城”的故事。毕竟，我知道那时的我和创作这一系列故事时更年轻的那个我，已经是不同的作家。但我确实很想为约翰写最后一个故事；而且我知道，如果我要写，它就应该是同属于“荒城”系列的故事。所以我写下了《结局》。它只能是关于詹金斯的故事，因为我创造的所有角色里，只剩下了詹金斯。韦伯斯特一族早已不复存在。

我认为《结局》反响还不错。但是，我不确定自己是否乐于看到它与其他故事放到一起。如果只是为了完整性，我能理解编辑想把它收录进新版的愿望。就我自己而言，这个故事中有一种我不愿再去触及的终结和悲凉。

结　局

詹金斯走过草地，与草地上的小老鼠们交谈，同它们一块儿在草丛中修建的隧道里奔跑。与老鼠为伍，尽管没有太多的满足感。它们很愚蠢，无知无觉，漠不关心，但它们却拥有一种温暖、一种宁静的安全感和幸福。因为它们独自生活在草地世界里，没有危险和威胁。已经没有什么能威胁到它们了。这世界上只剩下老鼠的身影，除了那些作为食物的昆虫之外。

詹金斯回忆起，他过去常常在想，当所有的动物都和狗一起去了一个卵石世界时，老鼠为什么还留下来。当然，它们本来可以离开的。狗可以带它们走，但它们并不希望离去。也许它们对自己所在之处很满意；也许它们深深眷恋着故土，不愿离开。

老鼠和我，詹金斯想。因为他本来也可以走的。如果他愿意，他甚至现在也可以走。他随时都可以离开。但是像老鼠一样，他没有走,而是留下了。他无法离开韦伯斯特之家。没有它,他的生命便只剩下一半。

所以他留下了,而韦伯斯特之家仍然屹立着。尽管他告诉自己,如果不是他,这所房子不可能还这么完好。他保持着屋子的干净整洁,不时对它修修补补。当一块石头开始碎裂时,他就会另外去挖一块石头,塑造成类似的形状,然后小心翼翼地把坏的替换下来。也许在最初的一段时间里,换上去的石头对于这座老房子来说似乎太新、太陌生,但时间会有办法——有风、太阳、天气,还有苔藓和地衣。

他修剪草坪,照料着灌木和花坛。树篱也剪得干净整齐。木制品和家具都掸得干干净净,地板和窗棂也擦得一尘不染——房子依然屹立不倒。他不无满意地对自己说,如果有韦伯斯特家的人来住的话,这房子也够好了,尽管那毫无希望。去了木星的那些人已不再是韦伯斯特了;而在日内瓦的那些人还在睡觉——如果日内瓦和那里的韦伯斯特还存在的话。

因为现在蚂蚁占据了世界。它们把世界变成了一个建筑——至少他是这么认为的,虽然他无法真正确认。但就他所知道的,就他的机械感官所能触及的(它们可以感知到很多),除了蚂蚁建造的那座毫无意义的大楼之外,什么也没有。不过他提醒自己,说它毫无意义并不完全正确。因为无法知道它会有什么用途。谁也猜不出蚂蚁们目的何在。

蚂蚁占领了整个世界，但是到韦伯斯特之家这儿就停了下来。至于这样做的原因，则毫无线索。它们围绕着韦伯斯特之家进行建造，让这座老宅及其邻近的几英亩土地在大楼的环绕下成了一种开放式的庭院——以韦伯斯特之家依然矗立的这座小山为中心，形成了一个五英里的圆圈。

詹金斯在秋日的阳光下漫步于草地，他的步伐非常小心，以免伤害到老鼠。他想，除了老鼠，自己便是孑然一身了。而老鼠对他的孤独也几乎毫无帮助。韦伯斯特走了，狗和其他动物也走了。机器人也不在了，其中一些早就消失在蚂蚁的大楼里，帮助它们建造这个项目；其他的则忙着往别的星球发射太空飞船。詹金斯想，这个时候，他们应该已经到达了目的地。他们都已经离开很久了，而他许多世纪以来第一次想知道，那究竟是多久以前的事了。他发现自己找不到答案，也永远不会知道了，因为在过去某个遥远的时刻，他已经从大脑里完全抹去了对时间的感知。他故意不再去考虑时间，因为只要世界还存在，时间就毫无意义。直到后来他才明白自己真正想要的是遗忘。但是他错了，这个决定没有带来遗忘；他仍然记得，只是记忆的顺序杂乱无章。

他和老鼠，他想。当然，还有蚂蚁。但是蚂蚁并不能真正算数，因为他和它们没有来往。尽管拥有敏锐的感官，拥有狗们很久之前送他的这具身体中新的感知能力（当然现在已经不再是新的了），他也从来没能穿透蚂蚁大楼的墙壁，弄清楚里面可能发生的事。他并非没有尝试过。

穿过草地,他回想起最后一批狗离开的那一天。他们停留在此的时间很久,远远超出了忠诚和礼节所要求的。虽然他为此温和地责备过他们,但当他想起这一点时,心中仍然燃起了温情的火焰。

那时他正在院子里晒太阳,他们跑上山来,在他面前排成一排,像一群顽皮的孩子。"我们要走了,詹金斯,"他们中最前面的那只狗说,"我们的世界越来越小,已经没有奔跑的空间了。"

他对他们点了点头,因为他早就预料到了。他在想为什么这一天没有更早到来。

"你呢,詹金斯?"那只狗问道。

詹金斯摇了摇头。"我必须留下,"他说,"这是我的地方。我必须和韦伯斯特待在一起。"

"但是韦伯斯特已经不在这儿了。"

"不,他们还在。"詹金斯说,"也许对你来说不在了。但是对我来说,他们还在。对我来说,他们仍然住在石头砌成的韦伯斯特之家里。他们住在这树林里,这山坡上。这是庇护他们的屋顶,是他们走过的土地。他们永远不会离去。"

他知道这话听起来一定很愚蠢,但狗们似乎并不这样认为。他们好像明白了。已经过去了许多个世纪,但他们似乎仍然能够理解。

他说韦伯斯特还在那里——当时他们确实在。但当他走在草地上时,他想知道,现在他们还在吗?他有多久没有听到下楼的脚步声了?烧着壁炉的大客厅里有多久没有声音、他有多久没看见人了?

正当詹金斯在秋日的阳光下散步时,一两英里外蚂蚁大楼的外墙突然出现了一道巨大的裂缝。那裂缝越来越大,呈锯齿状从顶部蜿蜒向下延伸。而随着它的扩大,一些更小的裂缝也跟着冒了出来。墙面材料沿着裂缝破裂,一片片崩坏,滚落到草地上。然后,忽然之间,裂缝两边的墙似乎土崩瓦解,倒了下来。一团巨大的灰尘升到空中,詹金斯站在那里,呆呆地看着墙上的大洞。

在大洞那边,那座巨大的建筑就像一座圆形的山脉,山峰在大楼之上此起彼伏地四处耸立着。

墙上裂开了一个洞,之后什么也没发生。没有蚂蚁涌出,也没有机器人疯狂地奔跑。詹金斯心想,就好像蚂蚁们不知道似的,或者知道了也漠不关心,好像它们的大楼终于被攻破这件事没有什么大不了的。

一定是出了什么事,詹金斯有些惊讶地对自己说。终于,在这个韦伯斯特的世界里发生了一件大事。

他向前朝着墙上的洞走去,走得并不快,因为似乎没有必要着急。慢慢地,尘埃落定,不时还有大的墙块松动掉落。他来到破裂的地方,爬上废墟,走进了大楼。

建筑内部没有室外那么明亮,但仍有大量光线透过可以被称作天花板的部位照射下来。因为这栋楼,至少在这一部分,并没有划分楼层,而是整个儿向建筑的上部敞开,形成一个巨大的空间,一直延伸到最顶部。

一走进去,詹金斯就惊讶地停下脚步,因为乍一看大楼似乎是空的。然后他发现并非如此,因为虽然大楼的大部分空间可能空空如也,但其地板却是凹凸不平的——仔细看,凸起的地方原来是一个个巨大的蚁丘,每一座蚁丘的顶部都放置着一件奇怪的金属装饰品,在从天花板透进来的昏暗光线下闪闪发光。蚁丘上似乎有着纵横交错的一条条小路,但都年久失修、破损不堪,部分道路已经被小规模的山体滑坡摧毁,在山体上留下了疤痕。到处都有烟囱,但并没有烟雾从中冒出;一些烟囱已经倒在了地上,另一些也显而易见地摇摇欲坠。

没有蚂蚁的迹象。

詹金斯小心翼翼穿过蚁丘中间的小过道,朝大楼深处走去。所有的蚁丘都像第一个一样——死气沉沉、烟囱坍塌、道路损毁,没有任何生命的迹象。现在,他终于辨认出了每个山顶上放置的装饰物,而也许是有生以来第一次,他感到自己的笑声都快要让他站不稳了。他不记得自己以前是否笑过,因为他是一个严肃而专注的机器人。但他此刻站在死去的蚁丘之间,像人一样撑着自己的身体,捧腹大笑。

因为那装饰品是一条人类的腿,从大腿中部一直延伸到足部,膝盖弯曲，脚伸展着，似乎在用力地踢什么东西。

是乔的脚！那个疯狂变种人乔的脚！

这是很久以前的事了，他已经忘记了。但他有些高兴地发现，自己竟然会有不记得的事，原来他也是能够遗忘的——因为他原以为自己没有遗忘的能力。

但他马上就想起了一开始那个几乎是传奇的故事，尽管他知道那不是传奇，而是真实发生过的事，因为确实有一个叫乔的变种人。他想知道那些变种人发生了什么事。显然他们数量并不多。曾经有过几个变种人，寥寥数人而已，后来就一个也没有了。世界就这样继续运转下去，好像他们从未出现过。

好吧，不能说他们好像从未出现过，因为有了蚂蚁世界的出现，也有乔。据传说，乔曾在蚁丘上做实验。他为蚁丘盖了个圆顶，给它供暖，也许还做了其他的事情——但除了乔谁也不会知道。他改变了蚂蚁的生活环境，并以某种奇怪的方式向它们植入了难以言明的伟大火花。随着时间的推移，蚂蚁发展出了智慧文化——如果能够说蚂蚁发展出智慧的话。然后乔又来了，打碎了圆顶，一脚摧毁了蚁丘，带着他标志性的奇异高亢、近乎疯狂的笑声走了。他摧毁了这座蚁丘，转过身去，不再关心。但是他这一脚却把蚂蚁踢向了伟大。面对逆境，它们并没有回到过去那种愚蠢的、蝼蚁般的生活方式，而是努力保住它们所获得的东西。就像更新世的冰河时代把人类推向了伟大的舞台一样，变种人乔踢出的这一脚也将蚂蚁送上了这条道路。

想到这里，詹金斯突然一个激灵。蚂蚁是怎么知道的？怎样的一只或一群蚂蚁才能在那么久以前就感觉到或者看到这没来由的一脚？难道是某个蚂蚁天文学家，透过望远镜看到了一切吗？这太荒谬了，因为不可能会有蚂蚁天文学家。但若非如此，它们是如何把头顶上那短暂出现的模糊形状，与它们所建立文化的真正开端之间联系起来的呢？

詹金斯摇了摇头，也许永远不得而知了。但是蚂蚁以某种方式知道了这件事，并在每座蚁丘顶上建造了那个神秘的形状。他想，这是为了纪念，还是一种宗教象征？或者可能是其他完全不同的东西，为了某个模糊的目的或意义，只有蚂蚁才知道了。

他百无聊赖地想，蚂蚁真正意识到其伟大的发端这件事，是不是和它们没有侵占韦伯斯特之家有什么关系呢？不过他没有继续想下去，因为他意识到这条线索太模糊了，不值得花时间去想。

他沿着蚁丘间狭窄的小路往大楼更深的地方走去，用感知去寻找生命的迹象，但是毫无收获——根本没有生命存在，就连本该在土壤里成群生长的微小生物的微弱气息也没有。

死寂和虚无叠加成恐怖，但他强迫自己继续向前走，心想，再往前走一点儿，他肯定能找到一些生命的迹象。他不知道自己是否应该大声喊叫来引起注意，但理智告诉他，即使蚂蚁在这儿，也不会听到他的喊叫。而且，他奇怪地发现，自己不愿发出任何声响。仿佛在这里，必须保持渺小而隐秘。

一切都死了。

甚至连他发现的那个机器人都死了。

那个机器人躺在一条小路上，背靠着一座蚁丘。他绕过蚁丘的时候发现了它。它软绵绵地晃来晃去，如果可以用软绵绵来形容一个机器人的话。詹金斯见状，满脸惊恐地在路上停了下来。毫无疑问，它已经死了；他感觉不到它的头脑里有任何生命的动静。在他意识到这一点的那一刻，整个世界似乎陷入了停顿。

因为机器人不会死。可能会磨损，或者遭到无法修复的损坏，但即便如此，它们的大脑中仍然会有生命的信号。在他一生中，从来没有听说过有哪个机器人死了；如果真有的话，他肯定会知道的。

机器人不会死，但现在躺在他面前的就是一具机器人尸体。而且，他似乎感觉到，不只是这一个，所有为蚂蚁工作的机器人都死了。所有的机器人，所有的蚂蚁，都死了。而这栋仍然矗立着的建筑，成了一个空壳，象征着某种错误的抱负和文化的误判。蚂蚁在某个地方出了错。他想，而它们之所以出错，就是因为乔建造了一个圆顶吗？难道圆顶是始作俑者，也是一切的终结者吗？难道在蚂蚁看来，自身的伟大就在于建造圆顶，而圆顶是它们继续伟业的必要条件吗？

詹金斯逃跑了。就在他逃跑时，远在头顶上方的天花板上出现了一道裂缝，裂缝不断蜿蜒扩大，发出嘎吱嘎吱刺耳的声音。

他从墙上的洞里跳出来，跑到草地上。在他身后，他听到了部分屋顶坍塌的轰鸣声。他转过身来，看着那一小部分建筑分崩离析，巨大的碎片散落在那些死去的蚁丘上，砸落了山顶上那些人类腿脚的标志。

詹金斯转身慢慢穿过草地，上山去了韦伯斯特之家。在院子里，他看到大楼的坍塌暂时停止了。又有些墙倒了下来，大楼裂开了一个大洞。

这个无与伦比的秋日，他想，是结束的开始。他从一开始就在这里，而他现在仍然在这里，目睹它的终结。他又一次想要知道已经过去多久了，然后因为自己没有记录时间而感到遗憾，但只是小小的遗憾。

人走了，狗也走了。除了他，所有的机器人也都走了。如今，蚂蚁也都不在了。除了一个笨重的机器人和一些小老鼠，地球孤独地转动着。他想，也许还有鱼，以及其他海洋生物。他对海洋生物感到好奇。他想，也许会有智慧生物。但是，智慧来之不易，而且无法持久。他想，某一天，可能会出现另一种来自海洋的智慧生物，尽管他内心深处知道这几乎是不可能的。

蚂蚁把自己关了起来，他想。它们的世界是一个封闭的世界。是不是因为它们无处可去，它们才会走向衰亡？还是因为从一开始它们的世界就是封闭的？早在约一点八亿年前的侏罗纪时代，世上就有蚂蚁了，还可能更早。在人类祖先出现的数百万年之前，蚂蚁就已经建立了社会秩序。但蚂蚁并没有继续进化;它们对自己建立的社会秩序感到心满意足——是因为这就是它们想要的,还是因为它们无法再有更多突破?它们已经实现了物种的安全——而在侏罗纪和那之后的数百万年,安全就已经足够了。乔的圆顶进一步强化了安全;如果它们拥有发展的能力,就可以安全地进一步发展。当然,很明显,它们有这个能力。但是,詹金斯心想,旧的安全观念仍然支配着它们。它们一直无法摆脱这种观念。甚至,也许它们从未试图摆脱,从未意识到它是应该卸下的枷锁。詹金斯想,是那种古老而舒适的安全感置它们于死地的吗?

一声轰隆轰隆的巨响回荡在地平线上,又一部分屋顶坍塌了。

詹金斯思考着一只蚂蚁会为什么而奋斗。维护安全,还有什么?囤积,也许。挖掘翻找出地球上所有有价值的东西并储存起来,以备不时之需。而这,他意识到,只不过是另一种对安全的迷恋。也许还会为某种宗教而奋斗——山顶上那些脚踢的象征就可能代表着某种宗教。这也是对安全的崇拜。蚂蚁灵魂的安全寄托。对太空的征服呢?詹金斯告诉自己,也许蚂蚁已经征服了太空。对于蚂蚁这么小的生物来说,这世界本身就是一个足够大的星系了。征服了一个星系,但不知道还有更大的星系存在。甚至征服星系可能也是另一种追求安全的方式。

但这些推理都不对。詹金斯意识到,自己把人类的思维过程套用在了蚂蚁身上,而事实上可能还有更多的原因。在蚂蚁的意识中可能存在着某种不稳定因素，一种奇怪的导向和未知的伦理平衡，而这从来没有、也永远不会成为人类思想的一部分。

想到这里，他惊恐地意识到，自己在构建蚂蚁的图景时，也构建了人类的图景。

他找了把椅子坐下，静静地望着草地那头还在不断崩塌的蚂蚁大楼。

但是，詹金斯记得，人类留下了一些东西——狗和机器人。这些蚂蚁是否留下了什么？当然，显而易见的是，什么都没有留下。但是他又怎么知道呢？

詹金斯心想，人不可能知道，机器人也不可能。因为机器人就是人，虽然没有血肉，但其他任何方面都与人无异。蚂蚁在侏罗纪或者更早的时候就建立了自己的社会，并在这样的社会结构中存在了数百万年，而也许这就是它们失败的原因——蚁丘社会已经牢牢地在它们的意识里扎根，它们无法脱离。

而我呢？他问自己。我又如何？正如任何蚂蚁都深陷于蚁丘社会一样，我也深陷于人类的社会结构里。虽然不到一百万年，但在很长很长的一段时间里，他活着，不是活在人类的社会结构中，而是活在对那种结构的记忆中。他意识到，他活在其中，是因为它给了自己一种远古记忆的安全感。

他静静地坐着，但这个想法令他十分震惊，或者至少他也对自己接受了这种想法而感到震惊。

“我们从不了解，”他大喊道，“我们从不了解自己。”

他往后靠在椅背上，想着坐在椅子上是多么不像机器人啊。他以前从来不会坐着。他想，那是住在他身体里面的人。他把头靠在椅背上，垂下滤光片，挡住光线。睡觉——他想知道，睡觉是什么感觉？也许像他在蚁丘旁边发现的机器人那样？——但是，不，那个机器人已经死了，而不是在睡觉。一切都不对劲，他告诉自己。机器人既不会睡觉也不会死亡。

他又听到了响声。大楼仍在倒塌，秋天的微风吹动着草丛沙沙作响。他努力想去辨别老鼠在隧道里奔跑的声音，但这一次老鼠们安静了下来。它们蹲着，静静地等待。他能感觉到它们在等。它们知道了，他想，以某种方式知道了有什么事不对劲。

还有另一种声音在响，耳语似的，一种他从未听过、完全陌生的声音。

他啪的一声打开滤光片，猛地坐直了身子，只见一艘飞船正准备降落在他面前的草地上。

老鼠们惊恐地奔跑，逃命去了。飞船像飘浮着的蓟花冠毛一样，轻轻地停在了草坪里。

詹金斯跳了起来，启动了自己的感知功能，但他的探查停在了在飞船表面。他无法再往深处探查，就像他无法探知倒塌前的蚂蚁大楼里面的情况一样。

他站在院子里，完全被这件意想不到的事情弄糊涂了。他心想,也是,因为直到这天之前,还没有发生过什么意外的事情。日子毫无波澜地流逝,一天天,一年年,一个接一个世纪,全都如此相似,毫无区别。时间像浩浩荡荡的大河一般流淌,从来没有突然喷溅的浪花。而今天,大楼倾覆了,还有一艘飞船降落在这里。

船舱打开了,一架梯子垂了下来。一个机器人从梯子上爬下来,穿过草地径直朝韦伯斯特之家走来。他在院子边上停住,"你好,詹金斯。"他说,"我就知道我们会在这里找到你。"

"你是安德鲁?"

安德鲁朝他咯咯地笑起来,"你记得我。"

"我什么都记得,"詹金斯说,"你们是最后离开的。你和另外两个机器人建成了最后一艘飞船,然后离开了地球。我看着你们走的。你们在外边有什么发现?"

"你以前管我们叫野生机器人,"安德鲁说,"我猜你觉得我们很野。你觉得我们疯了。"

"你们不是常规的机器人。"詹金斯说。

"常规机器人是怎样的?"安德鲁问,"活在一个梦里?为了记忆而活?你一定对此很厌倦了。"

"没有厌倦……"詹金斯说,但他的声音越来越低。他又开口说道:"安德鲁,蚂蚁失败了。它们死了。大楼也在坍塌。"

"对乔来说,就到此为止了,"安德鲁说,"地球也到此为止了。什么都不剩了。"

“还有老鼠，”詹金斯说，“以及韦伯斯特之家。”

他又想起了狗送给他一具崭新的身体作为生日礼物的那一天。这具身体非常优秀，锤子砸不坏，永远也不会生锈，而且还搭载着他做梦也没有想过的感应设备。他到现在也还用着这具身体，就像新的一样。而当他把胸膛擦亮，就能看到上面依然清晰明了的刻字：致詹金斯，狗群敬上。

他目睹了人类去往木星，成为非人的物种，韦伯斯特在日内瓦进入了永恒的沉睡，狗和其他动物去了一个卵石世界。而现在，蚂蚁最终也灭绝了。

他惊讶地意识到，蚂蚁的灭绝竟然对他产生了如此巨大的震撼。就好像有谁过来给地球的故事画上了句号。

老鼠，他想。老鼠和韦伯斯特之家。飞船停在草地上。这就足够了吗？他试着思考：记忆已经淡去了吗？他欠的债还清了吗？他是否已尽了最后的忠诚？

“太空里有别的世界，”安德鲁说，“其中一些还有生命存在，甚至有一些是智慧生物。有很多工作要做。”

他不能去狗已经定居的卵石世界。很久以前，在最开始的时候，韦伯斯特正是为了让狗可以自由发展他们的文化，不受人类的干扰才离开的。而他，不可能违背他们。因为，毕竟，他就是韦伯斯特家的一员。他不能去打扰他们，不能去干涉。

他尝试过遗忘，尝试过忽略时间，但没有成功，因为机器人是无法遗忘的。

他原以为蚂蚁从来不会是什么重要角色。他曾经厌恶过它们,有时甚至憎恨它们,因为如果不是蚂蚁,狗就还会在这里。但现在他知道,所有的生命都是有意义的。

老鼠依然存在,但最好让老鼠独自待着。它们是地球上最后的哺乳动物,不应该受到任何干扰。它们什么也不想要,什么也不需要,它们会过得很好。它们会决定自己的命运。如果它们的命运只不过就是当一只老鼠,那也没有什么不妥。

“我们路过这里,”安德鲁说,“也许我们不会再次路过了。”

另外两个机器人爬出了船舱,在草地上散步。另一段墙倒塌了,部分屋顶也随之塌陷。詹金斯静静地站着,发觉倒塌的声音很微弱,似乎是从很远的地方传来的。

于是,韦伯斯特之家便是仅存的建筑了。韦伯斯特之家也只是它曾经庇护过的生命的一个象征。它不过是一堆石头、木头和金属。詹金斯告诉自己,它唯一的意义就存在于他的意识中,成了他形成的一种心理概念。

他的思维陷入绝境,他不得不艰难地承认最后一个事实:这里不需要他。他只是为他自己而留下。

“我们有地方给你住,”安德鲁说,“而且也需要你。”

只要蚂蚁还在,这就不可能。但如今蚂蚁都不在了。而且,那又有什么区别呢?他不喜欢蚂蚁。

詹金斯盲目地转过身,跌跌撞撞地穿过院子,往那扇通向房子的门走去。墙壁在向他呼喊,过去的阴影也在呼唤着。他站在那里倾听着,突然意识到了一件奇怪的事。声音仍在那里,但他听不见它们说了什么。曾经他是可以听见那些声音里的话语的,但现在,那些话语消失了。随着时间的推移,声音也会消失吗?他想,当这所房子变得安静而孤独,当所有的声音消失、记忆褪色,会发生什么呢?它们现在已经褪色了,他知道。它们不再清晰明了。这些年来,它们已经在时间的冲刷下逐渐模糊。

曾经有过欢乐,但现在只剩悲伤。他知道,这悲伤不只是源自空荡荡的房子,还源自其他的一切:地球,那些失败的物种,那些空虚的胜利。

假以时日,木头会腐烂,金属会剥落,石头会风化成灰。到时候,这里根本不会再有房子,只会剩下一个肥沃的土堆,作为曾经有过房子的痕迹。

詹金斯认为,这一切都是因为他活得太久了——活得太久,并且不能忘记。而这就是最难的部分:他永远无法忘记。

他转过身,穿过门回到了院子里。安德鲁在通往飞船的梯子底下等着他。

詹金斯想说再见,却说不出再见。要是他能哭就好了,他想。但机器人是不会哭的。